Stella Cornelius-Koch

Wellenflüstern

W0318388

Stella Cornelius-Koch

Wellenflüstern

Drei Freundinnen zwischen Fehmarn und Heiligenhafen

Roman

Edition Forsbach

Bibliografische Information der Deutschen Nationalbibliothek:
Die Deutsche Nationalbibliothek verzeichnet diese Publikation in der Deutschen Nationalbibliografie; detaillierte bibliografische Daten sind im Internet über http://dnb.d-nb.de abrufbar.

Lebenstraum Verlag

© Lebenstraum Verlag, Fehmarn 2016
www.lebenstraum-verlag.de
ISBN: 978-3-946556-01-5
Dieses Buch ist auch als E-Book erhältlich

Lektorat: Sylvia Ehrich

Coverbild: © Dr. Beate Forsbach

Wellensymbol: © canstockphoto csp9211199

Druck: CPI books GmbH Leck
Printed in Germany

Für meine Jungs

Prolog

„Nun weiß ich endlich, was Freundschaft ist“, sagte der kleine Frosch zum großen Vogel. „Wir können Freunde sein, obwohl du alt bist und ich jung. Wir können Freunde sein, auch wenn wir eigentlich Feinde sein sollten. Wir können Freunde sein, selbst wenn du in der Luft bist und ich im Wasser. Hier auf diesem Felsen können wir uns immer treffen.“

„Ja, genau“, antwortete der große Vogel. „Und selbst wenn ich einmal tot bin, können wir noch Freunde sein; denn Freundschaft findet im Herzen statt und ist unsterblich.“

„Dann wollen wir immer Freunde sein.“ Der kleine Frosch nickte zum Abschied.

„Auf immer Freunde“, sagte der große Vogel, stupste den kleinen Frosch sanft mit seinem Schnabel an und flog davon.

ENDE

Sina seufzte, tippte auf die „Speichern“-Taste und lehnte sich erleichtert zurück. Sie hatte es tatsächlich geschafft, das Manuskript für ihr neuestes Kinderbuch noch vor dem offiziellen Abgabetermin in zehn Tagen fertigzustellen. Sina saß im Strandkorb und blickte auf ihre geliebte blaugraue Ostsee, deren sanfte Wellen nur wenige Meter vor ihr in gleichmäßigem Rhythmus ans Ufer liefen.

Zufrieden atmete sie tief ein und aus. Wie hatte sich ihr Leben in den letzten zwei Jahren doch verändert. Nicht nur, dass Sina ihren alten Job in der Werbeagentur gekündigt hatte und nun als erfolgreiche Kinderbuchautorin arbeitete. Sie war auch begeisterte Mutter und hatte endlich den Partner fürs Leben gefunden.

Überhaupt hatte sich Sina stark gewandelt. Früher war sie vor allem darauf bedacht gewesen, es allen Menschen in ihrer Umgebung recht zu machen.

Gleichzeitig sagte man ihr – nicht zu Unrecht, wie sie zugeben musste – eine gewisse Oberflächlichkeit und Arroganz nach. Wie sich die Leute kleideten, was sie beruflich machten und in welchen gesellschaftlichen Kreisen sie verkehrten – das war Sina tatsächlich einmal sehr wichtig gewesen.

Schließlich kannte sie es ja auch nicht anders, weder in ihrem beruflichen noch in ihrem privaten Umfeld. Dass hinter dieser Oberflächlichkeit und Arroganz in Wirklichkeit Unsicherheit und Selbstzweifel steckten, war Sina erst vor kurzem bewusst geworden, als sie erkannt hatte, dass sie vor allem ihr eigenes Leben führen musste, um wirklich glücklich zu sein.

Dazu gehörte auch, Entscheidungen zu treffen, die für sie gut waren, und nicht das zu tun, was andere von ihr erwarteten.

Davon war jetzt nichts mehr zu spüren: Sina war verantwortungsbewusst und nahm ihr Leben selbst in die Hand. Außerdem hatte sie Mitgefühl für andere Menschen entwickelt, war freundlich und rücksichtsvoll geworden.

Wie und wann das passiert war, konnte Sina nicht genau sagen. Eines wusste sie jedoch mit Sicherheit:

Sie hatte auf die leise Stimme in ihrem Herzen gehört und trotz aller Schwierigkeiten und Probleme in den letzten

Monaten die richtige Entscheidung getroffen. Und das verdankte sie vor allem ihren zwei Freundinnen und der geheimnisvollen Kraft der Ostsee, die Sina jeden Tag mehr in ihren Bann zog.

Eins

Karin stand am Bug des Kreuzfahrtschiffes und blickte auf die scheinbar unendliche Weite der Ostsee. Das Meer vor ihr schäumte und Karin auch - und zwar vor Wut. Hätte sie diese Seereise bloß nie gebucht! Von wegen Flitterwochen: Das, was sie gerade erlebte, war der reinste Alptraum. Wenn es nicht so traurig gewesen wäre, hätte sie eigentlich darüber lachen müssen.

Dass das ausgerechnet ihr passieren musste, war wohl mal wieder typisch für sie. Wobei sie eigentlich gar keine Schuld traf, sondern ihren frisch gebackenen Ehemann Eddie. Er hatte sie schließlich in diesen Schlamassel gebracht. Genauer gesagt vor 21 Jahren. Da kannte er sie zwar noch nicht, dafür aber Maria umso besser.

Und Maria – man konnte es kaum glauben, so kitschig klang es – war wie ein Geist aus dem Nichts auf diesem Kreuzfahrtschiff aufgetaucht. Am Salatbuffet hatte sie plötzlich neben ihnen gestanden – mit einem Teller voll frischer Ananasscheiben in der Hand – und Eddie strahlend angelächelt. Er hatte einen Moment lang gestutzt, sich dann aber an seine frühere Freundin erinnert, nachdem diese ihn mit seinem Vornamen angesprochen und herzlich umarmt hatte.

Karin hatte nur verwirrt von einem zum anderen geschaut. Nachdem Maria sie mit ihrem Ehemann Franz bekannt gemacht hatte (sie hatten die Reise anlässlich seines 60. Geburtstages gebucht) und beide wieder zu ihrem Tisch gegangen waren, wollte Karin natürlich erfahren, wer diese blond gefärbte und stark geschminkte Endvierzigerin eigentlich sei. Eddie, so ehrlich, wie er war, redete nicht lange um den heißen Brei herum, sondern erklärte ihr ganz offen, dass er mit Maria „vor Urzeiten“ einmal zusammen gewesen war.

Das allein wäre für Karin nicht dramatisch gewesen (schließlich konnte man die Vergangenheit nicht ändern), sondern vielmehr das, was danach folgte.

Eddie war gerade aus der Dusche gestiegen, als er an der Kabinentür ein Geräusch vernahm. Das ist bestimmt Karin, dachte er und wickelte sich ein Handtuch um die Hüften.

„Nanu, wieso bist du denn schon so früh wieder von deinem Kosmetiktermin zurück?“, fragte Eddie, während er die Tür öffnete. Doch als er hochblickte, stand vor ihm nicht seine Ehefrau, sondern Maria, die einen Zettel in der Hand hielt.

„Maria, was machst du hier?“, zischte Eddie, während er sich suchend auf dem Gang umblickte. „Karin kommt in wenigen Minuten zurück. Ich halte es für keine gute Idee, wenn sie uns hier zusammen sieht. Sie ist schon so sauer genug auf mich.“

„Und sie wird vermutlich noch saurer werden, wenn sie sieht, dass du hier halbnackt vor mir stehst.“ Maria blickte anerkennend an Eddie herunter. „Du bist immer noch gut in Form, Eddielein.“

„Maria, lass‘ den Quatsch“, antwortete Eddie, während er sicherheitshalber das Handtuch noch etwas fester um seine Hüften zog. Bei Maria konnte man schon damals nie wissen.

„Okay, Maria, was willst du?“ Eddie wurde langsam ungeduldig. „Vermisst dich denn dein Ehemann gar nicht?“ Maria verzog ihre knallrot geschminkten Lippen zu einem breiten Grinsen.

„Der ist gerade in die Sauna gegangen. Das kann bei ihm bekanntermaßen noch dauern."

„So, so, und du dachtest, du könntest die Gelegenheit nutzen und mit mir über alte Zeiten reden?" Eddie wies mit dem Kopf in Richtung des Papiers und fragte spielerisch drohend: „Das ist doch wohl kein Liebesbrief, oder?"

Maria drehte den Zettel nervös in ihren Händen hin und her, während ihr Lächeln verschwand und sie Eddie ernst anschaute. „Wir müssen reden."

Eddie zog erstaunt seine dunklen Augenbrauen hoch. Zwar hatte er zu Maria seit über zwanzig Jahren keinen Kontakt mehr, glaubte sie jedoch noch so gut zu kennen, dass ein solcher Satz von ihr nichts Gutes verhieß. Schließlich räusperte er sich und fragte scheinbar unbeeindruckt: „Was meinst du damit? Ist etwas passiert?"

„Das kann man wohl sagen." Maria spielte noch immer verlegen mit dem Zettel in ihrer Hand.

Eddie fühlte sich zunehmend unbehaglicher, wusste aber, dass Maria nicht locker lassen würde, bevor sie ihm gesagt hatte, was ihr auf dem Herzen lag. „Okay, dann lass' uns das am besten in der Lounge auf Deck 9 bereden. Ich hinterlasse Karin eine Nachricht und schreibe ihr, dass ich mich über das morgige Ausflugsprogramm informieren möchte. Das hatte ich ohnehin noch vor. Geh' du am besten schon mal vor. Ich ziehe mir nur schnell etwas an, und wir sehen uns dann gleich."

Maria saß Eddie in einem der schwarzen Cocktailsessel gegenüber, den Blick durch die großen Panoramascheiben auf das Meer und die vorbeiziehenden schaukelnden Wellen vor ihr gerichtet. Der Seegang hatte zugenommen, und sie konnte die Bewegung des Schiffes spüren. Auch in ihrem Inneren war alles in Aufruhr. Dies war wirklich keine alltägliche Situation, und ihre Worte wollten gut überlegt sein. Doch sie konnte und wollte keinen Rückzieher machen. Schließlich hatte sie lange genug geschwiegen. Außerdem war jetzt ihre Chance gekommen. Daher blickte sie Eddie mit einem entschlossenen Lächeln an und sagte: „Ich habe einen Sohn."

„Oh, das freut mich für dich und Franz."

Maria schüttelte den Kopf und unterbrach Eddie.

„Nein, du verstehst nicht. Felix ist auch dein Sohn. Eddie?"

Dem sonst so schlagfertigen Eddie hatte es plötzlich die Sprache verschlagen, denn er schluckte ein paar Mal, ohne ein Wort hervorzubringen. Hatte er da gerade richtig gehört? Er und Vater – das konnte nicht sein! Oder doch?

Schnell rechnete Eddie nach: Im Herbst 1993 hatte er Maria zuletzt gesehen. Das war jetzt fast 21 Jahre her. Sollten sie damals ein Kind gezeugt haben? Mit einem mulmigen Gefühl im Magen blickte er Maria an. „Bist du dir ganz sicher? Ich meine, wie waren damals doch nur etwa ein halbes Jahr zusammen. Es könnte ja auch jemand anderes der Vater sein ..."

Maria schüttelte vehement den Kopf, sodass ihre hellblond gefärbten schulterlangen Haare sich mitbewegten. „Nein, das kann ich mit Sicherheit ausschließen. Ich hatte meine Beziehung mit Alfi vier Monate vor dir beendet. Und hinterher war ich mindestens ein Jahr lang mit keinem Mann mehr liiert." Maria seufzte. „Ich bin nämlich lange nicht über dich hinweggekommen."

Eddie hatte Marias letzten Satz nicht gehört, da seine Gedanken wie verirrte Pfeile in seinem Kopf hin und her schossen. Auch wenn der endgültige Beweis noch ausstand: Eddie wusste, dass Maria in diesem Fall die Wahrheit sagte. Er war Vater! Maria ließ ihn einen Moment schweigen, wohl wissend, dass ihr Exfreund sich von dem Schock erst einmal erholen musste.

Schließlich fand Eddie seine Sprache wieder. Mit einer Mischung aus Ärger und Freude entgegnete er: „Aber dann verstehe ich nicht, warum du mir nicht schon viel früher etwas gesagt hast. Ich meine, schließlich habe ich ein Recht darauf zu erfahren, dass ich einen Sohn habe."

Maria seufzte abermals. „Glaub' mir, ich habe viel darüber nachgedacht. Sehr viel sogar. Aber du hattest damals so viele Pläne, wolltest nach Südafrika – und dort an einer Schule unterrichten. Ich wollte dir dabei nicht im Wege stehen."

Eddie spürte, dass Maria jeden Moment anfangen würde zu weinen. Er zögerte einen Moment lang; doch dann beugte er sich zu ihr hinüber und nahm sie in den Arm.

Plötzlich hörte er eine vertraute Stimme hinter sich. „Was ist denn hier los?" Erschrocken fuhren Eddie und Maria auseinander.

Karin stand direkt vor ihnen und wedelte drohend mit einem Handtuch in ihre Richtung. „Es ist doch wohl hoffentlich nicht das, wonach es aussieht?" Innerhalb weniger Sekunden war Karins Gesicht vor Wut und Entsetzen so rot angelaufen, dass selbst ihr frisch aufgelegtes Make-up dies nicht verbergen konnte. Ihr Herz raste wie wild, und sie spürte, wie Schweißperlen ihr an Brust und Rücken herunterliefen.

All dies blieb dem sonst so aufmerksamen Eddie angesichts seiner gerade erwachenden Vatergefühle in diesem Augenblick verborgen. „Karin", sagte er versonnen, „Liebling, stell' dir vor, ich bin Vater."

Was in den Minuten danach passierte, daran hatte Karin keine genaue Erinnerung mehr. Sie wusste nur, dass sie sich umgedreht hatte und weggelaufen war – nur fort von den beiden und der Schmach, die sie gerade über sich ergehen lassen musste. Später hatte Eddie ihr erzählt, dass er ihr sofort gefolgt war, sie jedoch verloren hatte. Eine Gruppe von

Passagieren war ihm im Weg gestanden, und zu allem Überfluss war er noch mit einer Servicekraft kollidiert, die ein paar Passagieren gerade ein Tablett mit Getränken brachte. Danach hatte er vergeblich überall auf dem Schiff nach seiner Frau gesucht.

Karin hatte sich indessen auf einer Damentoilette eingesperrt und mindestens eine halbe Stunde lang nur geheult. Als sie sich schließlich beruhigt, die Kabine aufgeschlossen und im Spiegel gegenüber in ihr verquollenes und verschmiertes Gesicht gesehen hatte, war sie erneut in Tränen ausgebrochen. Aber nicht, weil ihre teure Kosmetikbehandlung nun für die Katz' war, sondern weil ihr bewusst geworden war, welche Katastrophe sich da mitten in ihren Flitterwochen anbahnte. Eddie hatte ein Kind – aber nicht von ihr, sondern von einer anderen Frau! Und nicht nur das: Sie hatte Eddies leuchtende Augen gesehen, als er ihr von seinem Sohn berichtet hatte. Und sie, Karin, eine mittelmäßig aussehende Frau und mit 48 Jahren auch nicht mehr die Jüngste, würde ihrem Mann kein Kind mehr schenken können. Karin ahnte, nein, sie war sogar jetzt schon vollkommen sicher: Dies würde ihre noch junge Ehe nicht aushalten.

Sie musste runter von diesem Schiff – doch wie? Sie waren mitten auf offener See auf dem Weg von Hamburg nach Amsterdam. Sie konnte ja nicht einfach ins Meer springen (obwohl sie daran tatsächlich einen kurzen Moment gedacht hatte). Karin atmete tief ein und aus, um sich zu beruhigen. Bestimmt würden ihre besten Freundinnen Sina und Louise ihr helfen können. Sie musste die beiden sofort anrufen.

„Eddie hat was?" Sina bugsierte den Buggy mit Ben geschickt um die im Weg stehenden Paletten mit Konservendosen herum, während sie mit der anderen Hand ihr Smartphone ans Ohr hielt. Sie würde sich irgendwann beim

Filialleiter über die Familienunfreundlichkeit des Supermarktes beschweren. Doch jetzt gab es Wichtigeres zu tun. Ihre Freundin Karin war in Not und brauchte ihre Hilfe. Da Sina kaum glauben konnte, was sie da gerade gehört hatte, blieb sie stehen und fragte ihre ältere Freundin noch einmal: „Stimmt das wirklich, Louise? Ich meine, Eddie ist doch so ein aufrichtiger Typ …"

„Das ist er ja auch", versuchte Louise Sina zu beruhigen, die vor ihrem Haus am Graswarder spazieren ging. Vom Meer her wehte ein frischer Wind und zauste ihre kurzen graublonden Haare durcheinander. Es war zwar erst August, doch heute war es überraschend kühl in Heiligenhafen. Daher zog Louise den Kragen ihrer Jacke etwas höher, bevor sie weitersprach. „Eddie hat wohl jetzt erst von seinem Sohn erfahren, wie Karin sagte. Aber dennoch ist sie natürlich vollkommen aufgelöst, wie du dir vorstellen kannst. Ihre Stimme hat die ganze Zeit gezittert, als sie vorhin angerufen hat. Stell dir vor: Sie überlegt sogar, nach ihrer Rückkehr Heiligenhafen einige Zeit zu verlassen und nach Köln zurückzukehren, nur, damit sie Eddie hier nicht begegnen muss."

„Und das ausgerechnet in ihren Flitterwochen. Die beiden hatten sich doch so darauf gefreut. So ein Mist aber auch", sagte Sina wütend. Sie schob Ben in seinem Kinderwagen vor und zurück – wohl etwas zu heftig. Der Einjährige fing lauthals zu schreien an und zog damit die Blicke der anderen Supermarktkunden auf sich. „Du Louise, ich muss mich jetzt um Ben kümmern, wie du hörst. Aber ich überlege mir etwas und rufe dich nachher noch einmal an."

Sina klappte ihr Smartphone ein und verstaute es in ihrer Jackentasche. Ihre Freundin Karin war, nachdem ihr Exmann sie lange vernachlässigt und betrogen hatte, endlich wieder mit einem Mann glücklich. Sie hatte es nicht nur verdient, sondern Eddie war definitiv auch der Richtige. Daher mussten sie und Louise ihre Freundin unbedingt vor einem Schnellschuss bewahren und etwas unternehmen. Kaum war sie mit Ben und ihren Einkäufen auf dem Supermarktparkplatz angekommen, hatte sie auch schon einen Plan. Kurzerhand wählte sie die Büronummer ihres Freundes Mark, hatte aber nur seine Mailbox dran. „Hallo Schatz, ich habe eine Bitte an dich. Kannst du morgen im Home-Office arbeiten und dich um Ben kümmern? Ich muss nämlich mit Louise dringend Karins und Eddies Ehe retten."

„Ist das dein Ernst? Du willst dich da einmischen?" Mark schaute Sina verwundert an, während er mit ihr gemeinsam den Abendbrottisch deckte. Ben saß in seinem Hochstuhl am Tisch, kaute auf einem Löffel herum und schaute – anscheinend ebenso verwundert – von einem zum anderen. Seitdem Mark in Kiel eine Stelle in einem Ingenieurbüro ergattert und Sina vor wenigen Monaten mit Ben von Hamburg zu ihm gezogen war, waren sie zu einer richtigen kleinen Familie zusammengewachsen. Mark war inzwischen einiges von der spontanen Sina gewöhnt, die er vor etwa anderthalb Jahren kennen- und liebengelernt hatte, als seine Mutter Louise mit Brustkrebs im Krankenhaus lag. Sinas Plan hielt er aber doch für zu verrückt. Er strich sich seine dunkelblonden kinnlangen Haare aus dem Gesicht, ging näher zu Sina heran und blickte sie fragend an. „Glaubst du, meine Mutter und du, ihr könnt wirklich etwas erreichen? Ich kann mir vorstellen, dass Eddie und Karin das auch gut selbst hinkriegen. Schließlich lieben sie sich doch."

„Nein, du verstehst das nicht." Sina, die sonst jede Zärtlichkeit ihres Freundes genoss, rückte ein Stück von Mark weg. Anscheinend war sie von ihrem Plan nicht abzubringen. „Karin hat Louise und mir mal anvertraut, dass Eddie so gerne noch ein Kind mit ihr gehabt hätte. Aber mit ihren 48 Jahren wird sie ihm diesen Wunsch wohl nie mehr erfüllen können. Und jetzt erfährt sie ausgerechnet in ihren Flitterwochen, dass Eddie einen Sohn hat. Kannst du dir vorstellen, was das für Karin bedeutet?"

Sina schien sichtlich mit ihrer Freundin mitzuleiden, denn sie hatte einen so gequälten Gesichtsausdruck, dass Mark sie spontan in den Arm nahm. „Ich finde es süß, dass du dir so viele Sorgen um Karin machst", murmelte er in Sinas blonde lange Haare und gab ihr einen Kuss auf den Kopf.

Sina blickte auf und sah ihren Freund liebevoll an. „Aber du findest, Louise und ich sollten uns besser nicht einmischen?"

„Wie ich euch beiden kenne, kann ich euch sowieso nicht davon abhalten."

„Sina, glaubst du wirklich, dass das klappt?" Louise wollte Karin ebenfalls gerne helfen, hatte aber ihre Zweifel, dass Sinas Plan funktionieren würde. Schließlich war Karin kein kleines Kind mehr, das sich so einfach mit einer Überraschung trösten ließ, sondern eine erwachsene Frau, die gerade zutiefst gekränkt worden war. Auch Eddie, den Sina sofort auf dem Handy angerufen hatte, schien nicht wirklich davon überzeugt zu sein, dass sich seine Frau so leicht umstimmen ließ. Schließlich ging Karin Eddie auf dem Schiff konsequent aus dem Weg und sprach mit ihm nur das Nötigste, sobald sie sich in der Kabine begegneten. Dennoch willigte er ein, denn er liebte Karin von ganzem Herzen und wollte alles dafür tun, dass sie ihm seinen früheren „Patzer", der seiner Meinung nach nichts an seiner Beziehung zu Karin ändern würde, verzieh. Und so suchte er schließlich den Entertainment-Manager auf und berichtete ihm von Sinas Idee, nachdem diese ihn nach dem abendlichen Showprogramm gefragt hatte.

Karin saß noch immer auf dem Bett in ihrer Kabine und las in ihrem Irland-Roman, als ihr Handy plötzlich den Eingang einer SMS signalisierte. Sie stand auf und ging zu dem kleinen Schreibtisch, auf dem ihr Mobiltelefon lag. Die Nachricht war von Sina. Darin schrieb ihre Freundin, sie solle sich heute Abend unbedingt das Showprogramm ansehen. Karin schüttelte verwundert den Kopf. Warum hatte Sina so ein Interesse daran, dass sie sich amüsierte? Sie musste doch von Louise wissen, dass sie gerade ganz andere Sorgen hatte. Und dann auch noch eine ABBA-Revival-Show! Zwar mochte sie die Lieder der schwedischen Popgruppe. Doch ihr stand gerade überhaupt nicht der Sinn nach Gute-Laune-Songs. Das musste Sina doch verstehen. Außerdem hatte sie absolut keine Lust, Eddie oder Maria zu begegnen. Womöglich fand sie die beiden tanzend und knutschend am Pooldeck, während sie Marias Mann und sie in der Kabine wähnten. Das wollte sie auf keinen Fall erleben!

Daher schrieb Karin ihrer Freundin zurück:

Liebe Sina, vielen Dank für deinen Tipp. Doch ich möchte heute lieber früh schlafen gehen. Ich bin derzeit einfach zu erschöpft und müde und habe keine Lust auf Shows jedweder Art. LG Karin

Eddie war nervös – so nervös wie ein Schuljunge, dem eine wichtige Klassenarbeit bevorstand, für die er aber nicht gelernt hatte. Zwar hatte ihm der freundliche und gut gelaunte Entertainment-Manager mehrmals versichert, dass bestimmt alles gut gehen würde. Auch den Text waren beide noch einmal durchgegangen. Doch Eddie hatte berechtigte Zweifel, dass Karin überhaupt im Theatrium erscheinen würde. Als er vor einer Stunde die Kabine verlassen und Karin gefragt hatte, ob sie sich zusammen mit ihm das Showprogramm ansehen wolle, hatte diese sich auf dem Bett nur umgedreht und wieder in ihr Buch vertieft. Eigentlich konnte er sich seinen Auftritt sparen. Karin würde niemals kommen. Dass er sich in seinem 1970er-Jahre-Outfit vor dem Publikum bis auf die Knochen blamieren würde, stand noch auf einem ganz anderen Blatt.

„Verdammt, warum ist denn das so laut?", dachte Karin, während sie versuchte, sich weiter auf ihren Roman zu konzentrieren. So sehr sie sich auch bemühte wegzuhören: Die Bässe waren einfach zu laut. Warum hatten sie auch bloß eine Kabine in der Nähe der Showarena gebucht! So würde sie so schnell nicht einschlafen.

Verärgert beschloss sie, einmal nachzusehen, was da los war und sich bei dieser Gelegenheit ein Glas Orangensaft zu gönnen, bevor sie wieder in die Kabine ging. Und so stand sie auf, zog sich einen Pullover und Jeans an und bürstete sich kurz ihre Haare. Dann nahm sie ihre Handtasche mit der Bordkarte und verließ die Kabine.

Je näher sie der Showarena kam, desto lauter wurde die Musik. Sie konnte hören, wie die Band gerade „Waterloo" spielte und zahlreiche Leute lautstark mitsangen. Ja, das passte, dachte Karin bitter. Schließlich hatte sie selbst gerade ihr persönliches Waterloo erlebt. Sie stellte sich zu einer Gruppe Zuschauer, die stehen musste, weil alle Sitzplätze belegt waren.

Schnell erinnerte sie sich wieder daran, dass sie ja Durst hatte. Gut, dass eine Servicekraft mit einem Tablett voller Gläser vorbeikam. Sie nahm sich ein Glas Orangensaft und wollte gerade einen Schluck nehmen, als sie jäh innehielt. Stand dort vorne seitlich an der Bühne nicht Eddie? Karin stellte ihr Glas auf einem Tisch ab, öffnete ihre Handtasche und nahm ihre Brille heraus, die sie für den Fall der Fälle immer bei sich hatte. Sie setzte sie sich auf die Nase und blinzelte ein paarmal. Tatsächlich! Dort vorne stand Eddie. Und nicht nur das: Er trug ein albernes 1970er-Jahre-Outfit mit einem weißen, schimmernden Hemd und einer blauen Schlaghose. Ja, glaubte er denn, er sei Benny oder Björn von Abba? Ihr Mann musste von allen guten Geistern verlassen worden sein. Jetzt kam eine der philippinischen Servicekräfte auf ihn zu und flüsterte ihm etwas ins Ohr. Eddie nickte. Karin glaubte zu sehen, wie er lächelte und den Moderator ansprach. Was hatte das alles bloß zu bedeuten? Noch ehe Karin darüber nachdenken konnte, stoppte die Musik, und der Moderator trat wieder auf die Bühne.

„Sehr verehrte Gäste. Jetzt möchte ich Sie um Ihre ganz besondere Aufmerksamkeit bitten. Sie wissen ja, dass wir im Rahmen unseres Programms hin und wieder auch den Liebesboten spielen. Heute Abend möchte ein junger Mann seinem Schatz eine ganz besondere Liebeserklärung machen. Ich bitte um einen kräftigen Applaus für Eddie Fischer!"

Der Moderator machte eine bedeutungsvolle Geste in Richtung Eddie.

Die Gäste klatschten und johlten, als Eddie auf die Bühne trat. Schüchtern nahm er das Mikrophon und versuchte, etwas zu sagen, bis ihm einer der Crew-Mitglieder bedeutete, das Mikro etwas näher an den Mund zu halten. Endlich hatte Eddie verstanden und setzte noch einmal an:

„Guten Abend. Wie Sie ja schon gehört haben, ist mein Name Eddie Fischer. Ich bin 53 Jahre alt und komme aus Heiligenhafen an der Ostsee. Im letzten Jahr habe ich dort meine Traumfrau Karin kennengelernt. Und vor zwei Wochen hatte ich das große Glück, sie heiraten zu dürfen. Und jetzt sind wir hier in den Flitterwochen."

Die Menge applaudierte begeistert. Einige pfiffen sogar. Eddie hielt kurz inne und sah auf den Boden, bevor er weitersprach: „Doch gestern habe ich etwas erfahren, was meine Frau zutiefst verletzt hat."

Augenblicklich herrschte Stille. Vereinzelt konnte man nur ein Raunen im Publikum hören. Eddie blickte nun nach vorne. „Karin, ich weiß, dass du da hinten irgendwo bist. Ich möchte dir sagen, dass ich dich von Herzen liebe und alles dazu tun werde, damit uns diese Neuigkeit nicht belastet. Und als Zeichen dafür, dass ich es ernst meine, habe ich mich in dieses Kostüm hier gezwängt, obwohl ich eigentlich viel zu alt dafür bin." Er zeigte an sich herunter, und ein paar Menschen begannen zu lachen. „Und damit nicht genug: Ich singe dir jetzt auch noch ein Liebeslied."

Wie auf Kommando begann die Band die ersten Takte von „Take a chance on me" zu spielen. Eddie begann zu singen:

Wenn du deine Meinung änderst, bin ich der Erste in der Reihe
Liebling, ich bin noch frei
Karin, gib mir eine Chance
Wenn du mich brauchst, lass es mich wissen, ich werde überall sein
Wenn du keinen Platz zum Hingehen hast, wenn du dich am Boden fühlst
Wenn du ganz alleine bist, wenn die schönen Vögel davongeflogen sind
Liebling, ich bin noch frei …

Karin stand wie erstarrt da, als ihr eine ältere Dame eine Hand auf die Schulter legte und ihr ins Ohr flüsterte: „Ich habe Sie beide am ersten Abend im Spezialitätenrestaurant gesehen und gemerkt, wie verliebt Sie sind. Nun gehen Sie schon und erlösen Ihren Mann." Mit sanftem Druck schob sie Karin in Richtung Bühne. Karin spürte, wie sie rot wurde und zu schwitzen anfing. Mit zitternden Knien stand Karin schließlich vor Eddie. Der hörte abrupt auf zu singen und breitete die Arme in ihre Richtung aus. Karin zögerte einen Moment lang, doch dann gab es für sie kein Halten mehr. Erleichtert und mit Tränen in den Augen fiel sie Eddie in die Arme, während das Publikum vor Begeisterung tobte.

„Zugabe, Zugabe", schrien einige immer wieder. Doch Karin hörte das Gegröle um sie herum nicht. Stattdessen löste sie sich von Eddie und sah ihm lange in seine sanften braunen Augen. „Du Dummkopf."

Eddie wischte Karin mit dem Daumen eine Träne von der Wange. „Ich weiß, Karin, ich weiß." Er übergab das Mikrophon wieder dem zufriedenen Moderator, der sogleich den nächsten Showakt ansagte. Doch da waren Karin und Eddie schon Arm in Arm auf dem Weg in ihre Kabine.

Auf der anderen Seite im Publikum stand Maria im Halbdunkel. Sie hatte alles mitbekommen. Wütend und enttäuscht stellte sie ihr Sektglas ab und verließ das Theatrium.

Zwei

Heute war der Termin, den Louise gerne noch weiter vor sich her geschoben hätte. Doch es ging nun mal kein Weg daran vorbei: Sie musste zur vierteljährlichen Krebsnachsorge-Untersuchung ins Universitätsklinikum Kiel. Bislang hatte sie schon drei Nachsorgetermine hinter sich, denen sie jedes Mal mit gemischten Gefühlen entgegengesehen hatte. Einerseits war da die Angst, dass die Ärzte erneut etwas Auffälliges finden könnten. Schließlich war sie innerhalb von zwei Jahren zweimal an Brustkrebs erkrankt. Zwar hatte sie auch beim letzten Mal noch auf eine brusterhaltende OP gehofft (daher war sie auch extra aus Lübeck zu einem Experten ins Kieler Klinikum gekommen, der für seinen schonenden Behandlungsansatz bekannt war). Allerdings mussten ihr dann doch ihre linke Brust amputiert und elf Lymphknoten entfernt werden, da der Tumor bereits Metastasen gebildet hatte.

Noch heute überkam sie manchmal – wie aus heiterem Himmel – eine Mischung aus Wut, Verzweiflung und Angst. Konnte man als Krebspatientin dem Leben noch trauen? Oder blieb es ein ständiges Lotteriespiel, bei dem man Angst haben musste, irgendwann eine Niete zu erwischen? Wie lange würde sie noch Glück haben? Solche Gedanken trieben sie vor allem nachts um, wenn sie alleine in ihrem Bett lag und ihren verstorbenen Mann Carl schmerzlich vermisste. Er hätte bestimmt die richtigen Worte parat gehabt, um sie zu trösten. Doch er war nun einmal – zumindest körperlich – nicht mehr da. Damit musste sie sich ein für alle Mal abfinden.

Glücklicherweise hatte sie ihren Sohn Mark und ihre zwei Freundinnen an ihrer Seite, die ihr in solchen Phasen Mut zusprachen. Auch der kleine Ben schaffte es jedes Mal, wenn sie ihn sah, sie schnell wieder aufzumuntern.

Instinktiv griff sich Louise an die linke Brust, deren Verlust nun ein Spezial-BH optisch ausglich. So ganz würde sie sich wohl nie daran gewöhnen können, dass auf ihrer linken Körperseite etwas fehlte. Andererseits wuchs in ihr die Hoffnung, den Brustkrebs endgültig besiegt zu haben. Zwar dauerte es noch einige Zeit bis zur viel zitierten Fünfjahresmarke, nach der Brustkrebspatientinnen als geheilt galten. Und je länger und häufiger die Untersuchungsergebnisse unauffällig waren, desto größer waren ihre Chancen auf Heilung – auch wenn natürlich immer ein gewisses Restrisiko bleiben würde.

„Ich bin gesund", sagte Louise leise zu sich und stieg in das bestellte Taxi, dessen Fahrer bereits vor ihrem Haus auf sie wartete. Ein bisschen freute sie sich auch auf Kiel, denn schließlich wohnten dort ihr Sohn Mark, ihre Freundin Sina und Ben, die sie nach ihrem Kliniktermin besuchen wollte. Sina hatte versprochen, sie mit dem Auto von der Klinik abzuholen, sobald sie mit dem Termin fertig war.

„Wohin soll es gehen?", fragte der freundliche Taxifahrer, während er sich zu ihr umdrehte.

„Zum Universitätsklinikum Kiel", antwortete Louise entschlossen.

Sina war pünktlicher, als sie es von ihrer jüngeren Freundin gewohnt war. Winkend kam sie ihr mit Ben im Kinderwagen auf dem Gang entgegen. Sie trug – nunmehr ganz die praktisch veranlagte Mama – einen Oversize-Pullover, Jeans und weiße Turnschuhe. Ihre blonden schulterlangen Haare hatte sie zu einem sportlichen Pferdeschwanz zusammengebunden. Von der früheren teuren Designerkleidung war nichts mehr zu sehen, dachte Louise mit einem Schmunzeln.

„Da bist du ja schon. Dann brauche ich ja gar nicht mehr anzurufen."

Nach einer kurzen Umarmung beugte sich Louise zu Ben hinunter und strich ihm über seine rosigen Wangen.

„Hallo, mein Goldhase. Groß bist du seit dem letzten Mal geworden." „Allerdings", bestätigte Sina, „ich dachte, ich fahre etwas eher los, damit du hier nicht so lange warten musst. Schließlich ist die Klinik für dich ja mit unangenehmen Erinnerungen verbunden. Und Ben hatte glücklicherweise auch schon seinen Nachmittagsschlaf beendet, sodass ich ihn mir gleich geschnappt habe."

„Oh, das ist aber lieb von dir." Louise drückte Sinas Hand. „Aber weißt du: Ich glaube, es ist wichtig, dass ich mein Trauma allmählich überwinde. Nur die Klinikgerüche werde ich irgendwie nicht los. Sie erinnern mich ständig an die Zeit, als ich auf der Intensivstation lag."

Sina nickte verständnisvoll. „Das kann ich verstehen. Aber jetzt sag' mal: Wie ist die Untersuchung gelaufen?"

„Gut, glaube ich. Zumindest war die Tastuntersuchung völlig unauffällig. Wenn es so gut weiterläuft, sagt Dr. Otterstein, genügt es, wenn ich zukünftig nur noch zweimal im Jahr hier auftauche."

„Das ist doch eine gute Nachricht", freute sich Sina, während sie in Richtung Ausgang liefen.

„Ja, ich glaube, ich habe wirklich Glück gehabt – vermutlich mehr als manch andere Patientin."

Sina, die ihre ältere Freundin inzwischen gut kannte und wusste, wann sie etwas beschäftigte, blieb abrupt stehen.

„Was meinst du damit?", wollte sie wissen.

Auch Louise hielt an und drehte sich ihrerseits zu Sina um – wohl wissend, dass sie ihrer Freundin dies näher erklären musste. „Nun, als ich vor Dr. Ottersteins Zimmer gewartet habe, saß dort auch eine völlig verängstigte Frau neben mir. Vermutlich hat sie vor kurzem ihre Diagnose erhalten. Ich wollte gerne ein Gespräch mit ihr anfangen, aber sie wirkte ganz apathisch und hat kaum auf meine Worte reagiert." Louise hob ratlos ihre Schultern an und schüttelte leicht den Kopf. „Wenn ich nur wüsste, wie ich ihr und anderen betroffenen Frauen helfen kann? Schließlich weiß ich ja selbst, wie es sich anfühlt, wenn man gerade mit so einer Schockdiagnose konfrontiert wurde."

Schweigend und nachdenklich setzten sich die Frauen wieder in Bewegung und kamen schließlich an Sinas neuem Wagen an (einem familienfreundlichen Kombi statt des sportlichen Zweisitzers von früher). Louise öffnete die hintere rechte Tür, sodass Sina ihren Sohn in den Kindersitz setzen konnte. Der Gedanke an die Begegnung mit der anderen Patientin wollte Louise noch immer nicht loslassen. „Weißt du, ich bin ja eigentlich kein depressiver Typ", fuhr sie fort, als sie sich auf den Beifahrersitz setzte und anschnallte. „Aber es gibt Tage, da fühle ich mich schon wie in einem Loch. Glücklicherweise habe ich dich, Karin, Mark und Ben, die mich dann wieder aufheitern. Ansonsten wüsste ich – glaube ich – manchmal nicht, was ich tun sollte."

Sina, die sich ebenfalls inzwischen angeschnallt hatte, betrachtete ihre ältere Freundin mit einem liebevollen Blick. „Das gilt umgekehrt aber genauso. Wenn ich überlege, was du schon alles für mich und Karin getan hast …" Sie wollte gerade den Zündschlüssel umdrehen, hielt aber inne, weil ihr plötzlich eine Idee kam. „Und wenn du dich um andere

Brustkrebspatientinnen kümmerst? Ich meine, mal einen Bericht über eine Frau gelesen zu haben, die sich ehrenamtlich als Patientenberaterin engagiert. Das könntest du doch auch – mit deiner eigenen Erfahrung und deiner ruhigen und tröstenden Art. Ich kenne keine Frau, die hilfsbereiter ist als du – außer Karin natürlich. Aber die arbeitet ja schon als Ernährungsberaterin im Rehazentrum Heiligenhafen."

Sina sprudelte förmlich über vor Begeisterung.

Louise strich sich verlegen durch ihr kurzes graublondes Haar. „Ich habe auch schon mal daran gedacht, so etwas zu machen. Doch meinst du wirklich, dass ich das kann? Ehrenamtlich arbeiten würde ich ohnehin. Ich habe ja selber genug Geld. Mir geht es nur darum, anderen Frauen zu helfen, denen etwas Ähnliches widerfahren ist wie mir."

„Klar kannst du das." Sina startete den Wagen. „Wenn nicht du, wer dann?"

In dieser Nacht konnte Louise kaum schlafen. Zu viele Gedanken gingen ihr im Kopf herum. Also stand sie auf, ging in die Küche und machte sich eine Tasse warme Milch mit Honig (auch wenn Karin ihr erklärt hatte, es sei wissenschaftlich nicht eindeutig erwiesen, dass das gegen Schlaflosigkeit helfen würde).

In ihrem Nachthemd saß sie am Küchentisch und hielt die Tasse mit beiden Händen umklammert. Allein die Wärme zu spüren, tat ihr gut. Vielleicht bildete sie sich das nur ein: Doch mit jedem Schluck hatte sie das Gefühl, tatsächlich ruhiger zu werden.

Zumindest wurden ihre Gedanken immer klarer – so klar, dass sie einen Entschluss fasste. Sie nahm einen Block und einen Kugelschreiber aus der nahen Schublade und begann zu schreiben:

Grobkonzept:
Patientenberatung Louise Mertens
Ziel: psychosoziale Unterstützung in der Nachsorge von Brustkrebspatientinnen – eine ehemalige Betroffene berät bei Schwierigkeiten im Alltag, in der Familie und im Beruf.

Morgen würde sie Sina fragen, ob sie ihr Grobkonzept auf dem Computer ins Reine schreiben könnte. Und dann würde sie im Brustzentrum Kiel anrufen und um einen Termin bitten, um ihre Idee der Pflegedienstleitung der Klinik vorzustellen.

Am nächsten Morgen stand Louise früh auf. Sie hätte natürlich noch liegen bleiben können – schließlich war sie alleine, frei und unabhängig; doch sie war einfach zu aufgeregt, um noch zu schlafen.

Sie kam sich vor, als wäre sie noch einmal zwanzig und voller verrückter Pläne. Damals hatte sie davon geträumt, eine berühmte Modedesignerin zu werden. Während ihre Freundinnen Ende der 1960er Jahre im Hippie-Look herumliefen, die freie Liebe propagierten und für den Frieden demonstrierten, saß sie lieber brav bei ihren Eltern zu Hause (auch wenn sie natürlich auch für Frieden war) und zeichnete in ihrem Mädchenzimmer – inspiriert von Designern wie Coco Chanel oder Christian Dior – Kleider, Kostüme und Hosen, die sie in der Vogue und anderen Modezeitschriften gesehen hatte.

Aus ihrem Traum, Modedesign zu studieren, war zwar nichts geworden, weil sie ihren Eltern zuliebe eine Lehre zur Bürokauffrau absolviert hatte. Doch für Mode hatte sie sich zeitlebens interessiert.

Und ihre kaufmännischen Kenntnisse konnte sie letztendlich gut gebrauchen, als sie mit Mitte vierzig das Angebot ihrer Chefin erhalten hatte, deren Damenboutique in der Lübecker Innenstadt zu übernehmen, weil diese in den Ruhestand gehen wollte.

Mark war inzwischen aus dem Gröbsten heraus, und auch ihr Mann Carl hatte sie darin bestärkt, den Schritt in die Selbständigkeit zu wagen. Und sie hatte es nie bereut, ihr eigenes Geld zu verdienen.

Doch darum ging es jetzt nicht. Sie hatte durch den Verkauf ihrer Boutique und ihrer Eigentumswohnung in Lübeck sowie Carls Witwenrente gut ausgesorgt, auch wenn der Kauf des Ferienhauses im letzten Jahr ihr nur wenige finanzielle Reserven gelassen hatte. Aber alleine brauchte sie ja auch nicht viel, zumal Mark mit seinen 37 Jahren als Ingenieur längst auf eigenen Beinen stand.

Auch wenn sie mit ihrem Sinn für Mode und Stil seinerzeit viele Kundinnen glücklich gemacht hatte: Jetzt hatte sie zum ersten Mal das Gefühl, etwas wirklich Sinnvolles tun zu können. Und diese Chance würde sie in jedem Fall nutzen. Schließlich war sie inzwischen 64 Jahre alt und wusste nicht, wie lange sie noch körperlich und geistig fit wäre und ob der Krebs nicht doch irgendwann wiederkommen würde. Daher gab es für sie auch keinen Grund, noch länger zu warten.

Also rief sie nach dem Frühstück gleich Sina an, weil sie wusste, dass ihre Freundin wegen Ben ebenfalls längst wach war. Louise musste noch immer darüber schmunzeln, dass sich die einstige Langschläferin inzwischen zu einer überzeugten Frühaufsteherin entwickelt hatte. Oft setzte sich Sina bereits um sechs Uhr im Schlafanzug und mit einem Kaffee an ihren Computer, um eine Stunde in Ruhe an ihrem Kinderbuch zu schreiben, bevor Mark und Ben wach wurden. „Frühmorgens habe ich die besten Ideen", sagte sie immer, wenn Louise verwundert fragte, warum sie nicht noch etwas länger liegen blieb, weil sie als junge Mutter ja schließlich ihren Schlaf brauchte.

Wie erwartet, war Sina bereits hellwach, als sie sich meldete. „Mark ist gerade zur Arbeit los, und ich habe heute Vormittag mit Ben noch einen Termin beim Kinderarzt", erklärte sie. Louises Bitte um eine Reinschrift ihres Konzeptes wollte sie gerne nachkommen, zumal Sina ja die eigentliche Ideengeberin war. „Schick' mir einfach eine E-Mail", sagte sie. „Ich kümmere mich dann heute Mittag darum, wenn Ben – hoffentlich – schläft."

Sina hielt Wort. Als Louise am Nachmittag ihren einfachen, aber funktionsfähigen Laptop (ein Geschenk von Mark, der ihr zusammen mit Sina auch das E-Mail-Schreiben beibrachte und einen Account einrichtete) einschaltete, lag das Konzept bereits in ihrem virtuellen Postfach. In der dazugehörenden E-Mail bat Sina Louise, einmal darüberzulesen, ob alles „in ihrem Sinne" sei und ihr eine Rückmeldung zu geben. Aufgeregt öffnete Louise den Dateianhang und flog über die Zeilen. Was sie da las, hörte sich gut, nein: einfach genial, an. Sina hatte es als gelernter PR- und Text-Profi geschafft, ihrem Konzept mit ihren Worten die Überzeugungskraft zu verleihen, die sie benötigte. Wenn sie damit bei der Pflegedienstleitung Erfolg hätte, würde sie Sina zum Essen einladen. Das stand schon mal fest!

In der nächsten Woche tat sich gar nichts. Louise wusste zwar, dass sie nicht mit einer sofortigen Antwort rechnen konnte (schließlich hatte man in einer Klinik ja auch genug anderes zu tun, als sich um ihr Anliegen zu kümmern). Doch enttäuscht war sie schon. Sie wollte schon die Hoffnung aufgeben, als eines Abends das Telefon klingelte. Louise war gerade dabei, sich einen Salat zu machen, und rechnete damit, dass es Karin war, da ihre Freundin oft um diese Zeit anrief.

Mit noch feuchten Fingern tastete Louise nach dem schnurlosen Telefon auf dem Küchentisch, klemmte sich das Mobilteil zwischen Ohr und Schulter und trocknete sich die Finger an einem Handtuch ab. „Hallo Karin."

Am anderen Ende der Leitung herrschte einen Moment lang Schweigen. „Ähm, guten Abend. Mein Name ist Labonte, Pflegedienstleitung am Universitätsklinikum Kiel. Ich würde gerne mit Frau Mertens sprechen."

Louise legte das Handtuch beiseite und nahm das Mobilteil wieder in die Hand. „Hier ist Frau Mertens. Entschuldigen Sie bitte. Ich hatte mit jemand anderem gerechnet."

„Wenn ich störe, kann ich gerne zu einem anderen Zeitpunkt wieder anrufen."

„Nein, nein", sagte Louise etwas zu laut, weil sie aufgeregt war. „Es passt gerade sehr gut."

„Schön. Nun, weshalb ich anrufe: Sie haben uns doch ein Angebot bezüglich einer Patientenberatung in der Brustkrebsnachsorge gemacht."

Louise wollte schon dazwischenreden, biss sich aber auf die Unterlippe.

„Obwohl Ihr Konzept sehr überzeugend ist, können wir es leider in der von Ihnen gedachten Form nicht aufgreifen, da wir an bestimmte Strukturen gebunden sind. Sie verstehen sicher."

Enttäuscht sank Louise auf den Stuhl neben sich. All ihre Hoffnungen schienen sich in nichts aufzulösen.

„Aber, und jetzt kommt die gute Nachricht: Wir haben vor knapp einem Jahr tatsächlich ein neues Projekt für die psychoonkologische Nachsorge entwickelt, das allerdings in den Medien noch nicht so bekannt ist, weil wir erst noch weitere Erfahrungen damit sammeln wollen. Danach würden wir Sie gerne als Genesungsbegleiterin für unsere Patientinnen der

Gynäkologie und speziell solche mit Mammakarzinom einsetzen."

Louise brauchte einen Moment, um sich zu sammeln. „Genesungsbegleiterin?" Mehr fiel der sonst so souveränen Frau nicht ein.

„Ja, so nennen wir das. Ziel ist es, die Patientinnen, deren Genesung mit der Primärtherapie, also Operation, Chemo oder Bestrahlung keineswegs abgeschlossen ist, auf ihrem weiteren Weg zu begleiten und zu unterstützen. Dazu haben wir bereits vier Frauen eingestellt. Sie wären die fünfte."

Louise hörte interessiert zu, sodass sie dabei ihren schwarzen Tee vergaß, der nunmehr seit fast 10 Minuten zog. „Ah ja, ich verstehe. Und was müsste ich tun?"

„Nun, zunächst würden ich und die Stationsleiterin, Frau Scharenhorst, Sie gerne einladen und persönlich kennenlernen. Sollten wir uns für Sie entscheiden, wovon ich ausgehe, stellen wir Sie in der nächsten Teamsitzung vor. Sie würden dann, in Begleitung einer Genesungsbegleiterin, die bereits etwas Erfahrung besitzt, in den ersten vier Wochen auf allen gynäkologischen Stationen hospitieren. Dabei lernen Sie dann die stationsübergreifenden Angebote, Besonderheiten, einzelnen Milieus und Kollegen kennen und sollen in der ersten Zeit nur beobachten. Danach beginnen dann Ihre eigentlichen Aufgaben wie Spaziergänge mit Patienten oder Hilfe bei der Alltagsbewältigung. Doch das erklären wir Ihnen dann bei unserem Kennenlerntermin genauer. Apropos Termin: Passt es Ihnen nächsten Donnerstag um 11 Uhr?"

In den nächsten Wochen hospitierte Louise an der Seite ihrer Kollegin Doris, die schon länger Erfahrung als Genesungsbegleitern hatte. Doris war mit ihren 51 Jahren zwar deutlich jünger als sie, hatte jedoch bereits ebenfalls schon einmal den Krebs überwunden. Als ehemalige Patientin und gelernte

Sozialarbeiterin hatte die Kielerin beste Voraussetzungen als Genesungsbegleiterin und galt – neben der Pflegedienstleiterin Labonte – als heimliche Chefin. Doris war es auch, die Louise zeigte, worauf es beim Umgang mit den Patientinnen ankam: zu helfen, wenn man gebraucht wurde, ohne aufdringlich oder belehrend zu wirken, sondern die Frauen auf ihrem Weg zur Heilung zu begleiten.

Schnell glaubte Louise zu spüren, wie erleichtert die Patientinnen waren, als sie hörten, dass Louise ebenfalls dasselbe durchgemacht hatte wie sie jetzt. Und so war Louise schon nach kurzer Zeit bei den Patientinnen und dem Pflegepersonal gleichermaßen beliebt. Angeblich strahlte Louise Hoffnung und Zuversicht aus, ohne allzu mitleidig zu wirken, wie Doris ihr bei den Teambesprechungen mehrfach versichert hatte. Das komme bei den Patientinnen gut an.

Nur bei einer Patientin schienen weder sie noch Doris weiterzukommen – im Gegenteil: Jedes Mal, wenn sie Anne besuchten, wirkte diese abweisend, so als wolle sie niemanden an sich heranlassen. Auch Louises Angebot, mit ihr zu reden oder mal einen kurzen Spaziergang zu machen, lehnte die 62-jährige Patientin kategorisch ab.

Als Louise Doris einmal mehr auf Annes Verhalten ansprach, sagte diese:

„So ist das manchmal. Manche Frauen kommen mit der Krankheit überhaupt nicht klar und igeln sich immer mehr ein. Wir haben ihr schon angeboten, noch während der stationären Behandlung eine Gesprächstherapie in Anspruch zu nehmen. Doch auch das lehnt sie ab."

Selbst ihr Bruder, der sie zweimal in der Woche besuchte, vermochte sie nicht aufzuheitern.

„Anne, es wird wieder alles gut", bekam Louise eines Tages mit, als sie die beiden einmal auf ihrem Zimmer antraf.

„Nichts wird gut", antwortete Anne, worauf ihr Bruder entgegnete: „Doch, glaub mir. Und du musst es unbedingt Nele erzählen."

Louise hatte sich gerade von Doris verabschiedet, um zu Sina und Mark zu fahren, wo sie während der Woche wohnte, weil sie selbst ja keinen Führerschein besaß, um zurück nach Heiligenhafen zu fahren, als sie auf dem Gang der Station Annes Bruder entdeckte, als dieser das Zimmer seiner Schwester verließ und in Richtung Ausgang ging. Sie überlegte nicht lange und ging dem Mann flotten Schrittes hinterher. Vor dem Fahrstuhl hatte Louise ihn schließlich eingeholt. Er drückte den Knopf, als Louise ihm sachte ihre Hand auf den Arm legte.

Überrascht drehte er sich um. Er mochte etwa so alt sein wie sie. Jetzt, wo sie direkt vor ihm stand, fiel ihr auf, wie gut er aussah. Er war groß und hatte eine braune Wildlederjacke an, die gut zu seinen dunklen Augen passte. Die dunklen, noch vollen Haare und die leicht ergrauten Schläfen verliehen im etwas Distinguiertes. In seinem gutmütigen Gesichtsausdruck lag eine Spur von Traurigkeit, und er sah aus, als ob er geweint hätte.

„Entschuldigen Sie bitte, dass ich Sie so einfach anspreche. Aber mir liegt etwas auf dem Herzen, das ich Ihnen gerne sagen wollte."

„Ja?" Annes Bruder schluckte, zog dann aber erwartungsvoll die buschigen Augenbrauen hoch.

„Ich weiß, wie sich Ihre Schwester gerade fühlt."

Louise hatte erwartet, dass er ihr nun interessiert zuhören würde. Doch wandte er ihr den Rücken zu und stieg in den Fahrstuhl. Louise wartete. Der Mann schien ihren durchdringenden Blick in seinem Rücken zu spüren, denn er drehte sich doch noch einmal zu ihr um. „Woher wollen Sie das denn wissen?“

„Weil ich im letzten Jahr genau dasselbe durchgemacht habe wie Anne.“

Louise sah in seine überraschten Augen. Dann schloss sich der Fahrstuhl und fuhr mit Annes Bruder nach unten.

Drei

Louise wusste nicht, was sie von der Begegnung am letzten Tag halten sollte. Einerseits hatte sie das Gefühl, zu weit vorgeprescht zu sein. Schließlich kannte sie Annes Bruder gar nicht und sollte sich in fremde Familienangelegenheiten besser nicht einmischen. Andererseits verspürte sie den dringenden Wunsch, Anne zu helfen. Schließlich wusste sie nur zu gut, wie sie sich gerade fühlen musste.

„Du musst es unbedingt Nele erzählen", hatte Annes Bruder zu ihr gesagt. War das ihre Tochter? Und falls ja: Hieße das, dass sie gar nicht wusste, dass ihre Mutter an Brustkrebs erkrankt war? Louise spürte einen Stich ins Herz. Das erinnerte sie an ihr eigenes Verhalten.

Auch sie hatte damals lange gezögert, Mark von dem erneuten Tumor in ihrer Brust zu erzählen. Zu groß war ihre Angst gewesen, er könne mit der Diagnose nicht klarkommen, nachdem er schon seinen Vater an den Krebs verloren hatte. Doch ihr Bemühen, ihren Sohn zu schützen, hatte nicht den gewünschten Erfolg gebracht. Im Gegenteil: Er hatte es ihr sogar übel genommen, dass sie vor ihm Geheimnisse hatte. Zwar hatten sie sich inzwischen längst wieder versöhnt. Doch Louise wollte nicht, dass Anne den gleichen Fehler beging wie sie.

Louise seufzte. Sie beschloss, den Gedanken an Anne und ihren Bruder vorerst beiseitezuschieben. Sie würde sie ja bestimmt bald wiedersehen. Und bis dahin hatte sie Zeit, sich zu überlegen, wie sie vorgehen wollte. Jetzt gab es etwas anderes zu tun. Sie musste dringend Sina anrufen. Schließlich hatte Karin in wenigen Tagen Geburtstag, und sie wollte mit Sina wegen eines Geschenks sprechen. Ihre Idee war, dass sich Karin in einer Wellnesseinrichtung im Ferienpark einmal so richtig verwöhnen lassen sollte. Dafür wollte sie einen Gutschein für eine Gesichtsbehandlung, ein Bad und eine Massage besorgen.

Glücklicherweise hatten Eddie und sie sich wieder versöhnt und Karin ihre fixe Idee, eine Auszeit von Eddie und Heiligenhafen zu nehmen und nach Köln zurückzukehren, schnell wieder verworfen.

Eigentlich wollte Karin ihren achtundvierzigsten Geburtstag nicht groß feiern und nur mit Eddie essen gehen. Doch sie hatte die Rechnung ohne ihre Freunde gemacht. Denn Louise und Sina planten – zusätzlich zum Wellnessgutschein – eine Überraschungsparty. Eddie war natürlich eingeweiht. Er fand die Idee sogar ausgesprochen gut, weil er Karin gegenüber immer noch ein schlechtes Gewissen wegen seines unehelichen Sohns besaß und sich gut vorstellen konnte, was die neue Nachricht für Karin bedeuten musste. Damit Karin nichts von der geplanten Party für sie mitbekam, sollte die Feier in Louises Haus am Graswarder stattfinden.

„Ich dachte, wir wollten in unserem Fischlokal essen gehen", entgegnete Karin verwundert, als Eddie zielstrebig in Richtung ihres Wagens ging, der vor ihrem kleinen Kapitänshaus in der Heiligenhafener Altstadt parkte. „Wieso nehmen wir dann das Auto? Wir brauchen doch höchstens zehn Minuten zu Fuß."

„Ich wollte noch kurz etwas von Louise abholen", log Eddie.

„Jetzt? Aber ich dachte, sie ist heute gar nicht da."

Eddie griff in seine Jackentasche und zog den Ersatzschlüssel heraus, den Louise den beiden für den Notfall gegeben hatte, und hielt ihn in Karins Richtung. „Hast du vergessen, dass wir einen Schlüssel haben?"

„Aber du kannst doch nicht einfach in Louises Haus gehen, ohne sie zu fragen." Karin schien noch immer nicht überzeugt zu sein.

„Los, komm' mit rein", forderte Eddie seine Frau auf, als sie bei Louises Haus angekommen waren. „Du musst mir tragen helfen."

Widerwillig schnallte sich Karin ab, stieg aus und ging durch die Gartenpforte zur Eingangstür. „Also, jetzt verstehe ich langsam gar nichts mehr."

Mit einem Grinsen im Gesicht drückte Eddie den Klingelknopf. Dabei wandte er das Gesicht von Karin ab, damit er sich nicht verriet.

Karin schüttelte verständnislos den Kopf. „Wieso klingelst du denn, wenn Louise sowieso nicht zu Hause ist?", fragte sie. Doch sie erhielt keine Antwort mehr, denn plötzlich wurde von innen die Tür aufgerissen.

„Überraschung!" schallten gleich mehrere Stimmen aus dem Flur. Als sich Karin wieder gefangen hatte, entdeckte sie Louise, Sina und Mark mit Ben auf dem Arm. Auch ihre Tochter Sophie und ihre Freundin Ilka aus Köln waren im Hintergrund zu sehen. Alle trugen alberne Papierhütchen auf dem Kopf. Sina blies eine Papiertröte in ihre Richtung. Vor Schreck stolperte Karin über die Türschwelle und wäre fast umgefallen. Glücklicherweise war Eddie gleich zur Stelle und fing sie auf.

Sina klatschte begeistert in die Hände. „Ich glaube, die Überraschung ist gelungen."

Karin entspannte sich zusehends. So hatte sie zwar ihren Geburtstag nicht geplant, aber jetzt fand sie es doch schön, ihn mit ihren besten Freunden feiern zu können. Und wie toll, dass ihre Tochter Sophie und ihre alte Freundin Ilka extra angereist waren!

Nachdem sich alle gut miteinander zu verstehen schienen, ging Karin schließlich zu Sina, die mit einem Glas Prosecco am Fenster stand und auf den menschenleeren Strand hinausblickte. „Und wie geht es dir so?", wollte Karin von ihrer jüngeren Freundin wissen.

„Super", antwortete Sina. „Ich habe vorgestern den Vertrag für mein erstes Kinderbuch unterschrieben. Der Verleger ist ganz begeistert und will daraus vielleicht sogar eine Serie machen, wenn das Buch gut bei den Kindern ankommt."

„Oh, das freut mich für dich. Wie lautet denn eigentlich der Titel?"

„Die ungleichen Freunde", sagte Sina, während sie an ihrem Sektglas nippte.

„Das soll jetzt aber keine Anspielung auf unsere Freundschaft sein, oder?", fragte Louise, die sich zu ihnen gesellte und sich bei den beiden einhakte.

„Nie im Leben." Sina zwinkerte Louise und Karin zu, die sehr wohl wussten, wie ihre jüngere Freundin dies gemeint hatte.

„Apropos Freundschaft", entgegnete Louise mit einem Blick auf Ben, der allmählich zu laufen begann und gerade dabei war, unter Aufsicht von Mark eine Glasschale mit Muscheln genauer zu inspizieren. „Dazu gehört ja auch gelegentliches Babysitten. Warum gehst du mit Mark nicht noch eine Runde am Hafen oder Strand spazieren? Ihr seid in letzter Zeit so selten in Heiligenhafen und solltet das noch etwas ausnutzen, bevor ihr morgen wieder nach Kiel zurückfahrt. Wir passen in der Zwischenzeit gut auf Ben auf."

Sina blickend fragend zu Karin. „Ist das in Ordnung für dich, wenn wir dich an deinem Ehrentag mal kurz alleine lassen?"

Karin nickte. „Natürlich. Geht nur. Und lasst euch ruhig Zeit."

Sina ließ sich das nicht zweimal sagen. Schnell schnappte sie sich ihre Jacke, küsste Ben auf die Stirn und zog Mark hinter sich in Richtung Tür.

Als sie mit Mark nach draußen trat, sog sie die würzige Ostseeluft tief ein. Es war zwar für Mitte September noch recht mild, doch es dämmerte bereits, und man konnte spüren, dass der Sommer bald endgültig vorbei sein würde. Sie war rundum zufrieden. Schließlich war es auch ein toller Tag gewesen: Ihre Überraschungsparty für Karin war vollends gelungen. Sie war mit ihren Freunden zusammen. Außerdem war sie stolz, den Vertrag für ihr erstes Kinderbuch in der Tasche zu haben.

Glücklich hakte sie sich bei Mark ein. Gemeinsam bummelten sie an der Marina entlang. Die Segel und Leinen der unzähligen Segelboote klapperten leise im Wind. Zwischendurch hörte man die Schreie der Möwen. Diese Geräusche hatte Sina schon als Kind geliebt.

Sie waren etwa zehn Minuten gegangen, als sie bemerkte, dass ihr Freund heute ungewöhnlich still war. „Stimmt etwas nicht?", wollte sie wissen.

Sina suchte Marks Hand, doch wider Erwarten zog er sie zurück.

„Warum fragst du?" Mark schien die Frage unangenehm zu sein, denn er blickte stur geradeaus und kniff dabei die Augen zusammen, so als ob er in der Ferne etwas Spannendes entdeckt hätte.

„Na ja, ich meine, normalerweise nutzt du doch jede Gelegenheit zum Reden, wenn wir mal alleine sind. Entweder erzählst du mir von deinem Tag oder was dich gerade beschäftigt. Aber seitdem wir losgegangen sind, hast du kein einziges Wort mit mir gesprochen."

„Ach, ich habe nur Kopfschmerzen", wiegelte er ab.

Sina verzog das Gesicht und blickte Mark skeptisch von der Seite an. „Na, das hat mir deine Mutter im letzten Jahr mit dem gleichen Tonfall auch schon mal erzählt. Und es steckte dann etwas ganz anderes dahinter."

„Was sollte denn dahinterstecken?" Mark fühlte sich zunehmend unbehaglicher und zog den Reißverschluss seiner Baumwolljacke etwas weiter zu, obwohl es noch immer mild war.

„Verrate du es mir."

Mark wusste, dass Sina nicht locker lassen würde. Also blieb er stehen, nahm einen Halm Strandhafer ab, der an der Seite der Promenade wuchs und begann, einzelne Teile davon mit den Fingern abzuziehen, ohne Sina jedoch anzublicken. „Es ist wegen der Arbeit."

„Du meinst das blöde Projekt, dessentwegen dich dein Chef schon seit Wochen nervt?" Mark warf den Halm weg, blickte Sina aber noch immer nicht an. „Nein, das ist es nicht, zumindest nicht direkt."

„Was ist es dann?"

Mark holte tief Luft und atmete hörbar wieder aus. Trotz der Dämmerung konnte sie erkennen, wie unendlich müde ihr Freund plötzlich wirkte. Normalerweise leuchteten seine grüngrauen Augen wie Diamanten, und er hatte stets ein spitzbübisches Grinsen im Gesicht. Seitdem sie Mark kennengelernt hatte, trug er seine dunkelblonden Haare kinnlang – manchmal sogar zu einem Zopf zusammengebunden, was ihn wie einen jungen Studenten oder coolen Surfer aussehen ließ und nicht wie einen 37-jährigen Ingenieur. Jetzt waren um seine Augen dunkle Schatten erkennbar, und durch seine verspannten Gesichtszüge wirkte er älter als sonst. Seine Haare hingen schlapp an seinem Gesicht herunter, was seinen traurigen Gesichtsausdruck verstärkte.

Warum war ihr das bloß nicht schon viel eher aufgefallen? War sie in letzter Zeit viel zu sehr mit sich selbst und Ben beschäftigt gewesen und hatte Mark möglicherweise vernachlässigt? Sie dachte noch über die Frage nach, als Mark plötzlich antwortete: „Okay, du wirst es ja ohnehin erfahren müssen: Mir wurde gekündigt."

Sina schluckte. „Seit wann weißt du es?" Sie konnte es nicht fassen, was sie da gerade aus dem Mund ihres Freundes gehört hatte.

Mark drehte sich einmal mehr von Sina weg und antwortete leise. „Seit Montag."

Sina spürte, wie das Blut in ihren Ohren pulsierte. Sie suchte Marks Blick, der sie jedoch immer noch nicht anblickte. „Die ganze Woche schon? Und wann wolltest du es mir sagen?", entfuhr es ihr etwas zu schrill, denn ein vorbeigehendes junges Pärchen blickte sie erschrocken an.

Schließlich kam Mark näher und legte besänftigend seine Hände auf Sinas Schultern. „Ich wollte es dir ja sagen. Aber dann war da der Geburtstag von Karin, auf den du und meine Mutter euch so gefreut habt. Und da wollte ich euch nicht die Stimmung vermiesen. Ich hätte am Sonntagabend, wenn wir wieder zu Hause sind, mit dir darüber gesprochen."

Sina schien das nicht zu hören. Sie dachte angestrengt nach, was daran erkennbar war, dass auf ihrer Stirn eine Falte sichtbar wurde. Schließlich wandte sie sich wieder Mark zu. „Aber was ist passiert? Dein Chef und deine Kollegen waren doch immer total zufrieden mit dir. Das habe ich doch selbst von Herrn Richter gehört, als ich ihn vor kurzem einmal am Telefon hatte."

Sina bemerkte, wie Zorn in Mark aufstieg, denn er trat mit dem Fuß nach einem kleinen Stein auf dem Gehweg. „Ja, das war auch nicht das Problem. Du weißt ja, dass ich für den Neubau der Berufsschule bei der Berechnung viel Wert auf den Punkt Sicherheit gelegt habe. Das habe ich so gelernt und war auch mit dem Kunden so vereinbart. Doch jetzt ist ihnen das Ganze angeblich zu teuer. ‚Sie sind der Wirtschaftlichkeit verpflichtet', hat mein Chef gesagt. Als ob ich das nicht berücksichtigt hätte. Und jetzt", Mark machte eine kurze Pause, „ist der Richter sauer auf mich, weil sie durch mich, wie er sagt, einen wichtigen Kunden an die Konkurrenz verloren haben. Der Kunde wolle jetzt ein anderes Ingenieurbüro beauftragen, mit dem sie früher schon einmal zusammengearbeitet haben. Einen solch großen Auftrag zu verlieren, könne er sich in Zeiten des harten Preiskampfes nicht leisten", redete sich Mark regelrecht in Rage.

„Und was hast du dann gesagt?", wollte Sina weiter wissen.

Mark holte tief Luft, um sich wieder zu beruhigen. „Ich habe ihm geantwortet, dass ich dies zwar verstehe, aber die Sicherheit bei einem so komplizierten Bau, wie es sich der Kunde vorstelle, nicht vernachlässigen könne. Aber das wollte er anscheinend nicht mehr hören, denn er ist einfach aufgestanden, hat mir die schriftliche Kündigung überreicht und alles Gute für meinen weiteren beruflichen Werdegang gewünscht."

„So ein Blödmann", war jetzt auch Sina sauer. „Zu wann gilt denn die Kündigung?"

„Laut Vertrag beträgt die Kündigungsfrist zwei Wochen. Das heißt, ich habe jetzt noch gut über eine Woche, wobei ich nicht weiß, ob ich am Montag noch in den Laden gehen möchte."

„Das kann ich verstehen." Sina umarmte Mark und vergrub ihren Kopf an seiner Schulter. Sie würden das gemeinsam schon hinbekommen und Mark würde bald eine neue und bessere Stelle finden, da war sie sich sicher.

Mark war eigentlich kein Typ, der sich groß Sorgen um seine Zukunft machte. Das hatte er noch nie getan. Doch jetzt mit Sina und Ben an seiner Seite war die Situation eine andere. Er wusste zwar, dass Sina keine klassische Hausfrau und Mutter war und auch mit Kind gerne weiterarbeiten wollte. Doch bis sie mit ihren Kinderbüchern und ihrer freiberuflichen Textverfassung richtig Geld verdiente, würde es vermutlich noch einige Zeit dauern. Bis dahin musste er der Hauptverdiener sein und schnell wieder einen Job finden.

Seine Mutter und Sina versicherten ihm zwar immer wieder, dass er ein toller Ingenieur sei und nur etwas Geduld brauche. Doch er hatte wenig Hoffnung, bald etwas Passendes zu finden. Auch wenn ihn an seiner Kündigung keine Schuld traf: Eine Kündigung innerhalb der Probezeit machte sich im Lebenslauf nie gut. Außerdem befürchtete er, beim Kündigungsgespräch mit seinem Chef verbrannte Erde hinterlassen zu haben. Schließlich hatte er ihm deutlich gemacht, was er von den „Gepflogenheiten" in der Branche hielt. Und leider sprach es sich schnell herum, wenn jemand vor die Tür gesetzt worden war.

Was sollte er jetzt also tun? Etwas ganz anderes machen so wie Eddie, der früher Gymnasiallehrer gewesen war und nun als Hausmeister und Nordic Walking-Trainer arbeitete? Das konnte er sich nicht wirklich vorstellen, auch wenn er mit 37

Jahren noch jung genug für einen kompletten Berufswechsel war. Baubiologie würde ihn interessieren. Und er wusste auch, dass es entsprechende Fernlehrgänge gab. Sicher könnte er während eines solchen Studiums auch gut auf Ben aufpassen, damit Sina ungestört an ihrem Buch oder ihren Texten weiterarbeiten konnte.

Doch wenn er ehrlich war, würde er vorher gerne noch etwas von der Welt sehen. Schließlich waren er und Sina noch jung genug für einen Auslandsaufenthalt und Ben noch nicht in der Schule. Außerdem konnte Sina von jedem Ort der Welt aus schreiben. Welchen Grund gab es also, bis in alle Zeiten in Kiel zu bleiben?

Zwar war er – seiner Mutter zuliebe – erst im letzten Jahr aus Argentinien zurückgekehrt, als diese schwerkrank in der Klinik lag. Doch jetzt ging es ihr wieder besser, und sie hatte mit ihrer ehrenamtlichen Tätigkeit zudem noch eine Aufgabe, die sie erfüllte. Sie würde sich also ohne ihn nicht langweilen. Außerdem war da ja auch noch Karin, die sich nunmehr mit Eddie versöhnt hatte und hier in Heiligenhafen weiterhin vor Ort wäre. Natürlich würde er seine Mutter vermissen. Doch der Auslandsaufenthalt müsste ja nicht für immer sein, sondern vielleicht zwei oder drei Jahre, bis Ben in die Schule kam.

Plötzlich kam Mark eine Idee: Er würde sich bei seinem ehemaligen Studienkollegen in New York erkundigen, ob er eine freie Stelle für ihn wüsste. Was hatte er schon zu verlieren?

Vier

Karin war sich bewusst, dass Eddie aus Rücksicht auf ihre Gefühle so wenig wie möglich über Felix sprach. Doch auch so musste sie immer wieder daran denken, dass Eddie nun Vater eines erwachsenen Sohnes war.

Auch wenn es sie sehr schmerzte, kein gemeinsames Kind mit Eddie zu haben: Sie konnte und durfte ihrem Mann den Umgang mit seinem Sohn nicht verbieten. Dies würde ihre noch junge Ehe unnötig belasten. Schließlich hatte Felix ein Recht darauf, seinen Vater kennenzulernen.

Was hatte Maria Felix all die Jahre bloß erzählt, wer und wo sein Vater sei? Allem Anschein nach wusste Felix, dass Franz nicht sein leiblicher Vater war. Wollte Felix denn gar nichts über seine Herkunft wissen?

Natürlich hatte auch ihre eigene Tochter – die mit ihren 22 Jahren gerade mal zwei Jahre älter war als Felix – durch die Scheidung ihrer Eltern ihr „Päckchen" zu tragen. Doch zu dem Zeitpunkt, als Dieters Affäre aufgeflogen war und sie sich von ihrem Mann getrennt hatte, war Sophie bereits erwachsen und konnte alles besser verstehen als Kinder, deren Eltern sich früh trennten. Außerdem hatte Sophie, obwohl sie in London lebte, regelmäßigen Kontakt zu ihrem Vater in Köln. Wenn sie sich vorstellte, dass ihre Tochter überhaupt nichts über ihren Vater wüsste …

Alleine der Gedanke daran war für Karin schwer zu ertragen.

Jedes Kind, auch wenn es inzwischen schon erwachsen war, brauchte doch Mutter und Vater, davon war sie überzeugt. Sie wollte immer, dass Sophie mit jedem Problem zu ihr kam und sich ihr anvertraute. Auch Felix sollte diese Chance erhalten. Daher gab sie sich einen Ruck und sprach Eddie eines Abends auf das Thema an, als sie gemeinsam an der Promenade ihre Nordic Walking-Runde drehten.

„Ich finde, du solltest Maria anrufen", begann Karin das Gespräch.

Eddie war Karin einen Schritt voraus und verzögerte das Tempo, weil er Karin nicht richtig verstanden hatte. „Ich soll was?"

„Maria anrufen und ihr vorschlagen, dich mit Felix zu treffen", schnaufte Karin. Sie würde wohl noch lange brauchen, um mit Eddie konditionell mithalten zu können.

„Bist du sicher?", fragte Eddie überrascht und zog sich seine Kappe tiefer in die Stirn, weil die Abendsonne ihn blendete.

„Ja", sagte Karin, die durch die Pause langsam wieder zu Atem kam.

„Aber woher denn dein plötzlicher Sinneswandel? Du wolltest doch, dass ich mich von Maria fernhalte." Eddie schien noch immer verwirrt zu sein, zumal er wusste, dass Karin Maria seit der unschönen Begegnung auf dem Kreuzfahrtschiff nicht ausstehen konnte.

„Nun", antwortete Karin und machte eine bedeutungsvolle Pause, „ich finde, dass Felix ein Recht darauf hat, seinen Vater endlich kennenzulernen."

Eddie dachte lange über den Satz von Karin nach und legte dabei den Kopf schief. „Und was ist, wenn er mich gar nicht kennenlernen will? Ich meine, er ist 20 Jahre ohne mich klargekommen. Warum sollte er plötzlich einen Vater brauchen, zumal er inzwischen erwachsen ist?"

„Papperlapapp", unterbrach ihn Karin und fuchtelte mit ihren Nordic Walking-Stöcken herum. „Jedes Kind braucht seinen Vater – egal, wie alt es ist. Und außerdem wirst du ihm ein toller Vater sein, das weiß ich. Schließlich habe ich dich ja geheiratet." Karin zwinkerte Eddie zu.

Eddie trat einen Schritt näher an Karin heran und nahm sie in den Arm. „Und ich habe die tollste Frau der Welt geheiratet." Eddie gab Karin einen langen innigen Kuss. „Und jetzt lass uns nach Hause gehen und duschen – am besten gemeinsam." Mit einem schelmischen Lächeln zwinkerte Eddie jetzt Karin zu, die bei dieser Bemerkung ihres Mannes rot wurde.

Karin liebte es, in Heiligenhafen auf den Wochenmarkt zu gehen. Samstagvormittags war sie am Marktplatz fast immer anzutreffen – und manchmal auch am Mittwoch, sofern es ihr Dienstplan im Rehazentrum erlaubte. Nicht nur, dass sie als Ernährungsberaterin viel Wert auf frisches, gesundes Obst und Gemüse aus der Region legte. Sie genoss jedes Mal auch die dörfliche Atmosphäre auf dem zentral gelegenen Marktplatz, um den sich das Rathaus, ein Backsteinbau von 1882, die vielen kleinen Geschäfte, Cafés und Gassen mit den alten Bürger- und Kapitänshäusern reihten.

An diesem Mittwochvormittag – sie hatte sich heute einen Tag freigenommen, um noch einige Besorgungen zu machen – fühlte sie sich jedoch irgendwie unbehaglich. Schon am Morgen war ihr heiß gewesen, und sie hatte Schweißausbrüche und Herzrasen gehabt. Ein paar Mal war ihr auch schwindelig geworden. Außerdem war ihre Periode bereits seit mehreren Wochen überfällig. Karin traute sich kaum, daran zu glauben, doch: War sie etwa schwanger? Sie wusste, dass die Wahrscheinlichkeit hierfür in ihrem Alter sehr gering war. Doch sie wollte Gewissheit. Daher beschloss sie, möglichst schnell ihre Frauenärztin, deren Praxis nicht weit vom Marktplatz entfernt war, aufzusuchen.

Karin hatte Glück. Eine Patientin hatte kurzfristig abgesagt, und so musste Karin nur eine knappe halbe Stunde warten.

„Und?", fragte Karin ungeduldig, als Frau Dr. Schmidt die Tast- und Ultraschalluntersuchung beendet hatte.

„Nun, Frau Fischer", antwortete die Ärztin zögerlich, als sie ihre Gummihandschuhe auszog und diese in einen Eimer neben dem Behandlungsstuhl warf. „Schwanger sind Sie mit an Sicherheit grenzender Wahrscheinlichkeit nicht. Es sieht eher so aus, als ob Sie langsam in die Wechseljahre kommen."

„Wechseljahre, im Ernst?", fragte Karin ungläubig und richtete sich auf.

„Ja. In Ihrem Alter sind Blutungsunregelmäßigkeiten ganz normal und kein Grund zur Besorgnis. Sie sagten ja auch, dass Sie seit einiger Zeit unter Hitzewallungen und Schweißausbrüchen leiden. Wenn Sie starke Beschwerden haben, kann ich Ihnen gerne ein pflanzliches Präparat empfehlen, das die Hormonschwankungen ausgleicht und so die Beschwerden lindern kann."

„Ich bin also nicht schwanger?", fragte Karin noch einmal nach, als sie sich wieder angezogen hatte. Dabei konnte sie ihre Enttäuschung nicht verbergen.

„Nein, leider nicht. Hätten Sie sich denn noch ein Kind gewünscht?", fragte die Ärztin verständnisvoll. „Ich meine, es gibt natürlich gewisse Möglichkeiten. Aber um ehrlich zu sein: In Ihrem Alter würde ich mir das genau überlegen. Die Erfolgschancen sind gering und das Risiko dafür ziemlich hoch."

„Nein, nein." Karin schüttelte den Kopf. „Wenn, dann sollte die Befruchtung schon auf natürlichem Wege zustande kommen."

„Na ja", entgegnete die Ärztin, „völlig ausgeschlossen ist es natürlich nicht. Sie sollten sich jedoch keine allzu großen Hoffnungen mehr machen. Und soviel ich weiß, haben Sie doch eine Tochter."

„Ja, das stimmt. Sophie ist toll. Es ist nur so", fuhr Karin fort und zupfte ein paar imaginäre Flusen von ihrem Pullover, „ich hätte mit meinem frisch gebackenen Ehemann gerne noch ein eigenes Kind."

„Verstehe. Hat Ihr Mann denn Kinder?"

„Ja, einen 20-jährigen Sohn. Er hat erst vor kurzem von ihm erfahren."

„Oh, das ist dann ja eine ganz besondere Situation für Sie."

„Das kann man wohl sagen", nickte Karin.

„Und können Sie sich damit arrangieren?"

„Ich versuche es", sagte Karin mehr zu sich selbst als zu Frau Dr. Schmidt. „Ich versuche es."

In den folgenden Tagen erlebte Karin eine Achterbahnfahrt der Gefühle. Zwar hatte Eddie wunderbar auf die Nachricht reagiert, dass sie nun doch nicht schwanger, sondern vielmehr in den Wechseljahren sei. Mit den Worten „Du bist mir genug" hatte er sie liebevoll in den Arm genommen und so lange gehalten, bis Karins Tränen der Enttäuschung endgültig versiegt waren.

Karin hatte den Eindruck, dass Eddie das Ganze nicht so schwer nahm wie sie. Kein Wunder: Schließlich hatte er gerade erst von seiner Vaterschaft erfahren und wartete schon ungeduldig darauf, Felix bald kennenzulernen. Doch so sehr sie auch versuchte, sich mit ihrem Mann zu freuen: Sie ahnte schon jetzt, dass demnächst einige Herausforderungen auf sie zukommen würden.

Allein der Kontakt zu Maria war Karin ein Dorn im Auge. So hatte Eddie gleich nach ihrem Gespräch bei Maria angerufen, um mehr über seinen Sohn zu erfahren. Demnach wusste Felix bereits von seinem Vater und hatte ein auf der Kreuzfahrt von Maria aufgenommenes Foto von ihm gesehen. Doch ob und wann er Kontakt zu seinem Vater aufnehmen wollte, war noch unklar. Insgeheim hatte Karin gehofft, dass es noch eine Weile dauern würde, bis Felix sich bei Eddie meldete.

Doch dann ging es viel schneller als erwartet. Schon am nächsten Tag erhielt Eddie auf seinem Handy eine SMS:

Hi Eddie, freue mich, dich endlich kennenzulernen. Habe noch Semesterferien und könnte nächstes Wochenende nach Heiligenhafen kommen. Passt es dir? LG Felix

Eddie ging aufgeregt auf dem Bahnsteig auf und ab. Es war früher Abend, und die Sonne stand bereits tief, sodass Eddie seinen eigenen Schatten erkennen konnte. Vor dem kleinen Bahnhofsgebäude standen etwa ein Dutzend Menschen, die auf den Zug warteten. Die meisten vertrieben sich die Zeit, indem sie sich mit ihrem Handy beschäftigten, Zeitung lasen oder sich miteinander unterhielten. Eine junge Frau war anscheinend ebenso ungeduldig wie Eddie. Denn wie er lief auch sie aufgeregt hin und her, während sie sich immer wieder durch die langen blonden Haare strich. Trotz seiner eigenen Anspannung musste Eddie lächeln. Bestimmt wartete sie auf ihren Freund.

Er hatte Felix versprochen, zum Bahnhof Oldenburg in Holstein zu kommen, damit er nicht mit dem Linienbus fahren musste. Zwar gab es einen Anrufbus, der Reisende mit einem gültigen Bahnticket nach Heiligenhafen brachte. Da Felix jedoch noch nie in Heiligenhafen gewesen war und sich dort nicht auskannte, wollte Eddie seinen Sohn besser mit dem Auto abholen.

Wie Eddie mit Blick auf die Uhr bemerkte, hatte der ICE Verspätung. So hatte er noch ein paar Minuten mehr Zeit, sich über Felix Gedanken zu machen. Wie würde er wohl auf ihn als Vater reagieren? Würden sie sich auf Anhieb verstehen oder Felix auf Distanz zu ihm gehen? Waren sie sich womöglich sogar ähnlich?

Eddie hatte bereits im Internet nach Informationen über seinen Sohn gesucht und sein Profilbild auf Facebook gesehen. Doch da er selber dort keinen Account besaß, fand er im Internet nur ein Miniaturbild, auf dem Felix eine Baseballkappe trug und sein Gesicht kaum zu erkennen war. Daraufhin hatte er Maria gebeten, ihm Bilder von Felix zu schicken. Doch diesem Wunsch war sie leider bis dato nicht nachgekommen. Sie müsse erst welche raussuchen und könne ihm auf die Schnelle nur Kleinkindbilder schicken, hatte sie geantwortet. Da Felix sich so kurzfristig angekündigt hatte, hatte Eddie auf Anraten von Karin beschlossen, sich einfach überraschen zu lassen. Obwohl Karin bereits zu Hause war, als er loswollte, hielt sie es für besser, dass Eddie alleine seinen Sohn abholte. Sie wollte in der Zwischenzeit schon einmal Pizza machen, „da der Junge nach der langen Fahrt bestimmt noch nichts gegessen hat", wie sie sagte. Eddie wusste, dass dies nur eine Ausrede war und Karin ihm und Felix Gelegenheit geben wollte, sich erst einmal zu „beschnüffeln".

Karin war einfach eine gute Mutter, dachte Eddie versonnen. Das spürte er jedes Mal, wenn sie mit ihrer Tochter Sophie in England telefonierte oder liebevoll über sie sprach. Leider hatten sie sich wohl etwas zu spät kennengelernt, um noch gemeinsame Kinder zu haben. Auch wenn er dies zutiefst bedauerte: Ändern ließ es sich nun einmal nicht. Und er wollte auf keinen Fall, dass Karin sich auf irgendein reproduktionsmedizinisches Wunderverfahren einließ, zumal eine künstliche Befruchtung so gar nicht ihrer beider Überzeugung entsprach.

Daher hoffte Eddie inständig, dass Karin sich gut mit Felix verstehen und sie zu einer Patchworkfamilie zusammenwachsen würden. Bei Sina und Mark hatte dies ja schließlich auch geklappt. Mark hatte Ben von Anfang an wie seinen eigenen Sohn behandelt, obwohl er damals nicht sicher sein konnte, ob Sina sich auf eine dauerhafte Beziehung mit ihm einlassen oder doch zu ihrem Exfreund Alex zurückkehren würde.

Glücklicherweise hatte sich die Frage inzwischen erübrigt. Für Mark, der für ihn längst ein guter Kumpel geworden war, hatte es nie einen Zweifel daran gegeben, dass es Sina nur „im Paket" mit Ben gab.

Auch er liebte Sophie wie seine eigene Tochter, auch wenn sie derzeit nur selten zu Besuch aus England kam, da sie gerade ein Praktikum bei einem Architekten in London absolvierte. Ähnliche Gefühle Felix gegenüber erhoffte sich Eddie auch von Karin – obwohl er Felix natürlich schon allein aufgrund der räumlichen Entfernung zwischen Heiligenhafen und München nicht oft würde sehen können.

Eddie war noch ganz in Gedanken versunken, als in der Ferne endlich der ICE auftauchte. Er entschied sich, in der Mitte des Bahnsteigs stehenzubleiben, um den vorderen und hinteren Teil des Zuges gleichermaßen gut im Blick zu haben. Ihm schien es, als ob es Stunden dauern würde, bis die Waggons zum Halten kamen und sich die Türen öffneten. Er schaute abwechselnd nach links und nach rechts. Hoffentlich würde er Felix erkennen und umgekehrt. Da! Ein junger, groß gewachsener Mann mit lässig nach oben gekämmten Haaren in Jeansjacke und mit einem blaugrauen Rucksack stieg aus. Eddie winkte. Und der junge Mann winkte tatsächlich zurück. Das war also sein Sohn! Lachend ging Eddie Felix entgegen und umarmte ihn herzlich, als sein Blick auf eine Frau fiel, die hinter Felix ausstieg. Und diese Person kannte er nur zu gut: Maria!

Eddie saß am Steuer seines VW- Golfs und blickte nervös in den Rückspiegel, in dem Maria seinen Blick auffing. Er wusste nicht, was er sagen sollte. Wie würde Karin bloß reagieren, wenn sie sah, dass er nicht nur Felix, sondern auch Maria mitbrachte?

Zu seiner großen Erleichterung machte Felix einen sehr netten und lockeren Eindruck auf ihn. Tatsächlich hatte er Eddies Umarmung erwidert und ihm versichert, sich zu freuen, endlich seinen Vater kennenzulernen. Dennoch würde er ihn gerne „Eddie" und nicht „Papa" oder „Vater" nennen, wenn er einverstanden wäre, da das so „babyhaft" klingen würde. Für Eddie war das alles kein Problem. Das Einzige, was ihm Sorgen bereitete, war Maria.

Felix bekam von all dem anscheinend nichts mit. Denn er plapperte munter drauf los – von der „elendig langen Zugfahrt" und den teuren Fahrpreisen. Glücklicherweise hatte seine Mutter ihm die Bahnfahrt bezahlt, da er sich dies als Student kaum leisten könne. Außerdem zeigte er sich verwundert, wie „platt" das Land hier im Norden sei.

Eddie blickte hinüber zu seinem Sohn, der nicht wie er dunkelbraune, sondern blonde Haare hatte wie seine Mutter, aber ansonsten eine gewisse Ähnlichkeit mit ihm aufwies. Wie Eddie war auch Felix groß und schlank. Außerdem hatte er ebenfalls einen ausgeprägten Adamsapfel. Und wenn er grinste, was er in der kurzen Zeit schon oft getan hatte, bildeten sich rund um seinen Mund die gleichen Grübchen wie bei Eddie. Auch die langen feingliedrigen Finger hatte er zweifelsohne von ihm. Auf einen Vaterschaftstest konnte er vermutlich also verzichten.

Eddie wagte einen erneuten Blick in den Rückspiegel und sah, dass Maria zufrieden zurücklächelte. Was wollte seine Exfreundin bloß hier? Auf dem Bahnhof hatte sie auf seinen überraschten Gesichtsausdruck mit den Worten reagiert, sie wollte ohnehin schon lange mal an die Ostsee fahren. Jetzt, wo Felix ihn besuchen würde, wäre dies die ideale Gelegenheit dazu, zumal ihr Mann Franz mit seinem Freund übers Wochenende Golf spielen sei.

So ganz konnte Eddie ihr das nicht abnehmen. So wie er Maria einschätzte, führte sie etwas im Schilde. Doch was?

Glücklicherweise hatte Maria für sich ein Zimmer in einem Hotel im Zentrum Heiligenhafens reserviert, um ihnen „nicht zur Last zu fallen". Zumindest das war also geklärt. Es hätte auch noch gefehlt, dass Maria bei ihnen wohnen wollte. Karin wäre garantiert ausgeflippt.

Die Tatsache, dass Felix bei ihnen übernachten würde, war ohnehin schon eine Herausforderung für sie. Zwar hatte Louise angeboten, Felix in ihrem Haus am Graswarder einzuquartieren, da dies groß genug sei. Doch das wollte Karin nicht. „Es ist ja nur für drei Nächte. Das werde ich schon schaffen", hatte sie am Morgen beim Frühstück geantwortet, als Eddie sie noch einmal darauf angesprochen hatte.

Karin stand bereits in der Tür, noch bevor Eddie und Felix den Eingang erreicht hatten. So sehr sie sich auch bemühte: Sie konnte ihre Neugier auf Felix nicht länger verbergen. Außerdem hatte es länger gedauert als erwartet, sodass sie nicht wusste, ob sie die Pizza, die sie Felix zuliebe mit viel Schinken und Salami belegt hatte, schon in den Ofen schieben sollte. In der Zwischenzeit war sie unruhig im Haus hin- und hergegangen und hatte immer wieder ihr Handy auf eine eingehende Nachricht von Eddie überprüft.

„Hallo, da seid ihr ja." Karin bemühte sich, ihre Anspannung zu verbergen. „Herzlich willkommen. Ich bin Karin, Eddies Frau", sagte sie zu Felix gewandt. Die letzten beiden Worte betonte sie bewusst. Auch wenn Felix keine Bedrohung für sie darstellte: Sie wollte ihm dennoch zu verstehen geben, dass sein Vater inzwischen auch eine eigene Familie hatte.

„Hallo Karin. Schön, dich kennenzulernen." Felix nahm Karins Hand und schüttelte sie kräftig. „Und danke, dass ich bei euch übernachten darf."

„Das ist doch selbstverständlich", antwortete sie – erleichtert darüber, dass Felix ihr deutlich sympathischer war als seine Mutter. Mit so gutem Benehmen hatte sie bei dem jungen Mann gar nicht gerechnet.

„Hallo Schatz", unterbrach Eddie ihre Gedanken, während er ihr einen Kuss gab. „Tut mir leid, dass es etwas länger gedauert hat. Der Zug hatte Verspätung." Dass Maria mitgekommen war, erwähnte er lieber nicht. Auch wenn sich ihr Aufenthalt in Heiligenhafen kaum verschweigen lassen würde: Karin musste dies jedoch nicht jetzt schon erfahren.

„Ich zeig' dir am besten als Erstes, wo du schläfst", sagte Eddie, an seinen Sohn gewandt. „Dort kannst du deine Sachen hinlegen und dich etwas frisch machen, bevor wir essen. Karin hat extra Pizza gemacht."

„Oh, cool." Felix lächelte Karin an, bevor er Eddie die schmale Treppe hinauf ins Obergeschoss folgte.

Anscheinend hatte sie genau den Geschmack des 20-Jährigen getroffen. Zufrieden ging Karin zurück in die Küche, schob das Blech mit der frisch zubereiteten Pizza in den Ofen und schaltete den Herd ein.

Zu Karins, Eddies und Felix' Erleichterung löste sich die anfängliche Befangenheit zwischen ihnen schnell. Karin und Eddie erfuhren, dass Felix in München im dritten Semester Betriebs- und Sportwissenschaft studierte und später einmal Sportevents managen wolle. Dabei könne er die Kombination mit BWL gut gebrauchen, auch wenn ihn Zahlen eher „anöden" würden.

Um sich etwas Geld zu verdienen, arbeitete er am Wochenende in einer Kneipe und hatte auch schon Pizza ausgefahren.

„Daher kann ich beurteilen, dass deine Pizza ziemlich gut ist", sagte er zu Karin, die sich über das Kompliment sehr freute. In seiner Freizeit würde er gerne Mountainbike und Ski fahren und ansonsten gerne „Party machen" und am nächsten Tag dementsprechend lange ausschlafen. Allerdings würde ihn seine Mutter regelmäßig dabei stören, weil sie es sich angewöhnt habe, am Sonntag gerne schon „frühmorgens" um zehn Uhr bei ihm anzurufen.

Natürlich wollte Felix auch wissen, was sein Vater und Karin so machten. Felix staunte darüber, wie es Eddie als gebürtigen Bayer in den Norden hatte verschlagen können.

„Gott sei Dank", antwortete Eddie nur und blickte Karin verliebt an. „Sonst hätte ich Karin vermutlich nie kennengelernt."

Karin lächelte verlegen zurück, als Felix' Handy klingelte. „Tschuldigung", sagte er mit noch halbvollem Mund, nahm das Smartphone aus der Gesäßtasche seiner Jeans und blickte auf das Display.

„Das ist meine Mutter. Ich sollte besser rangehen. Sonst nervt sie mich später die ganze Zeit mit ihren Anrufen. Hi, Mom, was gibt's?"

Eddie wurde plötzlich ganz unruhig. Angestrengt blickte er auf seinen Teller und schob ein Stück Paprika hin und her, was Karin mit einem irritierten Blick quittierte.

„Wie ihr gehört habt, war das meine Mutter", sagte Felix in entnervtem Tonfall, als er das Gespräch beendet und den Deckel seines Handys wieder zugeklappt hatte. Dann widmete er sich wieder seinem Essen.

„Ah ja", unterbrach Karin ahnungslos die Stille. „Bestimmt wollte sie wissen, ob du gut in Heiligenhafen angekommen bist."

Mit einem großen Stück Pizza auf der Gabel hielt Felix inne. „Wieso? Sie ist doch mitgekommen. Weißt du das denn noch nicht? Sie wollte nur wissen, ob wir uns morgen Nachmittag am Hafen zum Kaffeetrinken treffen wollen."

„Wie bitte?" Karin schien nicht zu verstehen und blickte Eddie fragend an. „Maria ist auch hier? Warum hast du mir das denn nicht erzählt?"

Eddie biss sich auf die Unterlippe und sank etwas tiefer in seinen Stuhl. „Na ja", stammelte er schließlich. „Ich wusste bis vorhin selbst nichts davon und wollte nicht gleich mit der Tür ins Haus fallen."

Felix sah, wie Karin nach Luft schnappte und rot im Gesicht wurde. „Oh, shit", sagte er leise, legte das Besteck beiseite und wischte sich den Mund mit der Serviette ab. „Ich glaube, ich lass' euch beide jetzt mal besser alleine. Ihr habt bestimmt etwas zu besprechen. Ich muss ohnehin noch auspacken."

Selbst als Felix sich längst nach oben ins Gästezimmer verzogen hatte, dauerte es noch eine Weile, bis Karin ihre Sprache wiederfand. „Das ist jetzt kein Witz, oder?", fragte sie noch einmal und sah Eddie dabei mit durchdringendem Blick an.

Eddie zuckte mit den Schultern und schüttelte den Kopf. „Glaub' mir, mein Schatz, ich finde das genauso wenig lustig wie du. Wenn ich gewusst hätte, dass Maria mitkommen will, hätte ich ihr das garantiert ausgeredet."

Karin atmete ein paar Mal tief ein und aus, um sich zu beruhigen. Glücklicherweise ließ die Hitzewallung, die sie vor wenigen Minuten verspürt hatte, allmählich nach.

„Gut", sagte sie schließlich und legte ihre Hände auf die von Eddie. „Ich glaube dir. Trotzdem hätte ich mir gewünscht, dass du mir das gleich am Anfang gesagt hättest. Was ich nur nicht verstehe: Was will sie hier? Sie müsste eigentlich wissen, dass sie bei uns unerwünscht ist. Felix ist doch längst alt genug, um alleine zu reisen."

„Maria sagte, sie wollte schon lange einmal an die Ostsee fahren, zumal ihr Mann ohnehin das gesamte Wochenende Golf spielen sei."

Karin verschränkte ihre Arme vor der Brust.

„Ich glaube ihr kein Wort."

„Ich auch nicht", antwortete Eddie.

„Doch was will sie dann?"

„Ich habe keine Ahnung."

Maria öffnete ihren Rollkoffer auf dem Bett und legte ihre Kleidung und Schuhe in den Schrank des Hotelzimmers. Dann brachte sie ihre Kosmetiktasche und ihren Lockenstab ins Bad. Als Letztes nahm sie eine flache hellbraune Holzschachtel aus dem Koffer und fuhr behutsam mit den Fingern über den Deckel, bevor sie ihn öffnete.

Was da drinnen lag, hatte sie all die Jahre wie einen Schatz gehütet. Bis vor kurzem hatte sie nicht geahnt, wie wertvoll er einmal sein würde. Doch jetzt war der Zeitpunkt gekommen, um die Schatzkiste zu öffnen und deren Inhalt seine Wirkung entfalten zu lassen.

Fünf

Es ist schon ein großer Aufwand, den ich da betreibe, dachte Louise, als sie am Morgen am Wilhelmsplatz in Heiligenhafen stand, um mit dem Bus nach Kiel zu fahren, wo ihre Arbeit in der Klinik auf sie wartete. Sie würde rund zwei Stunden unterwegs sein – ganz schön lange, auch wenn sie sich abends für den Rückweg oft ein Taxi gönnte.

Doch wie sollte sie es anders lösen? Einen Führerschein besaß sie nun mal nicht. Auf Karins und Eddies Hilfe konnte und wollte sie nicht zurückgreifen; schließlich mussten beide selber arbeiten.

Das Gleiche galt für Sina und Mark, die ja in Kiel wohnten. Zwar war Mark inzwischen arbeitslos und hatte Zeit. Daher hatte er Louise in den letzten Tagen und Wochen auch schon einige Male nach Heiligenhafen zurückgebracht. Natürlich hätte Louise auch in Kiel übernachten können. Doch abgesehen davon, dass sie aus Platzgründen auf der Couch im Wohnzimmer hätte schlafen müssen, sollte sich die junge Familie auf sich selbst konzentrieren. Schließlich war Marks Suche nach einer neuen Arbeit schon Belastung genug für die drei.

Außerdem wollte Louise ihr Haus am Graswarder nicht alleine lassen. Dazu liebte sie ihre „kleine Burg", wie sie ihr Heim liebevoll nannte, sowie die Ruhe am Strand zu sehr –

vor allem dann, wenn sie wieder einmal mit traurigen Schicksalen in der Klinik konfrontiert wurde. Die Spaziergänge am Strand und der Blick auf die Ostsee mit der Fehmarnsundbrücke im Hintergrund halfen ihr jeden Tag aufs Neue, die Eindrücke und Informationen des Tages leichter zu verarbeiten.

Außerdem sorgte jetzt im Oktober am Graswarder ein ganz besonderes Spektakel für Aufsehen: Es war gerade Zugzeit. Zigtausende Vögel, darunter Grau- und Kanadagänse, Kiebitze und Goldregenpfeifer, tummelten sich in den Salzwiesen unweit von ihrem Haus. Sie waren auf der Durchreise von Skandinavien oder dem Baltikum in den Süden und legten hier im Naturschutzgebiet eine Rast ein, um das reiche Nahrungsangebot auf den Wiesen oder im Schlick zu nutzen und so Kraft für den Weiterflug bis nach Nord- oder Westafrika zu tanken.

Es war ein gleichermaßen sehens- wie hörenswertes Schauspiel, wenn ein ganzer Schwarm aufflog oder in den Wiesen landete, das Louise jedes Mal aufs Neue faszinierte. Das Geschnatter und die Rufe hunderter Vögel klangen bis zu ihrem Haus heran. Für Louise ergab dies eine wunderschöne Melodie, der sie stundenlang lauschen konnte.

Dass diese Attraktion auch zahlreiche menschliche Besucher anzog, störte Louise nicht. Wenn es ihr zu voll wurde, zog sie sich einfach in ihr Haus zurück, kochte sich eine Tasse Tee und setzte sich in ihren Sessel vor das Panoramafenster im Wohnzimmer, um den Blick aufs Wasser zu genießen.

Für Louise war das Meer ohnehin wie Balsam für ihre Seele. Sie war so froh darüber, das Haus vor einem Jahr gekauft zu haben. Zudem war es für sie mit so wunderbaren Erinnerungen an ihren verstorbenen Mann verbunden, mit dem sie viele Male hier zusammen Urlaub gemacht hatte. Carl wäre bestimmt glücklich zu sehen, dass sie nunmehr in Heiligenhafen ihren Lebensmittelpunkt und vermutlich auch ihren Altersruhesitz gefunden hatte.

Sie selbst war gerade rundherum glücklich. Einzig die Tatsache, dass sie nicht allen Patientinnen helfen konnte, trieb sie um. Und so wanderten ihre Gedanken wieder einmal zu Anne, die inzwischen ihre Chemotherapie abgelehnt hatte. Wenn Louise ehrlich war, erinnerte sie Anne an sie selbst, als sie sich in einer ähnlichen Situation befand und glaubte, ihr könne ohnehin keine Behandlung mehr helfen. Bestimmt war Anne ebenso verzweifelt und wütend wie sie damals auch.

War es Zufall, dass ich gerade mit so einer Patientin konfrontiert werde, fragte sich Louise, als sie in den Bus nach Kiel stieg und sich einen freien Platz am Fenster suchte.

Glücklicherweise hatte Louise damals – abgesehen von Mark – Sina und Karin an ihrer Seite gehabt. Ohne ihre Freundinnen hätte sie das alles nicht durchgestanden. Da war sie sich sicher. Hatte Anne auch solch gute Freundinnen? Auch wenn sie derzeit sehr verschlossen und in sich gekehrt wirkte: Louise beschloss, sich von Annes abweisender Art nicht beirren zu lassen und sie stattdessen noch einmal zu besuchen.

„Ja“, hörte Louise eine leise Stimme, als sie an die Tür klopfte. Vorsichtig trat sie ein und blickte zum Fenster gegenüber. Dort saß Anne in einem weißen Jogginganzug und strickte. Im Hintergrund spielte leise klassische Musik, die Louise als Dvoraks Symphonie „Aus der neuen Welt“ erkannte. „Hallo, Frau Lautenbach. Störe ich?“

Anne blickte Louise ausdruckslos an und widmete sich dann wieder ihrem Strickzeug.

Obwohl Annes Schweigen etwas Beklemmendes hatte, kam Louise langsam näher und wies mit dem Kopf auf Annes violette Handarbeit. „Eine sehr schöne Farbe. Wird das ein Schal?"

Anne nickte wortlos.

„Ich habe früher auch viel gestrickt. Aber mit so komplizierten Mustern war ich immer restlos überfordert."

„Ein Ajourmuster ist eigentlich nicht kompliziert", antwortete Anne plötzlich und hielt inne. „Ich zeige es Ihnen gerne."

Louise setzte sich in den Stuhl gegenüber. „Das würde mich sehr freuen."

Louise war froh, dass das Eis zwischen ihr und Anne endlich gebrochen war. Zwar verhielt sie sich bewusst zurückhaltend und sprach vorerst nur belanglose Themen wie die Klinikkost oder das Wetter an. Sie wollte schließlich nichts überstürzen oder Anne gar bedrängen. Wichtig war erst einmal, das Vertrauen der 62-Jährigen zu gewinnen. Alles Weitere würde sich dann schon ergeben.

Und dann war da ja auch noch Peter – Annes Bruder. Louise hatte damit gerechnet, dass er nach ihrer ersten merkwürdigen Begegnung am Fahrstuhl nichts mehr mit ihr zu tun haben wollte. Doch schon drei Tage später traf sie Peter mittags in der Cafeteria. Louise hatte gerade ihren bestellten Cappuccino in Empfang genommen, als sie plötzlich eine männliche Stimme hinter sich hörte. „Was haben Sie bloß mit meiner Schwester gemacht?"

„Wie bitte?" Louise fuhr erschrocken zusammen und drehte sich um. Dabei hätte sie fast ihren Cappuccino verschüttet. „Ach, Sie sind es", atmete sie erleichtert auf, als sie Annes Bruder erkannte.

„Was haben Sie mit meiner Schwester gemacht?", wiederholte Peter noch einmal, weil er glaubte, Louise hätte ihn nicht verstanden, und nahm sich ebenfalls eine Tasse.

„Wie meinen Sie das?", fragte Louise verwirrt zurück.

„Nun, sie war schon lange nicht mehr so gut gelaunt wie jetzt. Als ich sie nach dem Grund gefragt habe, hat sie geantwortet, dass Sie beide sich gut unterhalten hätten." Peters Miene hellte sich nun sichtlich auf. „Sie haben bei Anne wahre Wunder bewirkt. Ich war eben sogar mit ihr spazieren."

Louise lächelte. „Wirklich? Das freut mich aber."

Peter lächelte zurück und reichte Louise die Hand. „Ach, ich habe mich ja noch gar nicht vorgestellt. Mein Name ist Peter Maywald."

Louise schüttelte die ihr gereichte Hand und war überrascht, wie warm und weich sie sich anfühlte. „Angenehm. Louise Mertens." „Ach, wollen wir uns nicht setzen und zusammen unseren Cappuccino trinken?" Peter deutete auf einen der freien Tische am Fenster.

„Ja, gerne."

Hätte Doris nicht im Vorbeigehen auf ihre Armbanduhr gezeigt, hätte Louise nicht gemerkt, dass ihre Pause bereits seit fünf Minuten zu Ende war – so angeregt hatte sie sich mit Peter Maywald unterhalten.

Wie er ihr berichtete, war es für seine Schwester ein Riesenschock gewesen, als sie vor einigen Wochen von ihrer Brustkrebserkrankung erfahren hatte. Schließlich war auch ihre Mutter daran erkrankt gewesen und bereits im Alter von 49 Jahren gestorben. Dass sie daher ein erblich bedingt erhöhtes Brustkrebsrisiko besaß, war Anne nach Peters Aussagen stets bewusst.

Daher hatte sie – wenn auch unwillig – stets halbjährlich die gynäkologische Früherkennung mit Ultraschall- und Röntgenuntersuchungen über sich ergehen lassen.

Sie hatte sogar, als das Thema vorsorgliche Brustamputation – angeregt durch die Diskussion um die US-Schauspielerin Angelina Jolie – in den Medien stark präsent war, diesen Schritt ebenfalls in Erwägung gezogen. Ihr Arzt hatte ihr jedoch davon abgeraten, worüber Anne im Nachhinein sehr wütend war. Denn hätte sie dies damals getan, wäre sie jetzt nicht an Brustkrebs erkrankt und müsste dies nicht ihrer Tochter Nele verschweigen, gab Peter Maywald die Worte seiner Schwester wieder.

„Aber wenn sie es Nele nicht sagt, weiß diese noch nicht, dass sie ebenfalls gefährdet ist", warf Louise ein.

„Und gerade das macht Anne so große Sorgen", sagte Peter, während er nachdenklich mit dem Löffel im Milchschaum seines Cappuccino rührte. „Sie befürchtet, dass alleine die damit verbundene Angst und der Stress bei Nele ebenfalls Brustkrebs auslösen könnten."

Louise nahm einen Schluck aus ihrer Tasse und setzte sie wieder auf die Untertasse. „Aber das ist doch wissenschaftlich gar nicht erwiesen. Doch wenn sie es verschweigt, ist das ihrer Tochter gegenüber nicht fair und in ihrem Falle sogar noch fahrlässig."

Peter Maywald nickte. „Das weiß Anne natürlich. Doch so oder so ist es eine schwierige Situation für sie, zumal Nele noch eine kleine 3-jährige Tochter hat. Verstehen Sie jetzt, warum sie sich so abweisend verhält?"

Louise nickte. Gerne hätte sie noch mehr erfahren. Doch sie musste wieder an die Arbeit. Am Nachmittag stand noch eine Teambesprechung an, an der sie unbedingt teilnehmen sollte und auch wollte. Und so verabschiedete sie sich schweren Herzens von Peter Maywald.

Nach der Sitzung hatte Louise endlich Feierabend. Sina und Mark hatten ihr versprochen, sie zusammen mit Ben von der Klinik abzuholen, um mit ihr nach Heiligenhafen zu fahren und dort gemeinsam das Wochenende zu verbringen.

Während sie vor dem Gebäude wartete, spürte Louise einen Kloß im Hals. Das Gespräch mit Annes Bruder rief in ihr unschöne Erinnerungen wach. Auch sie hatte lange gezögert, Mark von ihrer Erkrankung zu erzählen. Schließlich sollte ihr Sohn sich keine unnötigen Sorgen machen, nachdem er kurz zuvor bereits seinen Vater durch Krebs verloren hatte.

Dazu kam, dass sie und Mark seinerzeit kein gutes Verhältnis zueinander hatten, und Louise nicht wusste, wie sie sich ihrem Sohn wieder annähern sollte. Sie wollte ja nicht, dass Mark ihre Erkrankung als Erpressungsversuch auffasste, sich wieder mehr um sie zu kümmern. Gleichzeitig wusste sie schon damals nur zu gut, dass er ein Recht darauf hatte, über ihren Gesundheitszustand Bescheid zu wissen.

Wie hatte sie sich damals mit dem Gedanken gequält, wann und wie sie es Mark schonend beibringen könnte! Letztendlich war ihr die Entscheidung abgenommen worden: Karin hatte Mark benachrichtigt, als sie – bereits frisch operiert – hier in der Klinik gelegen hatte. Daraufhin war er umgehend aus Argentinien hergekommen. Sie würde nie den Augenblick vergessen, als sie nach dem Eingriff ihre Augen aufgemacht und in sein sorgenvolles Gesicht geblickt hatte.

Oh, wie gut konnte sie Anne verstehen! Als Mutter möchte man sein Kind doch beschützen und nicht mit seinen Problemen belasten, dachte Louise. Und dennoch: Anne musste es ihrer Tochter sagen. Denn sonst würde Nele ihr das möglicherweise nicht verzeihen.

Wie so oft am Wochenende kamen die drei Freundinnen in Louises Haus am Graswarder zusammen. So war es auch an diesem Samstagnachmittag. Mark war mit Ben zum Wasserspielplatz am Ferienpark gegangen, und Eddie wollte mit Felix vom Hafen aus eine Ausflugsfahrt machen. So hatten

Sina, Karin und Louise Gelegenheit, einmal wieder unter sich zu sein und sich über die jüngsten Ereignisse auszutauschen.

Als Erstes machte Karin ihrem Ärger über Marias Anwesenheit in Heiligenhafen Luft. „Ich finde es eine bodenlose Frechheit von ihr, dass sie hier so einfach aufgetaucht ist", schimpfte Karin, während sie in Louises Küche den mitgebrachten Kuchen auspackte und jeweils ein Stück auf einen Teller legte.

„Oh ja, das kann ich gut verstehen", nickte Sina und schenkte sich eine Tasse Kaffee ein. Wie Louise war auch sie froh, dass sich die Aufregung über das Zusammentreffen mit Eddies Exfreundin auf dem Kreuzfahrtschiff wieder gelegt hatte. Und nun das. Dass Maria hier unangemeldet aufgetaucht war, passte auch Karins Freundinnen ganz und gar nicht.

„Kannst du denn nicht mal mit ihr reden?", fragte Sina nach, wohl wissend, dass ihre Freundin Konfrontationen eher aus dem Weg ging.

„Ich?" Karin zog entsetzt ihre Augenbrauen hoch. „Das ist doch wohl eher Eddies Aufgabe."

„Hast du ihm das denn schon gesagt?", wollte Sina weiter wissen und biss ein Stück von dem lecker duftenden Bauernkuchen ab.

„Das hab' ich", antwortete Karin.

„Und?", entgegnete Sina und hielt sich die Hand vor ihren vollen Mund. Dabei blickte sie schuldbewusst zu Louise, weil diese noch nicht am Tisch saß, sie aber schon mit dem Kuchenessen angefangen hatte. „Entschuldige, ich habe heute so einen Hunger. Das muss wohl an der Seeluft liegen."

„Schon gut", winkte Louise schmunzelnd ab. „Jetzt lass' Karin mal weiter erzählen."

Wie Karin berichtete, war Eddie das Ganze genauso unangenehm wie ihr. Daher hatte er am gestrigen Freitag gleich morgens bei Maria auf dem Handy angerufen und sie um ein „klärendes Gespräch" gebeten. Beide hatten sich am Vormittag in einem Café am Markt verabredet, während Felix am Strand „abhing" und Karin noch im Rehazentrum arbeitete. Doch als Karin am Nachmittag nach Hause kam, wirkte Eddie nicht wirklich zufrieden.

Zwar hatte Maria während des Gesprächs darauf beharrt, sich nur ein paar Tage erholen und nicht weiter stören zu wollen.

„Doch das nehme ich ihr nicht ab", schloss Karin, der schon wieder so heiß war, dass sie unruhig an ihrer dunkelblauen Viskosebluse zu nesteln anfing.

„Und wo ist sie jetzt?", wollte Sina wissen.

„Angeblich hat sie heute ‚Beauty-Termine'." Die letzten beiden Worte betonte Karin und versuchte dabei, Marias hohe und schrille Stimme nachzuahmen.

„Na, da haben die Kosmetikmädels aber eine ganze Menge zu tun", lästerte Sina, und alle drei mussten lachen.

„Vermutlich kommt sie vor morgen da nicht wieder raus. Und dann müssen sie und Felix ohnehin wieder nach Bayern zurück – also keine Gefahr für dich und Eddie."

„Hoffentlich", seufzte Karin. Da ihr das Thema dennoch unangenehm war, wechselte sie es schnell.

„Louise, warum bist du heute eigentlich so still? Du wirkst so nachdenklich."

„So? Ach, weißt du, die Woche war ganz schön anstrengend für mich." Louise lehnte sich auf ihrem Stuhl zurück und fuhr sich mit den Fingern durch ihre kurzen graublonden Haare, von denen nunmehr einige Strähnen zu Berge standen.

„Ja, vor allen Dingen, weil sie einen interessanten Mann kennengelernt hat", witzelte Sina und nahm sich noch ein zweites Stück Kuchen.

„Du hast was?“, fragte Karin und blickte überrascht von der grinsenden Sina zu Louise, die etwas entnervt ihre Augen verdrehte und sich nun in Erklärungsnot sah.

„Na ja“, begann Louise, „ich habe gestern Mittag in der Klinikcafeteria zufällig den Bruder einer Patientin getroffen, über die ich mir Sorgen gemachte habe und an die ich schon seit Tagen heranzukommen versuche. Und da war ich froh, dass Peter Maywald sich mir anvertraut und mir etwas mehr über Annes Leben erzählt hat.“

„Ja, und außerdem scheint er in Louises Alter, gutaussehend und alleinstehend zu sein.“ Sina konnte es einfach nicht lassen.

„Ob er alleinstehend ist, weiß ich nicht genau“, entgegnete Louise scheinbar desinteressiert.

„Aber du hast gesagt, dass er seine Schwester regelmäßig alleine besucht. Wenn er verheiratet wäre, hätte er seine Frau doch längst mitgenommen.“

„Dass er alleine kommt, heißt noch gar nichts“, verteidigte sich Louise und verschränkte ihre Arme vor der Brust.

„Trägt er denn einen Ehering?“

Louise schüttelte irritiert den Kopf.

„Ich glaube nicht. Aber ...“

„Na, siehst du“, fuhr Sina erneut dazwischen und war sichtlich zufrieden, dass sie mit ihrer Vermutung richtig lag.

Louise beugte sich zu Sina vor und sagte laut und deutlich: „Sina, ich bin an Männerbekanntschaften nicht interessiert. Und außerdem: Aus dem Alter bin ich nun wirklich raus.“

„Das sagst du“, lachte Sina und zwinkerte Karin zu. „Für die Liebe ist man nie zu alt. Hast du ja bei unserer Karin gesehen.“

Karin streckte Sina die Zunge raus und wandte sich dann wieder an Louise. „Weißt du denn auch etwas über ihn?“

„Eigentlich nur, dass er Peter Maywald heißt."

„Das können wir schnell ändern. Soll ich ihn mal googeln?", witzelte Sina.

„Untersteh' dich." Louise schlug spaßhaft mit ihrer zusammengefalteten Papierserviette nach Sina.

„Schon zu spät." Sina holte ihr Smartphone aus ihrer Tasche und tippte den Namen ein. „Hier", sagte sie nach wenigen Augenblicken und übergab ihr Handy an Louise. „Das Bild ist zwar auf dem kleinen Display kaum zu erkennen. Doch das scheint er zu sein: Dr. Peter Maywald, studierter Physiker und Inhaber der Firma ‚PM Lichtgestaltung' in Ahrensburg. Das ist östlich von Hamburg – also gar nicht so weit von hier", fügte Sina erklärend hinzu.

Peter saß in seinem Büro und starrte auf den Computerbildschirm. Obwohl Samstag war, arbeitete er. Schließlich stand in zwei Tagen ein wichtiger Beratungstermin bei einer Krankenkasse in Hamburg an, die die Beleuchtungseinrichtung in ihren Büroräumen verbessern wollten – ein großer Auftrag, wenn er den Zuschlag erhielt. Daher wollte er gut vorbereitet sein.

Er konnte sich jedoch kaum auf seine Ausarbeitung konzentrieren. Immer wieder musste er an das Gespräch mit Louise Mertens denken. Zwar hatte er überwiegend von Anne erzählt, aber dennoch einiges von der sehr netten – und wie er zugeben musste – attraktiven Louise erfahren. Wie er war auch sie bereits verwitwet. Und sie hatte mit dem Brustkrebs den gleichen Schicksalsschlag erlitten wie seine Schwester.

Was ihn an der Frau jedoch am meisten faszinierte, war ihre positive und souveräne Ausstrahlung. Hatte sie diese schon immer gehabt oder hatte erst der Kampf gegen den Krebs sie so stark gemacht? Peter versuchte, sich vorzustellen, wie die Zeit nach der Diagnose für Louise wohl gewesen sein mochte. Bestimmt war sie das eine oder andere Mal ebenso verzweifelt gewesen wie Anne. Dennoch schien sich Louise aus dem Tal der Tränen herausgekämpft zu haben. Und jetzt stand sie anderen Krebspatientinnen bei, munterte sie auf und motivierte sie. Was für eine beeindruckende Frau und Persönlichkeit!

Peter fackelte nicht lange: Er legte seinen Kugelschreiber auf die Schreibtischunterlage, stand auf und ging zu seiner Jacke, die an der Garderobe im Vorraum seines Büros hing. Er nahm eine Visitenkarte heraus, ging zum Telefon und wählte die darauf angegebene Telefonnummer.

„Er hat was?", fragte Karin noch etwas atemlos. Dass sie auch immer Gegenwind haben musste! Sie war gerade mit dem Fahrrad auf dem Heimweg vom Rehazentum und fuhr am Binnensee entlang, als ihr Handy klingelte und sie abrupt anhalten musste, um das Gespräch anzunehmen.

„Er hat mich am nächsten Freitagabend zum Essen eingeladen", wiederholte Louise mindestens ebenso verwirrt wie Karin. Sie konnte es immer noch nicht richtig glauben, dass sie nach langer Zeit wieder eine Verabredung mit einem Mann hatte. Was würde Carl wohl dazu sagen?

„Und hast du zugesagt?", holte ihre Freundin sie aus ihren Gedanken.

„Na ja", druckste Louise herum und hielt den Hörer an das andere Ohr – etwas, was Louise immer dann tat, wenn sie wirklich nervös war. „Ich dachte, warum denn nicht? Ist doch ganz unverfänglich – so ein Essen."

„Das habe ich auch schon mal gedacht", grinste Karin, während sie mit der freien Hand langsam ihr Fahrrad weiterschob. Dabei musste sie an ihre erste Verabredung mit Eddie zum Essen denken und was letztlich daraus entstanden war.

Zwar hatten sie in ihren Flitterwochen bereits ihren ersten handfesten Streit gehabt. Doch die Sache mit Maria war einfach ein blöder Zufall gewesen und würde hoffentlich nicht wieder vorkommen. Glücklicherweise war Maria mit Felix inzwischen wieder abgereist, und sie hatte Eddies Exfreundin in Heiligenhafen tatsächlich nicht zu Gesicht bekommen. Schade war es nur wegen Felix: Obwohl sie anfangs Bedenken hegte, hatte sie den jungen Mann schnell in ihr Herz geschlossen. Kein Wunder: Er hatte – trotz der unterschiedlichen Haarfarbe – eine gewisse Ähnlichkeit mit Eddie und war ebenso offen und unbekümmert. Und Eddie musste man einfach lieben. Wie gut, dass sie ihn geheiratet hatte!

Eddie saß im Wohnzimmer und hielt die Fotos in der Hand, die Maria ihm bei ihrem Abschied am Bahnhof übergeben hatte. Das eine zeigte Maria und ihn Wange an Wange, während sie beide einen Kuss in Richtung Kamera andeuteten. Er konnte sich noch gut daran erinnern: Sie waren auf einer Faschingsparty in München gewesen. Gemeinsame Freunde hatten sie damals eingeladen, und sie hatten die ganze Nacht durchgetanzt. Anschließend waren sie beide – noch in ihren Kostümen – in Schwabing frühstücken gegangen. Das war der Beginn ihrer sechsmonatigen Affäre, aus der irgendwann Felix hervorgegangen sein musste. Fortan hatten sie sich regelmäßig getroffen – entweder in München, wo Maria seinerzeit wohnte und für ein Marktforschungsinstitut jobbte oder im nahen Gräfelfing, wo Eddie inzwischen an einem Gymnasium als Lehrer arbeitete.

Das zweite Foto zeigte Felix, wie er als Zwei- oder Dreijähriger, so genau konnte Eddie das nicht sagen, lachend mit einem Ball in der Hand auf einer Wiese saß. Er musste zweimal hinsehen, denn er hatte als Kleinkind genauso ausgesehen wie Felix. Was für ein süßer Junge, dachte Eddie wehmütig.

Schade, dass er seinen Sohn nicht hatte aufwachsen sehen. Die verlorene Zeit würde er nicht mehr aufholen können. Aber er würde Felix von nun an ein guter Vater sein. Das nahm er sich fest vor.

Schließlich betrachtete Eddie das dritte Foto, auf das er sich keinen Reim machen konnte. Denn es zeigte Maria in einer engen schwarzen Lederhose und mit einem gelben Netztop, wie sie frech – und etwas lasziv – in die Kamera blickte. Tatsächlich sah sie darauf sehr sexy aus. Doch eigentlich müsste sie wissen, dass Eddie auf so etwas nicht reinfiel. Schließlich war er frisch verheiratet und in Karin verliebt. Das musste auch Maria klar sein, zumal sie ja selbst verheiratet war.

Daher war ihm auch noch immer schleierhaft, warum Maria plötzlich auf dem Ausflugsboot in Heiligenhafen aufgetaucht war, anstatt, wie geplant, zu ihrem Kosmetiktermin zu gehen. Sie habe plötzlich Lust auf eine Seefahrt bekommen, hatte sie angesichts seines und Felix' erstaunten Blickes geantwortet, als sie Maria an Deck, auf einer Holzbank sitzend, entdeckt hatten. Dabei war Maria früher schon beim Rudern auf dem Starnberger See schlecht geworden.

War es Zufall, dass sie ebenfalls auf dem Schiff war? Und sollten die Fotos die Erinnerung an früher wecken? Eddie hatte darauf keine Antwort.

Doch eines wusste er ganz bestimmt: Karin sollte die Bilder besser nicht zu Gesicht bekommen, zumal sie gerade ohnehin etwas nervlich angespannt wirkte und darauf bestimmt nicht gut reagieren würde. Daher beschloss er, die Fotos lieber an einem Ort aufzubewahren, wo seine Frau sie mit Sicherheit nicht finden würde.

Sechs

Sina liebte das Schreiben und die Ruhe in ihrem Büro mit der Schräge, von dem aus sie über die Dächer von Kiel blicken konnte. Die stillen Momente, in denen ihre Gedanken frei fließen konnten, bildeten einen guten Gegenpol zu ihrer Aufgabe als Mutter.

Zwar war Ben ein braver Junge, dennoch forderte der Einjährige sie manchmal aufs Extremste. Gerade erst hatte er eine fiebrige Erkältung überstanden. Er war in den letzten Tagen so anhänglich gewesen, dass sie kaum zum Luftholen gekommen war. Ständig hatte er geweint, wenn sie nicht sofort ihre Arbeit unterbrochen und ihn auf den Arm genommen hatte. Glücklicherweise war ihr Immunsystem so stabil, dass sie sich – trotz des häufigen Anniesens durch die kleine „Rotznase“ – nicht bei ihm angesteckt hatte.

Keine Frage: Sie war glücklich, doch manchmal hatte sie das Gefühl, kein eigenes Leben mehr zu haben. Vermutlich ging dies jedoch allen Müttern so. Gut, dass sie trotz der Trennung von Alex noch vor Bens Geburt nicht alleine dagestanden , sondern Mark an ihrer Seite gehabt hatte. Alex hatte seine Haftstrafe wegen Betrugs und Wettbewerbsverzerrung zwar inzwischen abgesessen und natürlich ein Recht darauf, seinen Sohn regelmäßig zu sehen. Doch glücklicherweise war er damit einverstanden, dass die Besuchskontakte nur einmal im Monat am Wochenende stattfanden, zumal Alex nach wie vor in Hamburg lebte. Auf ihr Argument, Ben unnötiges Hin und Her durch die Fahrerei und den Ortswechsel zu ersparen, hatte er zu ihrer Erleichterung verständnisvoll reagiert. Zumindest wirkte es so.

Sina vermutete, dass Alex' Vater, zu dem sie nach wie vor ein gutes Verhältnis pflegte, seinem Sohn ins Gewissen geredet hatte. Wolfgang Seiler hätte Sina zu gerne als Schwiegertochter gesehen. Doch letztendlich hatte er einsehen müssen, dass sie mit seinem Sohn, der seine Maschinenbaufirma fast in den Ruin getrieben hatte, nicht glücklich geworden wäre. Anders seine Frau Dorothee, die noch immer glaubte, dass ihr Sohn Alex „völlig unschuldig" in dubiose Machenschaften verwickelt worden war.

Was für ein Glück, dass sie dank Karin, Louise und Mark Alex' Spiel rechtzeitig erkannt und Wolfgang selbst seinen Sohn angezeigt hatte. Zwar gab sich Alex inzwischen reumütig. Doch so ganz traute Sina ihrem Ex immer noch nicht. Daher war sie froh, dass die Besuchskontakte oft bei Alex' Eltern stattfanden. Dadurch konnte Ben gleichzeitig seine Großeltern sehen, und sie wusste ihren Sohn gut aufgehoben.

Manchmal verbanden sie, Mark und Ben die Fahrt nach Hamburg auch mit einem Besuch bei Sinas Mutter Sonnhild, die sich zwar jedes Mal freute, wenn sie vorbeikamen. Doch Sina spürte deutlich: Ihre Freude bezog sich mehr auf Ben als auf sie – einmal davon abgesehen, dass sie dem „langhaarigen Kerl an ihrer Seite", wie sie sich einmal über Mark geäußert hatte, sehr zurückhaltend begegnete. Sina wusste auch, warum: Ihre Mutter hatte, was eine Partnerschaft betraf, eher konservative Vorstellungen. Ihr war es wichtig, dass Sina wirtschaftlich „gut versorgt" war.

Zwar hatte sie ihrer Mutter schon vor ein paar Monaten am Telefon erzählt, dass Mark und sie bald heiraten wollten, sie also „unter der Haube" sein würde. Doch davon war Sonnhild alles andere als begeistert.

„Kind, wovon wollt ihr denn leben?", hatte sie entsetzt zurückgefragt, als Sina ihr bei ihrem letzten Gespräch berichtet hatte, dass Mark noch immer auf Jobsuche sei.

Sina hatte daraufhin geantwortet, dass sie ja schließlich neben ihrer Tätigkeit als Autorin auch noch als freie Texterin für ihre frühere Werbeagentur arbeiten würde. Außerdem sei Mark hochqualifiziert und würde bestimmt bald etwas Passendes finden.

Doch ihre Mutter schien davon nicht überzeugt zu sein. Vielmehr hatte sie Sina angeboten, ihre Kontakte spielen zu lassen. Schließlich sei ihr neuer Mann Richard Geschäftsführer einer Im- und Exportfirma und könne Mark bestimmt einen „gut bezahlten Job" in seiner Firma verschaffen. Doch allein die Vorstellung, dass ihr humorloser und strenger Stiefvater Mark unter seine Fittiche nehmen könnte, ließ Sina erschaudern. Nein, ihr Freund würde es schon selbst schaffen!

Und bis dahin genoss sie irgendwie auch die ungewohnte Situation. Schließlich verfügte Mark momentan über viel Freizeit. Dadurch war es für sie einerseits einfacher, an ihrem neuen Kinderbuch und ihren Textaufträgen zu arbeiten. So nahm er ihr öfter mal Ben ab und ging mit ihm auf den Spielplatz oder zum Einkaufen, während sie sich auf das nächste Kapitel ihres Buches konzentrierte. Andererseits war es für sie auch schwieriger, weil die beiden immer dann wieder zu Hause auftauchten, wenn sie einen „Flow" hatte, es also gerade mit dem Schreiben so richtig gut lief.

Auch wenn sie von den Büchern alleine derzeit noch nicht leben konnte: Sie ging in ihrer Arbeit als Autorin auf. Es war etwas, dass sie schon immer hatte tun wollen. Doch vor wenigen Jahren schien dies nichts mehr als ein Traum zu sein. Zu sehr war sie bestimmt gewesen von dem, was andere von ihr erwarteten. Zudem hatte ihr der Mut gefehlt, ihre gewohnten Pfade zu verlassen und etwas ganz Neues zu wagen. Sie wusste, dass dies eigentlich nicht zu ihrem (scheinbar) selbstbewussten und manchmal forschen Auftreten passte. Aber so war es nun einmal.

Erst ihre Zeit in Heiligenhafen und die Unterstützung ihrer Freundinnen bei den so wichtigen Entscheidungen in ihrem Leben – die Trennung von Alex, die Kündigung ihres alten Jobs und der Wegzug aus Hamburg – hatten ihr den entscheidenden Impuls gegeben, das zu tun, was sie tief in ihrem Herzen schon immer spürte.

Es mochte sich kitschig anhören: Doch es war, als ob das Meer den verkrusteten Zugang zu ihrem Herzen einfach freigespült und gereinigt hatte. Und mit Hilfe ihrer Freundinnen hatte sie endlich in den Spiegel ihrer Seele sehen und ihr wahres Ich erkennen können.

Dabei hatte sie eine völlig neue Sina entdeckt. Nie hätte sie gedacht, dass sie einmal ein Kind haben würde. Inzwischen liebte sie ihre Mutterrolle so sehr, dass sie sich vorstellen konnte, mit Mark ein weiteres Kind zu bekommen. Insgeheim hoffte sie, dass es schon bald so weit sein würde. Doch Sina war sich auch bewusst, dass Marks unerwarteter Jobverlust kein guter Zeitpunkt dafür wäre – von einer Hochzeit einmal ganz abgesehen.

Sina hatte wie viele Frauen eine romantische Vorstellung vom „schönsten Tag ihres Lebens“. Im Gegensatz zu der geplanten, aber glücklicherweise nicht zustande gekommenen Hochzeitsfeier mit Alex, die hauptsächlich ihre angehende Schwiegermutter Dorothee in den Händen gehalten hatte, brauchte sie kein großartiges Brimborium mit dreistöckiger Torte und zweihundert Gästen. Romantisch und einzigartig sollte es dennoch sein. Sina konnte sich gut vorstellen, mit ihren engsten Freunden und Verwandten am Strand zu heiraten. Sowohl Louise als auch Karin sollten ihre Trauzeuginnen sein.

Doch derzeit hatte sie mit Ben und ihrer Arbeit mehr als genug zu tun. Außerdem sollte sich bei Mark erst einmal die Jobfrage klären. Auch wenn ihr Freund wenig darüber sprach: Sina spürte, dass die momentane Arbeitslosigkeit an Marks Selbstbewusstsein zehrte. Doch mehr als ihm gut zureden konnte sie derzeit nicht.

Es war bereits nach elf Uhr abends. Sina und Ben lagen längst in ihren Betten und schliefen, als Mark noch mit seinem Laptop auf dem Schoß auf dem Sofa saß. Er ging zum wiederholten Male die Onlinestellenanzeigen für Ingenieure durch. Der Kontakt zu seinem alten Studienkollegen in New York hatte keinen Erfolg gebracht. Sie würden derzeit niemanden einstellen, hatte er per E-Mail geantwortet. Es gab ein interessantes Jobangebot in Nürnberg. Doch dafür besaß er leider nicht das richtige Profil. Außerdem kam eine Wochenendbeziehung für ihn ohnehin nicht infrage. Schon einmal war dies bei ihm schiefgegangen, als er noch in Aachen Ingenieurwesen und seine damalige Freundin Katja in Oldenburg Sportwissenschaft studiert hatten. Die Beziehung hatte der Entfernung nicht standgehalten. Das wollte er auf keinen Fall noch einmal riskieren. Dafür liebte er Sina und Ben viel zu sehr.

Es gab jedoch noch eine andere Möglichkeit. Schnell wechselte Mark vom Webbrowser zu seinem E-Mail-Programm und suchte die Nachricht seines früheren Kollegen Stan, einem Engländer, mit dem er zwei Jahre lang zusammen in Argentinien gearbeitet hatte. Dieser hatte eigentlich nur einmal etwas von sich hören lassen und wissen wollen, wie es Mark in Deutschland so erging. Als Mark ihm mitteilte, dass er seinen Job in Kiel überraschend verloren hatte, reagierte Stan prompt. Er berichtete, dass das Ingenieurbüro, das nach wie vor von seinem alten Chef Jürgen Brommer geleitet wurde, händeringend zwei Ingenieure für ein großes Brückenbauprojekt suchte. „Du wärst die Idealbesetzung dafür“, schrieb Stan.

„Idealbesetzung“. Mark überlegte angestrengt und rieb sich mit den Fingern über seine Stirn. Mit Jürgen Brommer hatte er sich immer bestens verstanden. Zudem hatte ihm die Arbeit in Argentinien Spaß gemacht, auch wenn es in Südamerika immer neue Herausforderungen zu meistern gab. Mal waren es ausstehende Baugenehmigungen und mal die Unzuverlässigkeit der Arbeiter vor Ort, die seinen Chef regelmäßig verzweifeln ließen. Doch Mark wusste, dass die Baukonjunktur in Argentinien nach einem starken Einbruch wieder einen leichten Aufschwung erlebte und deutsche Ingenieure dort nach wie vor sehr gefragt waren.

Mark fuhr seinen Laptop herunter und klappte den Deckel zu. Er beschloss, morgen mit Sina darüber zu reden. Doch jetzt war es höchste Zeit, endlich schlafen zu gehen.

Sina lief mit verschränkten Armen im Wohnzimmer auf und ab. Eigentlich hatte sie vorgehabt, längst am Schreibtisch zu sitzen. Doch ihre Gedanken kamen nicht zur Ruhe. „Ich weiß nicht“, sagte sie immer wieder, während Mark vor Ben hockte und ihm in aller Seelenruhe die Bauklötze reichte, mit denen Ben angestrengt versuchte, einen Turm zu bauen.

Da Ben beschäftigt war, stand Mark auf und ging zu Sina, die noch immer in Bewegung war. Mark wusste inzwischen, dass sie das immer dann tat, wenn sie ihre Gedanken ordnen musste. „Nun überleg‘ doch mal“, bat er seine Freundin, um

Verständnis bemüht. „Das wäre die Chance für mich, beruflich wieder Fuß zu fassen. Und ihr könntet mitkommen. Du kannst deine Bücher und Texte auch in Argentinien schreiben und einfach zu deiner Werbeagentur und zum Verlag mailen. In unserer Freizeit kann ich euch etwas von der wunderbaren Landschaft zeigen. Du wirst begeistert sein."

Mark hatte sich seine Argumente noch in der Nacht gut zurechtgelegt und hoffte, damit Sina überzeugen zu können. Doch jetzt hatte er daran so seine Zweifel.

„So einfach, wie du dir das vorstellst, ist es nicht", konterte Sina.

„Wieso? Solange Ben noch nicht schulpflichtig ist, ist das doch kein Problem." Mark zeigte auf den Kleinen, der noch immer an seinem Turm baute, nachdem er ihn zum wiederholten Male mit seinen Händen zum Einsturz gebracht hatte.

„Ach, darum geht es doch gar nicht. Argentinien hat doch eine ganz andere Kultur als Deutschland."

„Na und? Ich dachte immer, du wärst anderen Kulturen gegenüber sehr aufgeschlossen."

„Ja schon, aber …", zögerte Sina.

„Was denn aber?"

„Was werden denn Karin und vor allem deine Mutter dazu sagen, nachdem du erst letztes Jahr nach Deutschland zurückgekehrt bist?"

„Und was hältst du davon?", fragte Louise Sina. Die beiden Freundinnen hatten sich zum Mittagessen in einem Restaurant in Kiel verabredet, während Mark mit Ben zum Einkaufen war. Sina wollte eigentlich noch Karin um Rat fragen, wusste aber, dass sie derzeit eine Fortbildung machte und telefonisch schwer zu erreichen war.

Wie erwartet, hatte ihre ältere Freundin äußerlich ruhig und gelassen auf Marks Pläne reagiert. Sina wusste, dass

Louise klug genug war, ihr nicht davon abzuraten, obwohl sie als Marks Mutter, Sinas angehende Schwiegermutter und damit quasi Bens Großmutter jedes Recht dazu gehabt hätte. Stattdessen hielt sie sich bewusst zurück, wie sie es seinerzeit schon bei Mark getan hatte, als dieser das erste Mal ins Ausland gehen wollte. „Was möchtest du?", fragte Louise nur.

„Ich weiß es, ehrlich gesagt, nicht", antwortete Sina und zuckte ahnungslos mit den Schultern. „Einerseits möchte ich, dass Mark, Ben und ich zusammenbleiben. Er ist schließlich der beste Mann, der mir begegnen konnte. Andererseits möchte ich Karin und dich auf keinen Fall im Stich lassen."

Louise legte ihre Hand auf Sinas. „Du lässt uns doch nicht im Stich. Außerdem hast du doch gesagt, dass es nur um zwei Jahre geht. Und in der Zeit können wir uns doch regelmäßig E-Mails schicken oder dieses Video-Dings-Telefonieren machen, wenn ihr mir zeigt, wie das geht."

Sina musste trotz des Ernstes der Situation lächeln. „Du meinst skypen."

„Ja, meinetwegen", winkte Louise ab. „Und außerdem wollte ich immer mal nach Argentinien fliegen. In der Zeit, als Mark das erste Mal dort unten war, habe ich es einfach nicht geschafft. Du weißt, dass mir nach dem Tod meines Mannes und während meiner Krebserkrankung die Kraft dazu gefehlt hat. Und außerdem", Louise stockte einen Moment, weil sie an die schwere Zeit denken musste, „außerdem war Marks und mein Verhältnis in dieser Zeit bekanntermaßen ziemlich angespannt."

Sina nickte. Sie wusste, dass sie die Entscheidung letztendlich selbst treffen musste. Wenn sie alleine gewesen wäre, hätte sie sich das garantiert leichter gemacht. Doch jetzt musste sie für Ben mitdenken. Wäre Südamerika das Richtige für ein Kleinkind? Sicherlich, in Argentinien gab es auch Krippen und Kindergärten, in denen Ben bestimmt gut aufgehoben wäre, sodass sie von dort aus weiterarbeiten könnte. Doch was wäre, wenn er in einem fremden Land nicht zurechtkäme?

Und Alex? Wie würde er reagieren, wenn er seinen Sohn lange Zeit nicht sehen könnte? Würde er dies zu verhindern versuchen? Alex hatte zwar kein Sorgerecht für Ben. Doch Sina wusste, dass es eine neue Sorgerechtsregelung für unverheiratete Väter gab, nach der diese das Sorgerecht erhalten können, wenn dies dem Kindeswohl entspricht. Würde Alex so weit gehen, vor das Familiengericht zu gehen, um so ihren Wegzug zu verhindern?

„Und noch etwas", riss Louise Sina aus ihren Gedanken. „Manchmal muss man erst weggehen, um zu wissen, wo man hingehört."

Sina sah überrascht auf. „Wie meinst du das?"

„Das wirst du schon noch herausfinden."

Sina musste immer wieder über das Gespräch mit Louise nachdenken. Sollte sie tatsächlich den Schritt wagen? Vielleicht wäre so ein Auslandsaufenthalt gar nicht so schlecht für sie und ihre Entwicklung. Und wie Mark schon gesagt hatte, wäre jetzt tatsächlich die beste Gelegenheit dazu: Sie waren noch jung genug, um etwas Neues zu wagen. Außerdem waren sie mit Ben noch an keine Schule gebunden. Und es musste ja nicht für immer sein. Nicht zuletzt konnte sie Louise und Karin regelmäßig besuchen.

Nachdem Sina die halbe Nacht lang das Für und Wider abgewogen hatte, fasste sie am nächsten Morgen einen Entschluss. Sie erklärte Mark, dass sie einverstanden wäre, mit Ben und ihm nach Argentinien zu gehen.

Erleichtert nahm ihr Freund sie in die Arme und nutzte gleich die Gelegenheit, um sich per Skype mit Jürgen Brommer in Verbindung zu setzen. Dabei sollte Sina auf jeden Fall dabei sein. Wie sie auf dem Laptopbildschirm erkennen konnte, war Marks ehemaliger Chef ein kräftiger und anscheinend groß gewachsener Mann. Seine blonden Haare begannen sich am Oberkopf schon leicht zu lichten, was seine von der Sonne gebräunte Haut noch zusätzlich betonte.

Sina musste zugeben, dass Jürgen Brommer ein gewinnendes Lächeln hatte und sehr sympathisch wirkte. „Ich freue mich, wenn du mit deiner Familie herkommst und wieder für mich arbeitest", sagte er. Mark könne anfangen, sobald er alles in Deutschland geregelt hätte – am liebsten sofort. Bei dem neuen Auftrag, für den er zwei Ingenieure benötige, handelte es sich um ein Brückenbauprojekt in Rosario in der Provinz Santa Fe, wo Mark das örtliche Büro leiten sollte. Ihm würden dafür fünf Mitarbeiter zur Seite gestellt. Er selbst sei derzeit wegen anderer Aufträge in Buenos Aires unabkömmlich, würde aber regelmäßig nach Rosario kommen und nach dem Rechten sehen, wobei er Mark voll vertraue, weil er seine Arbeit zu schätzen wisse.

Sieben

Karin saß mit ihren Unterlagen in einem der leeren Strandkörbe, der ihr Schutz vor dem kühlen Herbstwind bot. Müde sah sie zu, wie die Wellen in regelmäßigem Rhythmus ans Ufer rollten. Normalerweise wirkte die Brandung stets belebend auf sie. Doch jetzt hätte sie am liebsten geschlafen. Kein Wunder: Sie war das gesamte Wochenende auf einem Auffrischungsseminar für Ernährungsberater in Bonn gewesen und erst spät am Sonntagabend mit dem Zug zurückgekehrt.

Verrückt: Noch in der Nacht hatte sie schwitzend ihre Bettdecke von sich geworfen, um kurz danach schon wieder zu frieren. Auch jetzt war ihr wieder kalt. Da sie das momentane „Wechselspiel“ ihres Temperaturempfindens schon kannte, hatte Karin sicherheitshalber eine dicke Strickjacke mitgenommen, die sie dankbar über ihren Pullover anzog.

An diesem Montagmittag im Oktober waren nur wenige Menschen am Strand unterwegs. Zwei Frauen ließen ihre Hunde zum Wasser laufen und miteinander spielen. Karin beobachtete, wie die Hunde schwanzwedelnd einem kleinen Ball am Strick hinterherjagten und auch den Sprung ins kühle Nass nicht scheuten.

Etwas weiter links präparierte ein Kitesurfer sein Brett und seinen Lenkdrachen – bereit, in den nächsten Minuten über das Wasser zu gleiten. Der kleine Strandabschnitt am Ende des Ferienparks war in den letzten Jahren zu einem beliebten „Hotspot“ für Kitesurfer geworden. Bei entsprechender Windstärke tummelten sich hier vor allem an Wochenenden zahlreiche Aktive – ein Spektakel, das immer auch einige Zuschauer anzog. Karin bewunderte die Wendigkeit und die waghalsigen Sprünge der Surfer. Auch Eddie hatte dies einmal ausprobiert, war aber nach einer sehr „unsanften Landung“ wieder zum normalen Surfen zurückgekehrt, zumal er sich „für Akrobatik auf den Wellen“ – trotz seiner guten Fitness – inzwischen für zu alt hielt.

Karin sah auf die Uhr und seufzte. Es war fast zwölf. Um halb eins wollte sie sich mit Eddie zum Mittagessen im Ferienpark treffen, bevor sie um 14 Uhr ein Ernährungsberatungsgespräch mit einem Patienten hatte. Obwohl sie hier schon knapp eine Stunde saß, hatte sie bislang kaum einen Blick in ihre Fortbildungsunterlagen geworfen. Aber irgendwie konnte sie sich nicht auf aktuelle Ernährungsempfehlungen für Bluthochdruck- und Diabetespatienten konzentrieren. Zu viel ging ihr derzeit durch den Kopf.

Ein Grund hierfür war die Textnachricht von Sina auf ihrem Handy. Darin stand, dass sie vermutlich schon in zwei Wochen mit Ben und Mark nach Argentinien fliegen wollte, weil Mark ein gutes Jobangebot von seinem früheren Chef bekommen hätte. Obwohl sie die Nachricht auf der gestrigen Zugfahrt mindestens dreimal gelesen hatte, konnte sie es immer noch nicht glauben, dass ihre Freundin sie und Louise in Kürze verlassen würde. Zugegebenermaßen sahen sie Sina, nachdem sie zu Mark nach Kiel gezogen und mit Job und Kind vielbeschäftigt war, nicht allzu häufig. Doch es war etwas ganz anderes, nur eine Stunde mit dem Auto zu fahren, als sich ins Flugzeug zu setzen und fast ans andere Ende der Welt fliegen zu müssen, um ihre Freundin zu sehen. Was, wenn es Sina in Argentinien nicht gefiel und sie ihre Unterstützung brauchte? Karin mochte sich gar nicht ausdenken, wie es sein musste, auf einem anderen Kontinent ganz neu anzufangen, auch wenn es nur für zwei Jahre war. Sicherlich, Sina war jung und aufgeschlossen und sprach, wie sie wusste, zumindest etwas Spanisch. Doch wie würde es mit dem kleinen Ben dort unten gehen?

Karin bewunderte Sina für diesen Schritt. Sie selbst hätte niemals den Mut dazu. Hätte dies seinerzeit bei Dieter zur Debatte gestanden, wäre sie lieber mit ihrer Tochter in Deutschland geblieben. Dieter war zwar als Architekt früher ebenfalls häufig auf Reisen gewesen, jedoch meist nur für wenige Tage.

Apropos Dieter: Er war ein weiterer Grund für ihre innere Unruhe. Karin hatte ihren früheren Ehemann angerufen, nachdem feststand, dass sie nach Bonn fahren würde. Da sie inzwischen ein freundschaftliches Verhältnis pflegten und Köln nicht weit von Bonn entfernt lag, war es eine günstige Gelegenheit, um ihn wiederzusehen.

Dieser Meinung war wohl auch Dieter, denn er hatte sich sehr über ihren Anruf gefreut und sofort einem Treffen zugestimmt. Selbst Eddie hatte damit keinerlei Probleme, obwohl er ihr vor ihrer Abreise spielerisch gedroht hatte, ihr „die Ohren langzuziehen", sollte sie mit ihrem „Ex" fremdgehen.

Das kam für Karin, die Eddie über alles liebte, selbstverständlich nicht in Frage. Die Beziehung zu Dieter war für sie endgültig passé. Dennoch war und blieb er der Vater ihrer Tochter Sophie. Außerdem interessierte es sie einfach, was Dieter, mit dem sie immerhin 20 Jahre verheiratet gewesen war, derzeit so machte.

Als Treffpunkt hatten sie ein Café in der Bonner Innenstadt in der Nähe ihres Seminarzentrums vereinbart. Da das

Seminar an diesem Tag pünktlich zu Ende gegangen war und Karin keine Lust auf die anschließende Abendveranstaltung mit dem üblichen „Smalltalk“ der Teilnehmer hatte, war sie schon zehn Minuten vor der verabredeten Zeit im Café.

Sie studierte gerade die Speisekarte, als Dieter unvermittelt vor ihr stand. Erschrocken ließ Karin die Karte sinken, aber nicht deshalb, weil sie Dieter, der früher oft zu spät zu Verabredungen kam, noch nicht erwartet hatte.

Vielmehr war es sein Aussehen, das Karin Anlass zur Sorge bot: Dieters Haut wirkte fahler und blasser, als sie es von ihm kannte. Seine dünnen blonden Haare waren zwar sorgfältig gekämmt, hatten aber seit ihrem letzten Wiedersehen einen deutlichen Graustich bekommen. Ihr Exmann, der groß war und früher immer ein paar Pfunde zu viel auf den Rippen hatte, wirkte jetzt regelrecht schmal, klein und gebrechlich. Wie abgemagert er war, spürte Karin deutlich, als sie aufstand, um ihn zu umarmen.

„Ich habe gerade eine äußerst hartnäckige Erkältung hinter mir und momentan sehr viel Stress im Beruf“, sagte er beinahe entschuldigend, als Karin ihn fragte, ob es ihm nicht gutgehen würde.

Karin wusste, dass Dieter sich für seine Arbeit immer sehr ins Zeug legte. Das war schon zu Zeiten ihrer Ehe so gewesen und würde vermutlich auch immer so bleiben. Außerdem wusste Karin, dass sich Dieter besonders in stressigen Zeiten nicht sehr gesund ernährte und hauptsächlich von Fastfood lebte – etwas, dass Karin als Ernährungswissenschaftlerin schon immer ein Dorn im Auge gewesen war. Umso überraschter war sie, als Dieter sich keinen Kaffee, sondern einen Pfefferminztee bestellte und statt der früher üblichen Sahnetorte nur ein Stück Obstkuchen wählte. Auch sein Magen sei momentan etwas empfindlich, erklärte Dieter.

Karin wusste, dass Dieter nicht gerne Schwäche zeigte. Und da sich die beiden viel zu erzählen hatten, war sein Befinden auch schon bald kein Thema mehr. Stattdessen redeten sie hauptsächlich über Sophie. Beide freuten sich sehr, ihre Tochter bald wiederzusehen. Sophie, die in London mittlerweile im fünften Semester Architektur studierte, wollte in den Weihnachtsferien nach Deutschland kommen und danach bei Dieter im Architektenbüro ein vierwöchiges Praktikum absolvieren.

Karin und Dieter hatten zwar schon am Telefon darüber gesprochen, dass Sophie während der Praktikumszeit bei ihrem Vater in Köln wohnen würde. Doch Weihnachten, so wünschte sich Karin, hätte sie ihre Tochter gerne bei sich. Sie wusste, dass auch Sophie die Feiertage gerne bei ihr in Heiligenhafen verbringen wollte, zumal sie Eddie sehr mochte. Da Sophie ihren Vater nicht vor den Kopf stoßen wollte, hatte sie ihm jedoch noch nichts davon erzählt. Daher wagte Karin den Vorstoß: „Wie wäre es, wenn Sophie über die Weihnachtsfeiertage bei uns ist und dann Silvester mit dir in Köln feiert? Danach hast du sie dann ja auch vier Wochen für dich."

Dieter rührte lange in seinem Pfefferminztee, bevor er zustimmend nickte und antwortete: „Ist in Ordnung." Auch er wusste nur zu gut, wie sehr Sophie an ihrer Mutter hing. Er vermutete, dass sie ihm seine Affäre mit einer jungen Studentin noch immer nicht ganz verziehen hatte, auch wenn es mit Angelika längst aus war und er seither alleine lebte. Dieter hatte seinen Fehler zutiefst bereut und wäre gerne wieder mit Karin zusammengekommen. Doch letztlich hatte er erkennen müssen, dass Karin sich nicht nur verändert hatte, sondern nun auch glücklich mit einem anderen Mann verheiratet war.

Dieser Eddie, ihre Arbeit als Ernährungsberaterin und das Wohnen direkt am Meer schienen Karin wirklich gut zu tun, stellte er fest, während er seine Exfrau aus den Augenwinkeln musterte. Sie lachte viel und wirkte viel unbekümmerter als zu Zeiten ihrer Ehe. Und sie war noch hübscher geworden: Ihre früher eher wilden, braunen, lockigen Haare trug sie inzwischen schulterlang und sie schimmerten leicht rötlich. Außerdem war sie dezent geschminkt – etwas, was noch vor ein paar Jahren für seine Frau undenkbar gewesen war, ebenso wie der modische hellbraune Blazer, den sie jetzt zu einer schwarzen Baumwollhose trug.

Karin betonte zwar immer wieder, dass sie die Veränderung ihren Freundinnen Louise und Sina zu verdanken hätte. Doch Dieter glaubte, dass die beiden Frauen ihr dabei vielleicht geholfen hatten, den eigentlichen Anstoß dafür aber ihre Trennung gegeben hatte. Karin, so war Dieter überzeugt, wollte ihm beweisen, was alles in ihr steckte und was ihm nunmehr entging. Nun, das war ihr wirklich gelungen.

Auch wenn er es niemals zugeben würde: Er bewunderte Karin für ihr neues Selbstbewusstsein und ihren Mut, alles hinter sich zu lassen und noch einmal ganz neu anzufangen.

Noch vor ein paar Wochen hatte er ähnliche Pläne geschmiedet und sogar überlegt, nach Portugal an die Algarve zu ziehen und dort in die Immobilienfirma eines Freundes mit einzusteigen. Doch derzeit hatte er einfach nicht die Kraft dazu. Er brauchte einfach nur ein paar Tage Ruhe, dann würde es ihm schon wieder besser gehen.

Außerdem wollte er vor Karin nicht herumjammern. Schließlich sollte sie nicht denken, dass er ein „Weichei" sei.

Eddie liebte es, Karin zu überraschen. Er wusste, dass es ein anstrengendes Wochenende für seine Frau gewesen war. Damit sie vor ihrem Arbeitsbeginn nicht zu kochen brauchte, hatte er die Idee gehabt, mit ihr in seiner Mittagspause essen zu gehen – zumal die beiden sich drei Tage nicht gesehen und viel zu erzählen hatten.

Er hatte Karin gestern Abend, wie versprochen, vom Bahnhof in Oldenburg abgeholt. Dabei hatte er schnell gemerkt, dass sie zu müde gewesen war, um noch viel zu reden. Daher hatte er sie auch heute Morgen länger schlafen lassen und war schon zur Appartementanlage am Steinwarder gefahren, wo er als Hausmeister arbeitete. Glücklicherweise gab es heute außer der Reparatur einer klemmenden Tür und eines defekten Herdes nicht viel zu tun, sodass er rechtzeitig zur verabredeten Zeit vor dem Restaurant am Ferienpark stand. In einer Hand hielt er einen Strauß roter Rosen, den er kurz zuvor in einem Blumengeschäft gekauft hatte.

Karin kam strahlend auf Eddie zu, gab ihm einen innigen Kuss und zeigte dann lachend auf den Blumenstrauß, den Eddie vergeblich hinter seinem Rücken zu verbergen versuchte, woraufhin Eddie ihr die Rosen entgegenhielt.

„Wofür sind die denn?"

„Na, was glaubst du?", ließ Eddie Karin raten.

Karin dachte angestrengt nach. Sie schüttelte den Kopf und zog verwundert ihre Augenbrauen hoch, sodass auf ihrer Stirn kleine Fältchen sichtbar wurden. „Keine Ahnung. Habe ich vielleicht schon wieder Geburtstag, ohne es zu wissen?", fragte sie scherzhaft.

Eddie schüttelte lachend den Kopf.

„Oder ist heute Weltfrauentag?"

„Wieder falsch."

„Ja, dann verrate mir doch endlich, warum du mir Blumen mitgebracht hast", bat Karin ungeduldig.

„Na gut", antwortete Eddie und freute sich, Karin so lange auf die Folter gespannt zu haben. „Einfach deshalb, weil ich dich so liebe."

„Du verrückter Kerl", entgegnete Karin und gab Eddie spielerisch eine Kopfnuss.

„Ich liebe dich auch."

Eddie nahm Karins Hand, beugte sich darüber und hauchte ihr einen Kuss auf den Handrücken. „Dann sind wir uns ja einig, sehr geehrte Frau Fischer, und können endlich essen gehen."

Das Dorschfilet und die Bratkartoffeln haben wirklich lecker geschmeckt, dachte Eddie und schob zufrieden den Teller von sich. Er blickte Karin an, die zum wiederholten Male an den roten Rosen schnupperte. Zuvor hatte Karin ihm ausführlich von ihrem Wochenende in Bonn und ihrem Treffen mit Dieter berichtet. Dass Dieter nicht gesund aussah, ließ sie unerwähnt. Schließlich wollte sie nicht, dass Eddie dachte, sie würde sich gedanklich zu viel mit ihrem Exmann beschäftigen. Allerdings erzählte sie Eddie, dass Dieter damit einverstanden war, dass Sophie Weihnachten bei ihnen in Heiligenhafen verbringen würde.

Das war für Eddie die Gelegenheit, Karin endlich das zu fragen, was ihm schon seit Tagen auf dem Herzen lag.

„Karin", begann Eddie, „was hältst du davon, wenn auch Felix über die Weihnachtsfeiertage zu uns kommt?"

Karin hätte sich beinahe an ihrem Orangensaft verschluckt und stellte das Glas abrupt vor sich hin.

„Bitte, was hast du gesagt? Felix soll auch kommen?" An Karins Hals und Gesicht wurden hektische rote Flecken sichtbar. „Sophie schläft doch schon bei uns. Wie soll denn das gehen?", fragte sie entrüstet.

„Ganz ruhig", antwortete Eddie und hob beschwichtigend seine Hände. „Das habe ich alles schon mit Louise geklärt. Einer von den beiden Kindern kann bei ihr schlafen. Ihr Haus ist schließlich groß genug."

„Und wer soll das deiner Meinung nach bitte sein?“, fragte Karin noch immer skeptisch. „Ich habe Sophie schon so lange nicht mehr gesehen und möchte in den wenigen Tagen, an denen sie hier ist, gerne so viel Zeit wie möglich mit ihr verbringen, bevor sie Silvester wieder zu ihrem Vater fährt. Das verstehst du doch, oder?“

Eddie beugte sich vor und nahm Karins Hand. „Natürlich verstehe ich das, Liebling. Aber verstehst du auch, dass ich gerne meinen Sohn bei mir hätte? Meinetwegen kann Felix auch zu Louise gehen. Sie kommt bestimmt mit ihm klar.“

„Ja, aber, ich meine ... Was sagt denn Maria überhaupt dazu? Möchte sie ihren Sohn nicht zu Weihnachten bei sich am Tegernsee haben?“

Eddie lehnte sich wieder zurück und zuckte mit den Achseln. „Anscheinend herrscht zwischen Felix und seiner Mutter momentan dicke Luft.“

„Woher weißt du das?“, wollte Karin wissen.

„Felix hat mich am Wochenende angerufen und es mir erzählt. Daher kam mir auch die Idee, Felix an Weihnachten zu uns einzuladen.“

Karin traute dem Frieden immer noch nicht ganz. „Und was ist, wenn Maria plötzlich wieder unangemeldet hier in Heiligenhafen auftaucht?“

„Felix sagt, dass sie und ihr Mann Weihnachten bei Marias Schwager in Österreich verbringen wollen. Da besteht also keine Gefahr.“

„Und falls sie es sich doch anders überlegt und Felix nicht alleine lassen möchte?“

„Das kann ich mir kaum vorstellen.“

In den folgenden Tagen hatte Karin mit ihrer Arbeit mehr als genug zu tun. Eine Kollegin war krankheitsbedingt ausgefallen, und so musste Karin zwangsläufig auch deren Termine mit übernehmen. Dementsprechend kam sie oft erst abends um sieben Uhr nach Hause.

Als wäre das nicht schon genug, musste sie sich auch zusammen mit Louise etwas wegen Sina einfallen lassen. Schließlich würde ihre Freundin bald aus Deutschland wegziehen. Und das sollte sie nicht einfach so tun, sondern mit einer kleinen Abschiedsparty. Daher rief Karin gleich nach der Arbeit Louise an und bat sie, zu ihr zu kommen, um mit ihr alles Weitere zu besprechen. Eddie gab an diesem Abend noch einen Nordic Walking-Kurs, sodass die beiden Frauen eine Zeitlang unter sich sein würden.

„Schön, dich zu sehen, Louise“, umarmte Karin ihre Freundin, als sie die Haustür öffnete.

„Hallo, meine Süße“, antwortete Louise wie immer gut gelaunt. „Wie war deine Fortbildung?“

„Anstrengend, aber gut. Stell‘ dir vor, ich habe mich mit Dieter getroffen.“

„Und?“, fragte Louise, während sie ihre Jacke auszog und an den Garderobenhaken hängte.

„Er scheint momentan beruflich sehr viel Stress zu haben. Er sah sehr blass und schmal aus“, erklärte Karin. „Und was macht dein neuer Bekannter?“, versuchte Karin das Gespräch auf ein anderes Thema zu lenken.

„Du meinst Peter Maywald? Nun, wir waren am Freitag essen und haben uns dabei toll unterhalten.“

„Und seht ihr euch wieder?“

Louise lachte. „Du bist ja fast schon genauso neugierig wie Sina.“ Karin ignorierte die Bemerkung. „Und?“

„Ja“, antwortete Louise betont langsam, „wir werden uns wiedersehen. Schon allein deshalb, weil er ja regelmäßig Anne in der Klinik besucht. Aber er möchte auch gerne mal nach Heiligenhafen kommen.“

„Das ist ja super", freute sich Karin für ihre ältere Freundin.

„Ja, aber vorher haben wir noch eine Abschiedsfeier für Sina, Mark und Ben zu organisieren", versuchte jetzt auch Louise abzulenken. „Hast du schon eine Idee?"

Karin schüttelte den Kopf. „Nein, am besten, wir sammeln mal ein paar Vorschläge. Warte, ich hole nur einen Block und einen Stift."

Karin ging zum Sekretär, der vor dem Fenster im Wohnzimmer stand und öffnete die Schublade. Da sie klemmte, zog sie etwas fester daran – und hielt die Schublade unvermittelt in der Hand. Dabei rutschte der gesamte Inhalt zu Boden. Karin bückte sich, um die Schreibutensilien wieder aufzuheben. Dabei fiel ihr Blick auf eine dunkelblaue Mappe, aus der an einer Seite ein kleiner weißer Briefumschlag herausragte. Obwohl er unscheinbar aussah, verspürte Karin auf einmal das dringende Bedürfnis, ihn zu öffnen.

„Was hast du denn da?", wollte Louise wissen, die ein paar Meter entfernt auf der Couch saß und einen Schluck Wasser trank.

„Ich weiß es nicht." Karin öffnete den Briefumschlag und holte den Inhalt heraus. Es waren mehrere Fotos. Auf einem war ein kostümiertes Paar zu sehen, das eng umschlungen einen Kuss in die Kamera andeutete. Karin erkannte die beiden sofort: Es waren Eddie und Maria! Doch damit nicht genug: Das zweite Foto zeigte ein Kleinkind mit einem Ball auf einer Wiese – augenscheinlich handelte es sich um Felix. Auf einem weiteren Bild war Maria, leicht bekleidet, zu sehen.

Louise bemerkte, wie ihre Freundin ganz blass wurde. „Karin, was ist?", wollte sie wissen.

Karin atmete ein paarmal tief ein, bevor sie zu Louise ging und ihr die Fotos überreichte.

„Hier. Sieh' selbst."

Mit fragendem Blick nahm Louise die Bilder entgegen und betrachtete sie eingehend. Dann drehte sie sie um. „Ach, du meine Güte", entfuhr es ihr, während sie sich eine Hand vor den Mund hielt.

„Was ist?", fragte Karin aufgeregt.

„Nichts", versuchte Louise ihre Freundin zu beruhigen. Doch Karin hatte entdeckt, dass auf der Rückseite eines der Bilder etwas geschrieben stand.

„Gib' her und lass' mich das lesen." In Sekundenschnelle schnappte Karin ihrer Freundin das Bild aus der Hand. Louise seufzte, da sie bereits ahnte, wie Karin darauf reagieren würde.

„So eine dreckige Schlampe", entfuhr es Karin. Normalerweise gebrauchte sie nicht solche Wörter. Doch es zeigte, wie sehr sie außer sich vor Wut war. „Was bildet die sich nur ein, und warum hebt Eddie solche Fotos auf?"

„Ich kann dir das erklären", antwortete Eddie, der plötzlich im Trainingsanzug und mit seiner Sporttasche in der Hand in der Tür stand.

„Ach ja?", funkelte Karin ihren Mann zornig an und schmiss ihm die Fotos vor die Füße.

„Da bin ich aber mal gespannt."

Eddie ließ seine Tasche fallen und bückte sich, um die Fotos aufzuheben. Erst jetzt entdeckte er die Beschriftung auf der Rückseite des Porträtfotos von Maria.

Leise begann er zu lesen:

Liebster Eddie,
ich werde dich immer lieben und vermisse dich unendlich.
Deine Maria, im September 2014

So ein Mist, dachte Eddie und ging auf seine Frau zu, die abwehrend die Hände hob und vor ihm zurückwich.

„Ich habe das noch gar nicht gesehen, Schatz. Ehrlich."

Karin glaubte, ihren Ohren nicht zu trauen. „Nicht gesehen? Ha, das ist ja wohl nicht zu übersehen."

„Nein, wirklich nicht. Maria hat mir die Fotos damals am Bahnhof in Oldenburg gegeben, als sie und Felix wieder nach München gefahren sind. Daraufhin habe ich sie mir kurz angesehen, aber nicht weiter beachtet."

„Und warum hast du sie dann vor mir versteckt?", fragte Karin auch für Louises Verhältnisse ungewöhnlich laut. Sie wollte schon aufstehen und etwas sagen, um ihre Freundin zu beruhigen, hielt es dann aber doch für besser, sich nicht in den Streit der Eheleute einzumischen.

„Ich dachte, du regst dich nur unnötig auf", antwortete Eddie verlegen, dem allmählich bewusst wurde, dass er einen Fehler begangen hatte. Er hätte nur das Bild von Felix aufheben und die anderen gleich in die Mülltonne werfen sollen. Warum hatte er das bloß nicht getan?

Karin spürte, wie ihr Herz bis zum Halse schlug. „Ja, und du meinst, jetzt rege ich mich weniger auf? Für wie dumm hältst du mich eigentlich?"

Louise konnte sich nun doch nicht länger zurückhalten. „Karin, es ist alles halb so wild. Eddie wollte dich doch nur schützen, weil er dich liebt", versuchte sie Karin klarzumachen und wies auf Eddie, der zustimmend nickte.

„Wenn er mich lieben würde, hätte er keine Geheimnisse vor mir und würde keine anzüglichen Bilder seiner Ex vor mir verstecken." Karin kehrte den beiden den Rücken zu. Nach einer Weile drehte sie sich wieder um, sah Eddie ernst an und hob mahnend ihren rechten Zeigefinger: „Ich will, dass Maria endgültig aus unserem Leben verschwindet." Dann blickte sie abwechselnd zu Louise und zu Eddie. „Und jetzt lasst mich alleine – alle beide."

Eddie brachte Louise zur Tür und übergab ihr die Fotos, auf denen Maria zu sehen war.

„Würdest du sie bitte für mich in den Müll werfen? Sie haben schon genug Unheil angerichtet."

Louise nahm die Bilder entgegen und legte Eddie freundschaftlich eine Hand auf den Arm. „Das biegt sich schon wieder gerade. Karin ist momentan emotional etwas reizbar. Das war ich auch, als das mit den Wechseljahren bei mir losging."

„Und was hat dir in dieser Zeit geholfen?", wollte Eddie wissen, der schon so etwas geahnt hatte.

Louise schmunzelte. „Die Tatsache, dass Carl für mich da war und mich so angenommen hat, wie ich bin."

Louise wollte gerade losgehen, als ihr noch etwas einfiel. „Ach, Eddie: Ich weiß, dass Maria die Mutter deines Sohnes ist und du Felix sehr liebst und ihn natürlich regelmäßig sehen möchtest. Aber sorg' trotzdem dafür, dass Maria so wenig Raum wie möglich in eurem Leben einnimmt. Nach dem, was Karin und du über sie erzählt, bin ich mir ganz und gar nicht sicher, ob man ihr trauen kann."

„Aber sie ist doch weit weg. Was soll sie uns schon anhaben können?", warf verwundert Eddie ein.

„Die körperliche Nähe ist nicht immer das Entscheidende. Manchmal genügt es schon, dass sich eine Person in die Gedanken eines anderen drängt."

Eddie atmete hörbar aus. „Okay, ich werde mein Bestes geben, Louise."

Louise umarmte Eddie zum Abschied und tippte ihm leicht gegen die Brust. „Das ist gut, Eddie. Denn: Du und Karin, ihr seid füreinander bestimmt. Und es sollte sich nichts zwischen euch drängen können."

„Wird es nicht", versprach Eddie und schloss die Tür.

Acht

Nun ist es also doch wahr geworden, dachte Louise, während sie mit Karin Arm in Arm im Besucherbereich des Hamburger Flughafens stand und zusah, wie Sina, Mark und Ben durch die Sicherheitskontrolle gingen und allmählich aus ihrem Blickfeld verschwanden.

Karin hatte noch vor wenigen Minuten Rotz und Wasser geheult, als sie die drei verabschiedet hatte. Auch Louise und Sina mussten die eine oder andere Träne verdrücken, während Mark seinen Gefühlen dadurch Ausdruck verlieh, dass er ständig von einem Bein auf das andere trat. Das hatte er schon als kleiner Junge getan, wenn er nervös war, dachte Louise, während sie zuerst Mark und anschließend Ben einen Kuss gab.

Der Kleine schien die ganze Aufregung der Erwachsenen nicht zu verstehen. Vielmehr schaute er sich mit großen Augen in der Flughafenhalle um und beobachtete fasziniert die Urlauber und Geschäftsreisenden, die ihre Trolleys hinter sich her zogen und wie Ameisen um sie herumwuselten.

Bislang hatte Ben in seinem jungen Leben noch keine größere Reise unternommen. Dennoch spürte er wohl, dass ein Abschied bevorstand. „Oma“, sagte er immer wieder und versuchte, Louise seinen Kuschelbären in den Arm zu drücken, den sie ihm jedoch sanft wieder entgegenschob. „Das ist lieb von dir. Doch Bärli soll lieber mitreisen und gut auf dich aufpassen." Louise gab Ben erneut einen Kuss. „Und wenn ihr zu Weihnachten wiederkommt, bin ich schon sehr gespannt darauf zu erfahren, was ihr beiden in Argentinien so erlebt habt."

„Ati", wiederholte Ben ernsthaft, worauf die Erwachsenen um ihn herum trotz des bevorstehenden Abschieds lachen mussten.

Am Tag zuvor hatten sie in Kiel noch eine kleine Abschiedsparty gefeiert. Neben Louise, Karin und ein paar Freunden von Sina und Mark war auch Eddie mit von der Partie gewesen. Er hatte Louise und Karin aus Heiligenhafen hergefahren, jedoch am heutigen Tag nicht frei bekommen und musste daher am Abend wieder zurück.

Louise vermutete, dass Karin wegen der Fotos von Maria noch immer mit Eddie schmollte und es ihr daher ganz recht war, dass ihr Mann wieder zurückfuhr. Auf Louises Frage, ob sie Eddie verziehen hätte, hatte Karin nur „dieser Blödmann" gebrummt – für Louise ein Zeichen, dass sie sich derzeit nicht weiter in die Sache einmischen sollte.

Sie hoffte, dass das Ganze in ein paar Tagen wieder vergessen war. Um Karin abzulenken, hatte Louise ihre Freundin gebeten, ein kleines Buffet für Sina, Mark und Ben zu organisieren. Und das hatte Karin toll hinbekommen. Es gab leckere Salate, Fisch, eine Käseplatte sowie exotische Früchte. Louise hatte Kuchen und Muffins gebacken, die besonders Ben lecker schmeckten. Passend zum Land hatte Karin kleine Partyfähnchen mit der blauweiß gestreiften Nationalflagge Argentiniens sowie weiße und hellblaue Luftballons besorgt.

Doch nicht nur die Abschiedsparty hatten Louise und Karin mit viel Liebe organisiert. Die beiden Freundinnen wollten es sich auch nicht nehmen lassen, Sina, Mark und Ben zum Flughafen zu begleiten. Daher hatten Louise und Karin bei den dreien auf der Ausziehcouch im Wohnzimmer übernachtet. Das war zwar nicht gerade erholsam gewesen, zumal Karin wegen eines Schnupfens kaum Luft bekam und Louise die halbe Nacht in die Ohren geschnarcht hatte. Karin wiederum hatte behauptet, dass Louise schnarchen würde und sie deshalb kaum ein Auge zugetan hätte. Letztendlich war es jedoch eine zweckmäßige Lösung gewesen.

Ihre Wohnung in Kiel wollte Sina eigentlich nicht aufgeben – „für den Fall der Fälle", wie sie sagte. Doch Mark hielt dies für Blödsinn, auch wenn Louise damit keine Übernachtungsmöglichkeit mehr zur Verfügung stünde, falls es mit ihrer Arbeit in der Klinik spät geworden war oder sie sich hinterher noch mit Peter Maywald treffen wollte.

Und die Wahrscheinlichkeit dafür war hoch: So hatte sich Louise in der Zwischenzeit bereits zweimal mit Peter verabredet. Einmal war sie seiner Einladung zum Abendessen gefolgt. Ein weiteres Mal hatten sie in der Klinikcafeteria einen Kaffee getrunken, nachdem Peter seine Schwester besucht hatte.

Auch heute würden sie sich wiedersehen, denn Peter hatte versprochen, sein Büro früher zu schließen und sie und Karin vom Flughafen abzuholen und nach Heiligenhafen zurückzufahren, wo Louise ihm ihr Haus am Graswarder zeigen wollte.

Louise wusste, dass sowohl Sina als auch Karin regelrecht darauf brannten zu erfahren, wie es mit den beiden „voranging". Doch Louise schmunzelte jedes Mal nur, wenn die beiden versuchten, etwas aus ihr herauszuquetschen.

Was sollte sie auch sagen, wo sie sich ihrer Gefühle zu Peter selbst noch nicht sicher war? Sie spürte zwar jetzt schon eine große Vertrautheit zwischen ihnen. Peter blickte ihr bei jedem Zusammentreffen tief in die Augen und machte ihr Komplimente, was darauf hindeutete, dass er möglicherweise mehr von ihr wollte als nur Freundschaft. Zudem hatte Anne ihr erst vorgestern verraten, dass ihr Bruder sie „sehr nett" fände. Doch Louise war schlau genug, nichts zu überstürzen.

Dazu kam: Die Vorstellung, sich auf einen anderen Mann als Carl einzulassen, fühlte sich für sie ungewohnt und fremd an. Zwar war es inzwischen fast vier Jahre her, dass ihr Mann an Magenkrebs gestorben war. Doch noch immer gab es Tage, an denen Louise morgens aufwachte und glaubte, dass Carl noch leben würde und jeden Moment zur Tür hereinspaziert kommen müsste.

Es dauerte dann jedes Mal ein paar Sekunden, bis sie realisierte, dass er körperlich nicht mehr existierte und sie ihn nie mehr würde berühren, küssen und umarmen können. Gleichzeitig spürte sie manchmal ganz deutlich, dass er geistig immer noch bei ihr war – sei es, wenn sie abends in ihrem Wohnzimmer saß und las, am Strand spazieren oder im Ort bummeln ging.

In diesen Momenten hatte sie das Gefühl, dass er direkt neben ihr stehen und all das miterleben würde, was sie auch gerade erlebte. Und das fühlte sich irgendwie gut an.

Hatte sie dann das Recht, sich einem anderen Mann zuzuwenden? Oder wäre das Betrug an Carl? Wie lange durfte man an der Vergangenheit festhalten? Louise hatte noch keine Antwort auf diese Fragen. Sie spürte jedoch, dass ihr der Kontakt zu Peter gut tat. Daher beschloss sie, zumindest ihrer Freundschaft eine Chance zu geben. Alles andere würde die Zeit bringen.

Louise drehte sich um und wollte mit Karin gerade aus dem Flughafengebäude gehen, als Peter Maywald plötzlich vor ihr stand.

„Hallo, Louise", sagte er fröhlich und gab ihr einen Kuss auf die Wange – eine vertraute Geste, die sich seit ihrem letzten Treffen zwischen ihnen ergeben hatte.

Karin registrierte die Annäherung zwischen Peter und ihrer Freundin, während sie schmunzelnd von einem zu anderen blickte. Bewusst blieb sie einen Schritt zurück.

„Ah, Sie müssen Karin Winter sein", kam Peter Maywald jetzt auf sie zu und reichte ihr die Hand.

„Es freut mich, Sie endlich kennenzulernen. Louise hat schon viel von Ihnen erzählt."

„Ich hoffe, nur Gutes", antwortete Karin und nahm zögernd Peters Hand.

„Und ob. Louise sagte mir, dass Sie und Sina die besten Freundinnen seien, die man sich nur vorstellen könne."

„Ach", winkte Karin ab und schaute dann zu Louise, die sie angrinste. „Da übertreibt die Gute mal wieder."

„Tue ich nicht", protestierte Louise. „Ohne dich und Sina wäre ich damals verloren gewesen. Apropos verloren", wandte sie sich wieder Peter zu. „Wie kommt es überhaupt, dass Sie uns hier im Gewühl gefunden haben? Sollte ich Sie nicht anrufen, sobald die drei abgeflogen sind, um einen Treffpunkt zu vereinbaren?"

„Nun, ich war schon etwas früher da als geplant. Und da Ihr Handy nicht eingeschaltet zu sein scheint, habe ich mich einfach auf die Suche nach Ihnen beiden gemacht." Peter lächelte charmant.

„Und die beiden schönsten Frauen hier zu finden, war ja nicht schwierig."

„Jetzt übertreiben Sie aber", entgegnete Louise, während sie verlegen mit ihrem blauen Halstuch spielte. Karin erlebte zum ersten Mal, wie nicht nur sie, sondern auch ihre ältere Freundin rot wurde.

Die Fahrt von Hamburg nach Heiligenhafen verging für Louise wie im Fluge. Peter erwies sich nicht nur als gelassener und sicherer Autofahrer, sondern wusste die beiden Frauen unterwegs auch gut zu unterhalten. Selbst Karin schien sich in seiner Gegenwart sichtlich wohlzufühlen, bemerkte Louise, als sie sich auf dem Beifahrersitz ein paar Mal nach hinten umdrehte, wo ihre Freundin zufrieden lächelte. Sie wusste, dass sich Karin – trotz der momentanen Probleme mit Eddie – aufrichtig für sie freute. Und dafür liebte sie ihre Freundin.

Peter setzte Karin vor ihrem Haus in der Heiligenhafener Altstadt ab, um dann mit Louise weiter zum Graswarder zu fahren.

„Ich wünsche euch noch einen schönen Abend", verabschiedete Karin Louise und umarmte ihre Freundin. Und an Peter gerichtet, sagte sie: „Vielen Dank fürs Nachhausebringen. Es hat mich sehr gefreut, Sie kennenzulernen."

„Ganz meinerseits", antwortete Peter, bevor er mit Louise weiterfuhr.

„Wow", staunte Peter, während er seinen Blick über den weiten Horizont schweifen ließ. Er war zwar im ostfriesischen Leer und damit quasi an der Küste groß geworden. Doch durch seine Lichtgestaltungsfirma und die Krankheit seiner Schwester war er in den letzten Jahren nur selten dazu gekommen, ans Meer zu fahren. Umso mehr genoss er jetzt den Anblick, der sich ihm direkt hinter Louises Haus am schmalen Strandabschnitt bot. Die Ostsee zeigte sich an diesem Herbstnachmittag von ihrer schönsten Seite: Das Meer war ruhig und strahlte Unendlichkeit und Frieden aus. Auf der dunkelblauen Wasseroberfläche spiegelte sich das Licht der Sonne. Weiße Wölkchen zauberten Tupfen in den leuchtendblauen Himmel und bildeten einen wunderbaren Kontrast zum hellen Sand und dem Strandhafer.

Peter atmete die würzige Ostseeluft ein und schaute dann zu Louise, die ihn aus den Augenwinkeln musterte. Sie wusste, dass viele Besucher von dieser Kulisse regelrecht überwältigt waren. Auch ihr war es so gegangen, als sie mit Carl vor vielen Jahren zum ersten Mal hier am Wasser gestanden hatte. Sie freute sich, dass es Peter ähnlich erging.

„Ich kann gut verstehen, dass Sie sich hier so wohl fühlen", rief Peter Louise zu.

Louise hatte gerade die Kaffeemaschine angestellt und kam jetzt die wenigen Stufen von ihrer Terrasse herunter zum Strand, wo Peter noch immer fasziniert aufs Meer blickte. „Ja", nickte sie. „Ich kann mir auch nichts Schöneres vorstellen, als hier zu leben."

Sie wies mit dem Kopf in Richtung Strandkorb, der ihre neueste Errungenschaft war und der jetzt einladend auf ihrer Terrasse stand. „Wenn Sie möchten, trinken wir hier draußen unseren Kaffee. Wir könnten den Strandkorb in Richtung Wasser drehen und so noch etwas das Wetter genießen. Wer weiß, wie lange es noch so schön ist."

„Eine gute Idee", entgegnete Peter. „Warten Sie, ich helfe Ihnen."

Mit einer Decke auf dem Schoß saßen die beiden eine ganze Zeit lang im Strandkorb und genossen den Nachmittag. Louise fühlte sich wohl wie schon lange nicht mehr. Es zeigte sich immer mehr, dass Peter und sie viele Gemeinsamkeiten aufwiesen. Wie sie interessierte sich auch Peter für bekannte Weltliteratur wie die von Tolstoi und Hemingway, war aber auch einem guten Krimi gegenüber nicht abgeneigt. Außerdem mochte er klassische Musik. Während Peter Mozart bevorzugte, hörte Louise gerne Bach-Kantaten. Bei Reinhard Mey waren sich dann beide einig, dass er einer der besten Liedermacher der Gegenwart wäre.

Was Louise jedoch am meisten beeindruckte, war das Verständnis für ihre ehrenamtliche Arbeit als Genesungsbegleiterin. Natürlich hatte dies auch damit zu tun, dass seine Schwester Anne ebenfalls an Brustkrebs erkrankt war. Doch Peter gehörte anscheinend zu der seltenen Sorte Mann, die mit dieser Erkrankung umgehen konnten. Als Witwer konnte er zudem gut nachvollziehen, wie es war, plötzlich ohne Partner dazustehen. Aus diesem Grund verlor Louise auch nach und nach ihre Scheu und erzählte Peter von der wohl schwierigsten Zeit ihres Lebens.

„Als Carl damals die Diagnose Magenkrebs erhalten hat, konnten wir dies lange Zeit gar nicht glauben", erinnerte sich Louise wehmütig und nahm eine Muschel in die Hand, die auf dem kleinen runden Tisch vor dem Strandkorb lag. Sie blickte Peter traurig in die Augen. „Wir hatten ja noch so viele Pläne und wollten hier in Heiligenhafen gemeinsam unseren Lebensabend verbringen. Dass ich ganz alleine hierherziehen würde, hätte ich niemals gedacht."

Peter nickte verständnisvoll und schaute ein paar Möwen nach, die kreischend einige Meter von ihnen entfernt vorbeiflogen. „So ähnlich erging es mir mit Marion."

Louise wusste von Anne bereits, dass Marion bei einem Autounfall vor sechs Jahren ums Leben gekommen war, hatte sich aber bislang nicht getraut, Peter danach zu fragen. Jetzt schien der richtige Zeitpunkt dafür zu sein. „Möchten Sie mir von ihr erzählen?", fragte sie vorsichtig. „Wie war sie so?"

„Ich kann Ihnen ein Foto von ihr zeigen." Peter erhob sich, um sein Portemonnaie aus der Gesäßtasche zu holen. Er klappte es auf, zog ein Foto aus einem der Seitenfächer und gab es Louise. „Hier."

Louise nahm das Bild und betrachtete das Foto. Es zeigte eine Frau um die fünfzig mit schulterlangen, dunkelblonden

Haaren und braunen, wachsamen Augen. Ihre hohen Wangenknochen und die geschwungene Linie ihrer Lippen verliehen ihr eine besondere Ausstrahlung. „Eine sehr attraktive Frau."

Peter seufzte. „Ja, das stimmt. Ihre Mutter war Griechin. Das sah man bei Marion auch ein bisschen."

„Sie müssen sie sehr geliebt haben." Louise gab Peter das Foto zurück.

„Ja, das habe ich, auch wenn wir uns oft gestritten haben." Peter lächelte versonnen. „Marion konnte sehr aufbrausend sein und hat seinerzeit auch den einen oder anderen Teller nach mir geworfen."

„Und Sie haben das mit Ihrer ruhigen norddeutschen Art wieder ausgeglichen?"

„So ungefähr. Deshalb hat es auch ganz gut zwischen uns funktioniert. Das Dumme ist", Peter stocke und holte tief Luft, „dass wir uns an dem Morgen, als der Unfall passiert ist, ebenfalls gestritten hatten."

„Oh nein", sagte Louise voller Mitgefühl.

Peter wusste, was Louise nun fragen würde, und hob die Hände, bevor sie weitersprechen konnte. „Ich weiß zwar vom Verstand her, dass ich nicht an dem Unfall schuld bin, sondern der übermüdete Autofahrer, der einfach bei Rot über die Kreuzung gefahren ist und Marions Wagen frontal getroffen und sie in den Tod gerissen hat. Dennoch mache ich mir manchmal noch Vorwürfe, dass wir uns nicht versöhnt haben, bevor sie gefahren ist – vor allem, weil wir uns wegen einer Kleinigkeit gestritten haben." Peter schüttelte ungläubig den Kopf. „Es ging darum, wie wir unser Esszimmer neu gestalten. Können Sie sich das vorstellen?"

„Oh ja", nickte Louise. Sie musste daran denken, wie Carl und sie oft darüber gestritten hatten, dass er die Zeitung überall liegen ließ und das Marmeladenglas nicht richtig zuschraubte. Wie lächerlich dies im Nachhinein war! Doch Louise und Carl hatten es glücklicherweise jedes Mal geschafft, sich wieder zu vertragen. Außerdem spürte sie, dass alles, was früher einmal zwischen ihnen gestanden hatte, nunmehr endgültig vergeben und vergessen war. „Peter, ich möchte Ihnen eine Frage stellen."

„Ja?", fragte Peter überrascht und stellte seine Kaffeetasse ab, die er gerade an den Mund setzen wollte.

„Glauben Sie, dass Marion noch bei Ihnen ist?"

„Wie meinen Sie das?"

„Ich meine, dass nur ihr Körper gestorben ist, aber ihre Seele noch weiterlebt und sie begleitet", erklärte Louise.

„Ich weiß nicht. Es ist aber eine schöne Vorstellung."

„Wenn Sie daran glauben, dann ist es auch so. Und das bedeutet, dass Marion Ihnen längst verziehen hat."

„Hm", entgegnete Peter scheinbar ungerührt und wich ihrem Blick aus. Doch Louise konnte erkennen, dass er eine Träne in den Augen hatte.

Keiner von beiden hatte bemerkt, wie schnell die Zeit vergangen war. Als Louise auf die Uhr sah, stellte sie fest, dass es bereits kurz nach sechs Uhr war. Eigentlich wollte sie noch am Nachmittag einen Tisch in dem kleinen Fischrestaurant in der Altstadt für den Abend reservieren. Schnell ging sie ins Haus zum Telefon in der Diele. Nach ein paar Minuten kam sie wieder.

„Leider ist vor 21 Uhr kein Tisch frei. Eine Gruppe belegt derzeit quasi das gesamte Restaurant", erklärte sie entschuldigend. „Wir könnten es jedoch am Hafen versuchen, oder ich koche uns etwas."

„Wie wäre es, wenn ich uns etwas koche – vorausgesetzt, Sie lassen mich in Ihre Küche?", bot Peter stattdessen an.

„Sie?“, fragte Louise ungläubig. Die Vorstellung, von einem Mann bekocht zu werden, war für Louise ungewohnt. Schließlich hatte Carl, von einfachen Gerichten wie Eierpfannkuchen oder Nudeln mit Tomatensoße einmal abgesehen, so gut wie nie den Kochlöffel geschwungen. „Bei dir schmeckt es viel besser“, hatte er stets gesagt. Auch wenn es sich so anhörte: Carl war im Gegensatz zu vielen Männern seiner Generation kein Drückeberger im Haushalt – im Gegenteil: Carl hatte eingekauft, wenn Louise lange in ihrer Boutique arbeiten musste. Außerdem hatte er sich mit Hingabe um die Bügelwäsche gekümmert, worüber Louise insgeheim froh war, denn niemand konnte ihrer Meinung nach so gut Hemden bügeln wie ihr Mann.

„Was haben Sie denn im Hause?“, holte Peter Louise aus ihren Gedanken.

„Ähm, ich habe noch ein paar Steaks im Kühlschrank, außerdem Tiefkühlbrechbohnen und Kartoffeln“, begann Louise aufzuzählen.

„Haben Sie auch Speckstreifen?“

„Ich glaube ja.“

„Perfekt.“ Peter rieb sich die Hände.

„Soll ich dann loslegen?“

„Nur, wenn ich den Salat übernehmen kann“, lachte Louise.

Louise konnte sich nicht daran erinnern, wann sie zuletzt so viel Spaß mit einem Mann gehabt hatte. Peter zeigte nicht nur Talent als Hobbykoch, sondern auch als geborener Entertainer. Denn während er mit den Kartoffeln gekonnt jonglierte, bevor er sie schließlich schälte, sang er „La donna é mobile“ aus Verdis Oper Rigoletto.

Louise, die neben Peter an der Spüle stand und einen Eisbergsalat zerkleinerte, den sie noch im Kühlschrank entdeckt hatte, konnte sich kaum halten. Oh, wie gut das tat, mal wieder herzhaft lachen zu können! So gerne sie auch Fisch essen ging: Im Restaurant hätten sie sich bestimmt nicht so gut amüsiert.

Außerdem gab ihr dies die Gelegenheit, Peter von seiner ungezwungenen Seite kennenzulernen. Und so dauerte es nicht lange, bis beide vom „Sie" zum „Du" übergingen und darauf mit einem Glas Rotwein anstießen.

Peter wusste, dass es langsam an der Zeit war, sich von Louise zu verabschieden und nach Ahrensburg zurückzufahren. Es war inzwischen Viertel vor zehn, und er würde – auch wenn die Straßen frei waren – nicht vor elf Uhr zu Hause sein. Doch er fühlte sich in Louises Gegenwart so wohl, dass er jede Minute mit ihr genießen wollte. Sie war zwar mit ihrer ruhigen, gelassenen Art ganz anders als seine temperamentvolle und manchmal aufbrausende Marion. Doch gerade das fand er faszinierend an ihr. Denn von zickigen Frauen, von denen er seit Marions Tod inzwischen einige kennenlernen durfte, hatte er irgendwie genug. Mit einer seiner Kundinnen, einer wohlhabenden Mittfünfzigerin aus Hamburg, hätte er vor zwei Jahren beinahe eine Beziehung angefangen. Glücklicherweise hatte er gerade noch rechtzeitig erkannt, dass ihre Launen ebenso wechselhaft waren wie ihre Vorstellung von einer perfekten Außenbeleuchtung in ihrem Garten.

Das schien bei Louise ganz anders zu sein: Sie wirkte, vermutlich auch durch ihre Schicksalsschläge, innerlich sehr gefestigt. Im Gegensatz zu anderen Frauen stand sie zu ihrem Alter und den damit verbundenen Veränderungen. Außerdem mochte er ihren subtilen Sinn für Humor. Louise lachte anscheinend sehr gerne: Immer, wenn er einen Witz oder eine lustige Bemerkung machte, wurden rund um ihren Mund und ihre schönen grünen Augen kleine Lachfältchen sichtbar, die sie noch attraktiver machten, als sie ohnehin schon war.

Entspannt und zufrieden lehnte sich Peter in den Sessel zurück.

Louise war in den kleinen Vorratsraum gegangen, um noch eine letzte Flasche alkoholfreies Bier zu holen, bevor Peter wieder nach Hause fahren würde.

Als sie zurück ins Wohnzimmer kam, musste sie unwillkürlich schmunzeln. Denn Peter war tief in den hohen cremefarbenen Sessel gerutscht, der auch Carls Lieblingsplatz gewesen war. Seine geschlossenen Augen, der leicht geöffnete Mund und das regelmäßige Atemgeräusch verrieten ihr, dass er eingeschlafen war. Leise stellte Louise die Bierflasche auf die Anrichte, nahm eine Wolldecke von der Couch und deckte Peter behutsam zu. Anschließend öffnete sie vorsichtig seine Schnürsenkel, zog seine Schuhe aus und stellte sie neben den Sessel. Mit einem glücklichen und zufriedenen Lächeln ging sie aus dem Wohnzimmer und machte das Licht aus.

Gut gelaunt fuhr Karin mit ihrem Auto langsam die schmale Straße am Graswarder entlang. Sie hatte sich an diesem Samstagmorgen mit Louise verabredet, um mit ihr nach Burg auf Fehmarn zu fahren, um dort auf der Insel mit ihr einkaufen zu gehen. Kurz vor Louises Haus blieb sie stehen und stutzte. War das nicht Peter Maywalds Wagen in der Auffahrt? In Karins Kopf sausten die Gedanken hin und her: Warum hatte er bei Louise übernachtet? Louise würde doch wohl nicht jetzt schon mit dem Mann ins Bett gehen, den sie kaum kannte. Oder war etwas passiert? Ging es Louise nicht gut, und Peter musste bei ihr bleiben? Unruhig stieg Karin aus ihrem Auto, ging durch die Holzpforte zur Eingangstür und klingelte etwas stürmischer als sonst.

Schließlich erschien Louise in der Tür, eine Brötchenhälfte in der Hand. „Ach, Karin", murmelte sie unverständlich, weil sie noch einen Bissen im Mund hatte.

„Geht es dir gut?", fragte Karin, merkte aber schnell, dass diese Frage eigentlich überflüssig war, denn Louise wirkte gut gelaunt und munter. Sie reckte ihren Hals und entdeckte Peter, der jetzt hinter Louise auftauchte und Karin freundlich zunickte. Karin wandte ihren Blick wieder zu ihrer Freundin und fragte entsetzt: „Louise, das ist jetzt doch wohl nicht das, wonach es aussieht?"

„Was meinst du?", fragte Louise und biss erneut von ihrem Brötchen ab.

„Na, ich wusste nicht, dass Herr Maywald, ähm, ich meine Peter, über Nacht bleiben wollte."

„Das wollte ich eigentlich auch gar nicht", schaltete sich jetzt auch Peter ein.

„So?", fragte Karin in strengem Ton.

Louise drehte sich zu Peter um und legte ihm in einer vertrauten Geste eine Hand auf den Arm. „Peter war gestern Abend so müde, dass er auf dem Sessel eingeschlafen ist. Ich wollte ihn nicht wecken und habe ihn daher schlafen lassen. Und jetzt frühstücken wir gemeinsam in Ruhe." Louise drehte sich wieder zu Karin um, musste aber schmunzeln, weil sie sich ausmalte, wie bei Karin gerade das Kopfkino lief. „Du siehst, es ist alles ganz harmlos. Aber lieb, dass du dir Sorgen um mich machst."

Karin atmete erleichtert aus. „In Ordnung, entschuldigt bitte. Mit mir ist wohl meine Fantasie durchgegangen. Aber was ist jetzt mit unserer Verabredung zum Einkaufen? Soll ich wieder fahren?" Louise schlug sich die Hand an die Stirn. „Ach, du liebe Güte. Das habe ich ja ganz vergessen." Unentschlossen blickte Louise abwechselnd von Peter zu Karin.

„Schon gut", sagte Peter. „Ich wollte ja ohnehin nach dem Frühstück zurückfahren. Schließlich habe ich meiner Schwester versprochen, sie heute zu besuchen."

„Wirklich? Du kannst auch gerne noch bleiben oder mitkommen.“ Louise plagte das schlechte Gewissen, weil sie Peter ungerne einfach so wegschicken wollte.

Doch Peter verstand. „Nein, nein. Eure Verabredung solltet ihr einhalten.“ Mit einem sanften Lächeln trat er noch etwas näher an Louise heran. „Wir können uns ja bald mal wieder treffen.“

Louise spürte ein leichtes wohliges Kribbeln in der Magengegend. „Das fände ich auch schön. Aber jetzt frühstücken wir erst einmal zu Ende.“ Und zu Karin gewandt, sagte sie: „Und du komm rein und trink noch einen Tee mit uns, bevor wir uns ins Einkaufsgetümmel stürzen.“

Louise blickte versonnen aus dem Beifahrerfenster. Durch das Brückengeländer konnte sie das silbergraue Wasser erkennen. Karin und Louise fuhren auf der knapp einen Kilometer langen Fehmarnsundbrücke, die das Festland mit der Insel verband – im Volksmund wegen ihres Aussehens liebevoll „Kleiderbügel“ genannt. Auch wenn es immer sehr eindrucksvoll war, wenn man den Sund überquerte und links und rechts nur Wasser sah, das am Horizont den endlos weiten Himmel zu berühren schien: Louise hatte gerade wenig Sinn für die Schönheit dieser Landschaft – zu sehr war sie gedanklich mit Peter beschäftigt.

Louise sah kurz zu Karin, die sich auf das vor ihr fahrende Fahrzeug konzentrierte und musste unwillkürlich lächeln. Die Situation vorhin war wirklich zu komisch gewesen. Karin hatte tatsächlich geglaubt, dass Peter und sie in der Nacht intim gewesen waren. Und auch noch jetzt schien sie leise Zweifel an der Harmlosigkeit der Situation zu haben, denn sie hatte Louise, nachdem Peter, wie vereinbart, nach dem Frühstück losgefahren war, mehrmals komisch von der Seite angesehen. Die Tatsache, dass Peter Louise zum Abschied liebevoll umarmt, ihr mehrmals die Hand geküsst und sie vielsagend angelächelt hatte, war auch Karin nicht entgangen. Und das machte die Sache nicht gerade besser.

Doch Louise war an der ganzen Situation ja auch nicht unschuldig. Schließlich hätte sie Peter am Abend einfach aufwecken können. Dann wäre er, seinen guten Manieren folgend, garantiert nach Hause gefahren. Doch irgendetwas hatte sie davon abgehalten. Louise wusste nicht genau, was es war. Sie wusste nur, dass sie es genossen hatte, mit Peter am nächsten Morgen bei Kaffee, Orangensaft und Brötchen am Frühstückstisch zu sitzen und gemeinsam in den Tag zu starten. Zuvor hatte er geduscht und sich mit einem Einmal-Nassrasierer, den Mark für den Notfall bei seiner Mutter deponiert hatte, rasiert. Mit noch leicht feuchten Haaren, und nach ihrem Orangenduschgel duftend, hatte er schließlich Louise in der kleinen Küche gegenüber gesessen und sie mit seinen großen braunen Augen angestrahlt.

Louise ertappte sich dabei, sich auszumalen, wie es sein würde, wenn Peter öfter bei ihr übernachtete. Wie sie zugeben musste, war das keine unangenehme Vorstellung für sie. Sie war es zwar inzwischen gewohnt, alleine zu leben. Doch wenn sie ehrlich war, fehlte ihr manchmal die Gesellschaft eines Mannes. Und Peter, das wurde schon jetzt deutlich, war nicht nur irgendein Mann, sondern ein ganz besonderer.

Mit einem Lächeln drehte sich Louise seitlich zu ihrer Freundin um und sagte: „Du, Karin? Ich glaube, ich habe mich verliebt.“

Neun

Erleichtert atmete Sina aus, als sie mit Ben auf dem Arm aus dem Flugzeug stieg. Mark folgte ihr und legte Sina schützend eine Hand auf den Rücken, während er mit der anderen Hand einen Rucksack als Handgepäck trug. Sie hatte damit gerechnet, dass es in Hamburg deutlich kälter und trüber sein würde als in Rosario, wo sie zuletzt an die 30 Grad Celsius und strahlenden Sonnenschein gehabt hatten. Kurz vor ihrer Landung hatte der Pilot für die Hansestadt 7 Grad Celsius und starke Bewölkung angekündigt.

Trotz der schlechten Wetteraussichten war ihr warm ums Herz. Sie freute sich unbändig, wieder in Deutschland zu sein. Sie waren zwar erst seit sieben Wochen in Argentinien und in dieser Zeit mehr als beschäftigt gewesen mit dem Einrichten ihrer neuen Wohnung, Ben und der Suche nach einem Kindergartenplatz, ihrer Arbeit und dem Spanisch-Intensivkurs. Doch mit jedem Tag, den sie länger in Argentinien war, vermisste sie ihre Heimat mehr.

Mark hatte ihr beteuert, dass es ihm bei seinem ersten Aufenthalt in Argentinien ebenso ergangen war und sie das Ganze am besten als „großes Abenteuer" betrachten sollte. Doch das wollte ihr irgendwie nicht gelingen.

Sina seufzte. Sie war zwar mit Mark und Ben sehr glücklich. Doch irgendwie hatte sie sich ihr „neues" Leben anders vorgestellt. Eigentlich wollten sie und Mark bald heiraten und gerne noch ein gemeinsames Kind bekommen. Doch daran war momentan nicht zu denken. Ihnen fehlten derzeit einfach die Zeit und Ruhe dafür, zumal Mark in seinem neuen Job ständig auf der Baustelle war und Überstunden machte. Sie hoffte, dass sich bald alles normalisieren würde. Bis dahin war sie froh, sich über die Feiertage ein paar Tage Auszeit nehmen zu können.

Auch wenn sie mit Ben und Mark die beiden wichtigsten Männer um sich hatte, konnte dies nicht darüber hinwegtäuschen, dass sie ihre beiden liebsten Freundinnen vermisste. Daher konnte sie es auch kaum erwarten, mit ihnen zusammen bei Louise Weihnachten zu feiern.

Außerdem würde es ein großes Familienfest geben, zu dem auch Karins Tochter Sophie und Eddies Sohn Felix kommen würden. Und Louise, das hatte Karin ihr gegenüber schon mehrfach angedeutet, bekäme möglicherweise männlichen Besuch! Wie sie erfahren hatte, traf Louise sich inzwischen regelmäßig mit Peter. Laut Karin machten die beiden einen „äußerst" verliebten Eindruck, auch wenn sie dies vor ihr zu verbergen versuchten.

Sina freute sich für ihre ältere Freundin. Ihrer Meinung nach hatte sie es – ebenso wie Karin – wirklich verdient, wieder einen guten Mann an ihrer Seite zu haben, auch wenn sie Peter bisher kaum kannte.

Doch sie vertraute dem Instinkt ihrer Freundin, die über gute Menschenkenntnisse verfügte. Das hatte Louise schließlich schon mehrfach unter Beweis gestellt. So wusste sie seinerzeit bereits, dass Sinas „Ex" Alex nicht der richtige Mann für sie war. Louise war jedoch klug genug gewesen, Sina das selbst herausfinden zu lassen. Dafür war sie ihr noch immer dankbar, denn sonst hätte sie aus Trotz heraus womöglich Bens Vater geheiratet und wäre jetzt bestimmt unglücklich.

Apropos Alex: Ihren Aufenthalt in Deutschland wollte Sina gleichzeitig dazu nutzen, mit Ben Alex und dessen Eltern in Hamburg zu besuchen. Da sie nun schon einmal in der Hansestadt waren, lag es nahe, nicht erst nach Kiel oder Heiligenhafen zu fahren, sondern dies gleich zu erledigen.

Da es nach dem langen Flug zu anstrengend für Ben werden würde, hatten sie und Mark in Hamburg für zwei Nächte ein Familienzimmer in einem Hotel reserviert, sodass Ben morgen – hoffentlich ausgeschlafen – seinen Vater und seine Großeltern in Blankenese sehen konnte.

Sina und Mark wollten in dieser Zeit noch letzte Weihnachtsgeschenke besorgen. Bei all dem Stress der letzten Wochen hätte Sina nämlich ihre Mutter Sonnhild fast vergessen. Wie schon seit Jahren hatte sich an ihrem unterkühlten Verhältnis nicht viel geändert.

Ihre Mutter zeigte zwar etwas mehr Interesse, seitdem ihr Enkel auf der Welt war. Irgendwie schien sie es Sina immer noch nachzutragen, dass Sina nicht ihren „Wunsch-Schwiegersohn" Alex geheiratet hatte, sondern stattdessen mit dem „langhaarigen Zottel" Mark zusammen war. Dass Alex Sina belogen und betrogen hatte, in Korruption verwickelt war, Spielschulden und fast die Firma seines Vaters in den Ruin getrieben hatte, konnte und wollte sie einfach nicht glauben. „Das Ganze ist bestimmt ein Irrtum", war ihr Standardsatz, den Sina schon nicht mehr hören konnte.

Dennoch war und blieb Sonnhild ihre Mutter. Und so sah es Sina als ihre Pflicht an, ihr ebenfalls einen Besuch abzustatten. Doch das hatte glücklicherweise Zeit bis übermorgen.

Sina hatte ein mulmiges Gefühl, als sie am nächsten Morgen mit dem Mietwagen in Richtung Blankenese fuhren. Sie war froh, dass Alex ihr keine Schwierigkeiten gemacht hatte, weil sie mit Ben aus Deutschland weggezogen war. Möglicherweise lag dies auch daran, dass Sina Alex erzählt hatte, sie hätte nur ein Touristenvisum, mit dem sie Mark in Argentinien besuchen würde. Ersteres war ja auch nicht gelogen. Bezüglich der Besuche war ihr jedoch nichts anderes eingefallen.

Noch immer traute sie Alex nicht ganz über den Weg. So hatte er bei einem der letzten Besuchskontakte angedeutet, Ben auf jeden Fall regelmäßig sehen zu wollen. Das sei schließlich sein Recht als Vater, auch wenn er in der Vergangenheit „viel Mist gebaut" habe.

Sina konnte sich an fünf Fingern ausrechnen, dass Alex nicht begeistert wäre zu erfahren, dass sein Sohn zwei Jahre lang im Ausland leben würde. Doch solange er nicht fragte, bestünde auch keine Gefahr. Und vielleicht würde er es mit der Zeit akzeptieren, wenn er erführe, dass es Ben dort unten gut ging.

Als Sina, Ben und Mark die Kiesauffahrt der Blankeneser Villa der Familie Seiler erreichten, standen alle drei bereits vor der Tür. Schon von weitem konnte Sina erkennen, dass Alex sich seit ihrem letzten Wiedersehen vor etwa drei Monaten verändert hatte. Er trug nicht mehr die für ihn so typische schwarze Lederjacke, sondern ein hellbraunes Sakko, unter dem der Kragen eines weißen Hemdes hervorblitzte und in dessen Ausschnitt ein dünner graublauer Schal steckte. Seine schwarzen Haare trug er ebenfalls etwas kürzer. Sie waren zu einem modischen Undercut geschnitten. Es sah aus, als sei er gerade vom Friseur gekommen, denn jedes Haar lag sorgfältig an seinem Platz. Wenn die Jeans (eine Edelmarke, wie Sina vermutete) nicht gewesen wäre, hätte man meinen können, Alex sei der Spross einer Adelsfamilie und hätte sich auf eine Foto-Homestory in einer Illustrierten vorbereitet.

Jetzt fehlten nur noch zwei Hunde und ein Jagdgewehr, dann wäre das Bild einer vornehmen Familie vor ihrem Landhaus perfekt.

Sina musste ein Lachen unterdrücken, als sie ausstieg, um Ben aus dem Kindersitz auf der Rückbank zu holen. So schnell ließ sie sich nicht täuschen. Sie wusste genau, dass Alex nicht nur sie, sondern auch seine Eltern mit seinem Auftritt zu beeindrucken versuchte.

Wie Alex war auch seine Mutter Dorothee elegant gekleidet. Sie trug eines ihrer geliebten Chanel-Kostüme, diesmal nicht in babyrosa, sondern in cremebeige. Es wirkte, als hätten sie und Alex sich farblich abgestimmt. Nur Wolfgang Seiler, der ihnen fröhlich zuwinkte, fiel aus der Rolle. Er hatte seine geliebte dunkelgraue Strickjacke und eine dunkelgrüne Baumwollhose an. Seine dunklen Haare waren an den Schläfen bereits grau, doch das schien ihn im Gegensatz zu seiner Frau, die ihre Haare regelmäßig goldblond färben ließ, nicht zu stören.

Sina hätte Wolfgang am liebsten zuerst begrüßt. Doch damit hätte sie Dorothee vor den Kopf gestoßen. Sich auf ihre guten Manieren besinnend, reichte sie Alex' Mutter ihre freie rechte Hand und rang sich ein Lächeln ab. „Hallo Dorothee."

Dorothee gab ihr daraufhin ebenfalls kurz die Hand, wandte sich jedoch schnell Ben zu. „Da ist ja mein Lieblingsenkel", begrüßte sie den Kleinen überschwänglich und tätschelte sein Gesicht – eine Geste, die der Junge noch nie gemocht hatte. Dementsprechend verzog er sein Gesicht und wich vor seiner Großmutter zurück. Für Sina war das Grund genug, weiter zu Wolfgang zu gehen, der neben seiner Frau stand. „Hallo Wolfgang", schenkte Sina ihm ein strahlendes Lächeln, das er ebenso erwiderte.

„Hallo Sina. Hallo Bennyboy."

Wolfgang Seiler umarmte zuerst Sina und kitzelte dann Ben am Bauch, was dieser mit einem fröhlichen Glucksen quittierte.

Zuletzt begrüßte Sina Alex. „Alex“, gab sie ihrem Ex die Hand. Bevor dieser antworten konnte, drehte sie sich zu Mark um, der im Hintergrund geblieben war, jetzt aber näher kam, um die Seilers ebenfalls zu begrüßen.

„Dorothee, Wolfgang: Das ist Mark Mertens“, stellte sie ihren Freund vor. Während Alex' Eltern Mark höflich die Hand schüttelten, behielt Alex, der Mark bereits kannte, seine Hand in der Hosentasche und musterte ihn kritisch. Noch immer hatte Alex es nicht verwunden, dass Sina wieder glücklich mit einem Mann war, der zudem Bens Vaterrolle im Alltag einnahm. Und das ließ er Mark bei jeder Begegnung deutlich spüren.

Mark konnte Alex zwar ebenso wenig ausstehen. Er machte jedoch gute Miene zum bösen Spiel, indem er Alex' unfreundliches Verhalten ignorierte und stattdessen, an die Seilers gerichtet, antwortete:

„Ich freue mich, Sie kennenlernen. Sina hat mir schon viel von Ihnen erzählt.“

„Hoffentlich nur Gutes“, witzelte Wolfgang Seiler und legte Mark freundschaftlich die Hand auf die Schulter. Da er als Vater nur zu gut um die Problematik mit Alex wusste und er Mark nicht in Verlegenheit bringen wollte, wartete er dessen Antwort nicht ab. „Genug Süßholz geraspelt. Jetzt kommt erst mal rein und trinkt eine Tasse Kaffee mit uns. Für Ben haben wir extra Kakao und seine Lieblingskekse vorbereitet.“ Dankbar nahmen sie das Angebot an.

„Puh, das wäre geschafft“, sagte Sina, als sie und Mark wieder im Leihwagen saßen und sich anschnallten. Ben würde bis zum frühen Abend bei den Seilers bleiben, sodass den beiden genügend Zeit für ihre Besorgungen blieb. Dennoch war Sina etwas mulmig zumute. „Ich hoffe, es geht alles gut."

„Das wird es schon", antwortete Mark und lehnte sich zu Sina, um ihr einen Kuss zu geben, bevor er den Motor startete.

Wie für Sina war es auch für ihn ein komisches Gefühl, Ben hierzulassen. Aber er wusste, dass Alex, solange er sich nichts zu Schulden kommen ließ, das Recht hatte, seinen Sohn regelmäßig zu sehen. Da er Wolfgang Seiler vertraute, machte er sich keine allzu großen Sorgen um Ben. Alex würde sich in Gegenwart seines Vaters benehmen. Da war er sich sicher. Und heute Abend würde Ben ja wieder bei ihnen sein.

Bis dahin wollte er die freien Stunden mit Sina allein genießen, auch wenn die Bezeichnung „alleine" angesichts überfüllter Geschäfte und vorweihnachtlicher Hektik etwas paradox anmutete. Glücklicherweise kannte sich Sina als gebürtige Hamburgerin in der Hansestadt bestens aus und wusste bereits, wo sie nach einem Geschenk für ihre Mutter und einer Kleinigkeit für die Seilers suchen wollte.

Ihrem Vater Gunnar, der schon seit Jahren in Australien lebte, hatte sie schon vor zwei Wochen Matetee, einen reichverzierten Ledergürtel sowie ein gerahmtes Bild von ihr, Mark und Ben aus Argentinien geschickt. Auch für Louise und Karin hatten sie bereits je eine indianische Halskette und für Eddie eine gute Flasche Wein besorgt, sodass sie sich glücklicherweise um weitere Geschenke nicht mehr zu kümmern brauchten.

Wie erwartet war es an diesem Montag, zwei Tage vor Heiligabend, in der Innenstadt proppenvoll, sodass Mark schon etwas entnervt war, als er in die Parkgarage fuhr. Glücklicherweise hatte Sina seine Geduld nicht lange auf die Probe gestellt, sondern einfach ein grünes Seidentuch gekauft, das sie in einem Bekleidungsgeschäft entdeckt hatte. Für die Seilers wählte sie in einer Confiserie eine große Schachtel feinster Pralinen. Kurz hatte sie überlegt, ob sie Alex „im Auftrag“ von Ben auch etwas schenken sollte, den Gedanken aber schnell wieder verworfen, zumal sie für Alex bereits ein Fotobuch mit den neusten Bildern von Ben vorbereitet hatte.

Schließlich hatten sie am Nachmittag alles erledigt, sodass sie trotz Stau auf der Stresemannstraße zwar etwas erschöpft, aber pünktlich um 18 Uhr in Blankenese ankamen.

Sina war froh, Ben wieder zu sehen. Sie wusste, dass nicht nur Alex, sondern auch seine Eltern an dem Kleinen hingen. Und so ließ sie ihnen noch etwas Zeit und ging in die Küche der Seilers, um dort etwas ungesüßten Früchtetee für Ben zuzubereiten, den sie in die mitgebrachte Trinkflasche füllen wollte und den er später lauwarm trinken sollte.

Sina schaltete den Wasserkocher ein, als sie jemand am Arm packte. Erschrocken fuhr Sina herum. Alex stand dicht vor ihr und funkelte sie mit bösen Augen an. „Du hast mich angelogen“, zischte er leise.

Sina wurde heiß und kalt zugleich. Sie musste ein paarmal schlucken, um sich zu sammeln. Was wusste Alex und vor allem woher? „Ich weiß nicht, was du meinst“, entgegnete sie scheinbar ahnungslos.

„Doch, das weißt du genau“, kam Alex ihrem Gesicht noch näher, sodass sie seinen Atem spüren konnte. „Du bist nicht nur mit Ben in Argentinien zu Besuch. Du bist mit ihm dort ganz hingezogen.“

Innerlich begann Sina zu schwanken. Doch sie beschloss, sich nichts von ihrer Unsicherheit anmerken zu lassen und fragte stattdessen: „Wie kommst du darauf?“

„Nun“, lächelte Alex süffisant, während er sich etwas von ihr entfernte und mit der Hüfte gegen die Arbeitsplatte lehnte. „Während Ben vorhin seinen Mittagsschlaf gehalten hat, habe ich ein wenig telefoniert. Ihr habt die Wohnung in Kiel vor zwei Monaten komplett aufgelöst. Das hat mir der Nachmieter, der dummerweise eure Telefonnummer übernommen hat, verraten." Erneut verdunkelte sich Alex' Miene. „Sag' mal, Sina, für wie blöd hältst du mich eigentlich?"

Sina sah, dass Alex` Gesicht vor Zorn rot wurde. An seiner rechten Schläfe zeichnete sich sichtbar eine Ader ab. „Willst du mir auf diese Weise meinen Sohn entziehen?"

Sina schüttelte den Kopf und machte dann eine beschwichtigende Geste. „Bitte beruhige dich doch", antwortete sie bemüht leise und blickte ängstlich zur Tür. Sie hoffte inständig, dass Mark und die Seilers nichts von ihrem Streit mitbekamen. Sina holte tief Luft: „Sieh' mal, wenn ich dir erzählt hätte, dass wir für eine Zeitlang nach Argentinien ziehen wollen, hättest du dem doch nie zugestimmt. Ich sorge schon dafür, dass du ihn regelmäßig sehen kannst."

Alex kam wieder näher und packte ihr Handgelenk, sodass sie Bens Plastiktrinkflasche vor Schreck losließ. Mit lautem Scheppern fiel sie zu Boden. „Indem du alle paar Wochen mit Ben nach Deutschland fliegst? Sina, das kannst du dir abschminken."

„Es ist doch nur für zwei Jahre ..."

„Ha, nur", betonte Alex und ließ Sina wieder los, die sich das schmerzende Handgelenk rieb. „Und ehe ich mich versehe, ist Ben groß, ohne dass ich davon etwas mitbekommen habe." Erneut kam er Sina bedrohlich nahe, sodass sie unwillkürlich zurückwich. „Glaub' ja nicht, dass du damit durchkommst."

„Was ist hier los?" Mit einem fragenden Blick standen Wolfgang Seiler und Mark in der Tür. Dahinter wurde nun auch Dorothee Seiler mit Ben auf dem Arm sichtbar.

Alex fuhr herum, ging zu seiner Mutter und nahm ihr Ben ab, der ihn verwundert anschaute. „Mami wollte mir nicht glauben, dass wir vorhin auf dem Weihnachtsmarkt den Weihnachtsmann gesehen haben", benutzte er als Ausrede.

„Weinats", nickte Ben bestätigend.

Sina ging zu Alex und nahm ihm Ben schnell ab, woraufhin sie Alex erneut böse anfunkelte. Doch Sina ertrug es nicht, dass Alex ihren Sohn noch eine Sekunde länger als nötig in den Armen hielt. „Okay, mein Liebling. Dann hat Mami sich wohl geirrt."

Sie schenkte ihrem Sohn ein strahlendes Lächeln. „Und da es so ein aufregender Tag für dich war, wollen wir jetzt wieder losfahren und dich schnell ins Bettchen bringen."

„Was war das vorhin?", fragte Mark leise, als Ben endlich im Kinderbettchen ihres Hotelzimmers schlief und sie sich beide auf dem Doppelbett ausstreckten. Sina wusste, dass Mark etwas ahnte, denn er hatte die ganze Fahrt zurück kein Wort gesprochen – stets ein sicheres Anzeichen dafür, dass ihr Freund angestrengt nachdachte. Daher hatte es ihrer Ansicht nach auch keinen Zweck, ihm etwas zu verschweigen, da er immer weiterbohren würde.

Sina seufzte und berichtete Mark schließlich von dem Streitgespräch. Dass er ihr gedroht und sogar wehgetan hatte, ließ sie unerwähnt. Schließlich wusste sie, wie ihr Freund darauf reagieren würde. Und von einer Konfrontation zwischen den beiden Männern hätte, so kurz vor Weihnachten, keiner etwas, zumal Alex Mark schon einmal fast krankenhausreif geschlagen hatte.

„Mist, an die Telefonnummer habe ich überhaupt nicht gedacht, als ich den Anschluss gekündigt habe. Wie blöd von mir", sagte Mark und rieb sich die Stirn.

Sina drehte sich auf den Bauch, um Mark besser in die Augen sehen zu können. Sanft streichelte sie ihm über seine kinnlangen dunkelblonden Haare, die sie wie alles andere an ihrem Freund so liebte. „Mach' dir deswegen keine Vorwürfe. Ich war ja genauso blöd. Alex kannte zwar nur meine Handy- und nicht unsere Festnetznummer. Doch ich hätte wissen müssen, dass er mir auf Dauer nicht abnimmt, dass ich dich mit Ben in Argentinien nur besuche."

„Meinst du, dass er uns Schwierigkeiten machen wird?"

Sina drehte sich wieder auf den Rücken und schaute an die Decke. „Ich hoffe nicht."

Gähnend stand Sina im Bad des Hotelzimmers und blickte in den Spiegel. Sie fuhr sich mit den Fingern durch ihre schulterlangen blonden Haare, die vom Schlaf zerzaust waren. Ihr sonst ebenmäßiger Teint war fleckig, und unter ihren graublauen Augen zeichneten sich dunklen Schatten ab.

Kein Wunder: Sina hatte schlecht geschlafen. Die halbe Nacht hatte sie über das Streitgespräch mit Alex nachgedacht und wie er wohl weiterhin reagieren würde. Fakt war, dass sie Alex lange nicht mehr so aufgebracht erlebt hatte wie gestern. Würde er mit seinen Eltern über seine Nachforschungen reden? Sina wusste, dass zumindest Wolfgang Seiler ihr voll vertraute. Doch was würde er dazu sagen, wenn er erführe, dass sein Enkel ohne sein Wissen nunmehr in Argentinien lebte? Würde er ihr die Notlüge verzeihen und ihre Entscheidung verstehen? Von Dorothee Seiler konnte Sina keinerlei Unterstützung erwarten. Sie würde sich auf die Seite ihres Sohnes stellen und Sina zur Rede stellen, sobald sich ihr die Gelegenheit dazu bot.

Sina seufzte, während sie ihr Schlafshirt auszog und in die Dusche stieg. Sie beschloss, die Sache erst einmal auf sich beruhen zu lassen und stattdessen mit Louise und Karin zu reden. Bestimmt wussten sie einen Rat.

Sie freute sich schon sehr darauf, ihre Freundinnen am Nachmittag endlich wiederzusehen. Doch vorher mussten sie noch ihrer Mutter einen Besuch abstatten, die mit ihrem zweiten Mann Richard im Stadtteil Winterhude lebte. Ihre Mutter hatte Sina von vornherein in ihre Argentinienpläne eingeweiht, auch wenn sie dies ebenso wenig guthieß wie ihre Beziehung zu Mark. Wenn es nach Sonnhild ginge, hätte Sina eine „gute Partie" geheiratet und würde sich jetzt brav zu Hause um ihr Kind kümmern. Doch egal, welche Einstellung Sonnhild auch vertrat: Sie wusste, dass ihre Mutter sie im Grunde ihres Herzens sehr liebte, auch wenn sie dies ihr gegenüber nie offen zeigte. Daher hatte sie auch keinen Grund dafür gesehen, ihr – im Gegensatz zu Alex – ihre Umzugspläne nach Argentinien zu verschweigen, zumal sie es früher oder später ohnehin erfahren hätte. Außerdem hatte ihre Mutter ihres Wissens nach zu Alex keinerlei Kontakt mehr, sodass sie nicht befürchten musste, dass diese ihrem Exfreund etwas verriet.

Der Besuch bei ihrer Mutter war so, wie Sina es erwartet hatte: Sonnhild begrüßte sie freundlich und betonte ständig, wie sie sich freue, sie wiederzusehen. Doch so richtig herzlich verhielt sie sich nur gegenüber Ben. Mark ignorierte sie fast ganz, als sie am Kaffeetisch saßen. Glücklicherweise hatte ihr Mann Richard ein Einsehen und kümmerte sich um Mark. Sonst hätte er womöglich noch nicht einmal eine Tasse Kaffee bekommen!

Auch dieses Mal erkundigte sie sich nicht nach Sinas Wohlbefinden, sondern wollte stattdessen wissen, wie es um die Straßenkinder in Argentinien stehe, da sie ein neues Hilfsprojekt für Waisenkinder „in Betracht ziehe". So gut sie es auch mit ihrem karikativen Engagement meinte: Sina hätte sich gewünscht, dass sie sich damals auch so liebevoll um sie, ihr eigenes Kind, gekümmert hätte. Doch nach Sonnhilds Fehlgeburt – Sina war zu diesem Zeitpunkt zehn Jahre alt gewesen – war aus ihrer früher so fröhlichen und gutgelaunten Mutter eine verschlossene Frau geworden. Wo war bloß ihre Herzlichkeit geblieben? Kein Wunder, dass sich ihr Vater Gunnar damals von seiner Frau getrennt hatte und nach Australien gezogen war, wo er heute wieder glücklich mit einer anderen Frau zusammenlebte.

Sina fühlte sich nach dem Besuch regelrecht erschöpft und war froh, nun endlich im Auto zu sitzen und mit Mark und Ben nach Heiligenhafen fahren zu können. Je näher sie der Küste kamen, desto größer war ihre Vorfreude auf die nächsten Tage. Sie würde mit ihrer eigenen kleinen Familie und ihren besten Freundinnen zusammen Weihnachten feiern! Endlich konnte sie ihre Sorgen der letzten Wochen einmal vergessen und für ein paar Tage wieder dort glücklich sein, wo sie mit ihrem Herzen hingehörte.

Zehn

Gutgelaunt kam Karin mit mehreren in Papier eingewickelten Heringen in ihrem Einkaufskorb aus der Fischhalle am Hafen.

Doch heute freute sie sich weniger über den Fisch als über ihre Begleitung. Endlich hatte sie ihre geliebte Tochter wieder bei sich.

Karin legte fürsorglich einen Arm um ihre Schultern und drückte sie zum wiederholten Male an sich. Sie konnte es nicht lassen: Sie musste ihren Gefühlen einfach Ausdruck verleihen. Schließlich hatte sie ihre „Kleine" mehr als zwei Monate nicht mehr gesehen – wobei „klein" der falsche Ausdruck war, denn Sophie überragte ihre Mutter um fast einen halben Kopf. Wie sie hatte auch ihre Tochter braune lockige Haare, die sie jedoch länger als sie in weichen Wellen trug. Im Gegensatz zu Karin waren Sophies Augen nicht braun, sondern blau wie die ihres Vaters. Während Karin ein paar Pfunde zu viel auf den Rippen hatte, war Sophie rank und schlank. Schon früher hatte sie mit ihrem elfenhaften Aussehen den Jungen in ihrer Klasse die Augen verdreht. Und jetzt mit knapp 22 Jahren war sie zu einer wunderschönen jungen Frau herangereift.

Karin konnte sich vorstellen, dass Sophie auch an der Uni viele Verehrer hatte. Zwar wusste sie nicht, was ihre Tochter in England so trieb. Doch trotz der räumlichen Entfernung hatten Mutter und Tochter ein enges Verhältnis zueinander. Und so hätte sie sicherlich davon erfahren, wenn Sophie ernsthaft verliebt gewesen wäre.

Als Mutter war ihr das ganz recht. Denn so brauchte sie Sophie mit niemand anderen (von ihrem Vater einmal abgesehen) zu teilen. Und das genoss sie jetzt auch in vollen Zügen.

Obwohl Sophie erst vor einer Stunde aus Köln angekommen war, hatte sie es sich nicht nehmen lassen, ihre Mutter bei den letzten Weihnachtseinkäufen zu begleiten. Karin wollte am Abend ihren traditionellen Heringssalat zubereiten, den sie am morgigen Heiligabend zu Louise mitbringen wollte, wo sie sich zusammen mit Sina treffen würden.

Für den Salat hatte sie bereits Äpfel, Rote Bete und Zwiebeln als weitere Zutaten vom Markt besorgt. Außerdem wollte sie noch eine Schoko-Marzipantorte backen. Die war zwar nicht gerade kalorienarm und „ernährungsphysiologisch wertvoll", wie sie sonst zu sagen pflegte. Doch das war ihr an Weihnachten egal, zumal Sophie die Torte liebte. Und Karin wollte ihrer Tochter ein besonders schönes Weihnachtsfest bereiten, so wie diese es von klein auf gewöhnt war.

Dazu gehörte auch der Weihnachtsbaum, den sie gestern zusammen mit Eddie und Louise ausgesucht hatte. Glücklicherweise hatten sie noch eine schöne Nordmanntanne auf dem Markt erstanden. Diese wollte sie zusammen mit Eddie und Sophie schmücken und so die Zeit nutzen, bis Eddie am Abend Felix vom Bahnhof in Oldenburg abholen würde.

Sina, Mark und Ben waren inzwischen ebenfalls unterwegs zu Louise, wie Karin mit Blick auf die neueste WhatsApp-Nachricht in ihrem Smartphone (die Installation war wieder mal eine Idee von Sina) gesehen hatte.

Noch immer hatten Karin und Eddie nicht geklärt, wer von den Kindern bei ihnen zu Hause und wer bei Louise übernachten würde. Verständlicherweise wollte jeder sein Kind bei sich haben. Da Sophie als Erste eingetroffen war, sah Karin sich jedoch eindeutig im Vorteil, zumal sie ihre Sachen bereits ins Gästezimmer gebracht hatte.

Das wird das schönste Weihnachtsfest seit langem, dachte Eddie, während er die Haustür aufschloss und mit Felix eintrat. Bereits im Flur duftete es nach der Nordmanntanne, die er am Vormittag aufgestellt hatte und die sie nachher alle gemeinsam schmücken wollten. Auch aus der Küche roch es verführerisch nach Kuchen.

Durch die angelehnte Küchentür drangen fröhliche Frauenstimmen und Gelächter zu den beiden Männern. Karin und Sophie hatten sich anscheinend viel zu erzählen und sie nicht gehört, dachte sich Eddie. Er bedeutete Felix mit dem Zeigefinger vor dem Mund, still zu sein, da er die Frauen überraschen wollte. Felix hatte verstanden, denn er nickte und lächelte verschwörerisch zurück. Mit einem Satz öffnete Eddie die Tür und rief laut: „Überraschung."

Karin und Sophie zuckten erschrocken zusammen.

„Hallo, ihr beiden Hübschen. Schaut mal, wen ich da mitgebracht habe", sagte Eddie und zeigte auf Felix hinter sich, der jetzt neben seinen Vater trat.

„Oh Felix, wie schön, dass du da bist", antwortete Karin, als sie sich von dem Schreck wieder erholt hatte. Sie trocknete sich die Hände an einem Geschirrtuch ab, bevor sie Felix umarmte.

„Sophie, das ist Felix", stellte Eddie stolz seinen Sohn vor.

„Hi. Freut mich, dich kennenzulernen." Felix lächelte Sophie herausfordernd an, woraufhin diese sich nervös durch ihre langen Haare strich. Ein schüchternes „Hallo" war alles, was Sophie rausbrachte.

Felix hatte zwar schon gehört, dass Karins Tochter hübsch war. Doch wie er jetzt feststellte, war hübsch gar kein Ausdruck: Sophie war einfach – HAMMER! Und dass sie so schüchtern tat, machte sie sogar noch reizvoller. Das werden bestimmt interessante Weihnachten, dachte Felix zufrieden und grinste bis über beide Ohren. Von der Müdigkeit nach der langen Reise spürte er plötzlich nichts mehr.

Karin und Eddie mussten wieder einmal erfahren, dass sich manche Probleme von selbst erledigen. So hatte Felix noch am Abend „gentlemanlike" ihr kleines Gästezimmer Sophie überlassen und war bereitwillig zu Louise übergesiedelt, die sich nach eigenen Angaben total freute, „ihr Haus endlich mal voll zu haben". Schließlich waren mit Felix sowie Sina, Mark und Ben, die inzwischen ebenfalls eingetroffen waren, alle Schlafzimmer in ihrem Haus am Graswarder belegt.

Endlich war Heiligabend! Zwar hatte es nicht wie erhofft geschneit, doch es war ein klarer und sonniger Tag. Karin seufzte zufrieden. Sie spürte, dass eine ganz besondere Stimmung in der Luft lag, als sie, Eddie, Sophie und Felix (der zum Mittagessen zu ihnen rübergekommen war und dabei ständig Sophie angestarrt hatte) an der Marina entlang in Richtung Graswarder gingen.

Heute Vormittag noch war im Ort emsiges Treiben zu spüren gewesen, doch jetzt lag eine fast schon heilige Stille über dem Hafen. Selbst die sonst laut kreischenden Möwen waren ungewöhnlich still, so als ob sie sich der Bedeutung des heutigen Tages bewusst wären. Nur das leise Klappern der Seile gegen die Masten der Segelboote war zu hören. Einige Touristen und Einheimische, die möglicherweise dem Weihnachtstrubel zu Hause entfliehen wollten, gingen spazieren. Doch insgesamt war es deutlich ruhiger als sonst.

Das änderte sich jedoch sofort, als sie bei Louise ankamen und sie die Tür öffnete. Mit einem großen „Hallo" begrüßten sich die Freundinnen, ihre Partner und Kinder.

Louise hieß Sophie herzlich willkommen, sodass sie sich gleich wohlfühlte und ihre anfängliche Scheu schnell ablegte. Beim Mittagessen hatte Felix Sophie vorgeschwärmt, wie „cool" Louises Haus direkt am Strand sei, wovon sie sich jetzt mit eigenen Augen überzeugen konnte. Felix hatte sich bereits am Vormittag bei Louise, Sina und Mark beliebt gemacht, indem er mit Ben am Strand spielte, während die anderen drei mit letzten Vorbereitungen für das Fest beschäftigt waren.

Und das hatte sich mehr als gelohnt! Louise hatte ihren Weihnachtsbaum mit Unterstützung von Mark und Sina liebevoll mit alten Holzfiguren, roten und weißen Kugeln geschmückt. Unter dem Baum lagen zahlreiche Geschenke. Sina wartete mit Ben im Nebenzimmer, bis sich alle ins Wohnzimmer gesetzt hatten, Louise ein Glöckchen läutete und laut „Bescherung" rief.

Ben blickte neugierig auf die vielen Päckchen, als er mit seiner Mutter an der Hand ins Zimmer watschelte. „Oh, der Weihnachtsmann war da", tat Sina überrascht.

„Deschenke", sagte der Kleine ungeduldig und wollte schnellstmöglich zu dem größten Päckchen. Es dauerte nicht lange, bis Ben von einem Berg von Papier und Schachteln umgeben war. Glückselig spielte er schließlich mit der Holzeisenbahn, während die Erwachsenen vor dem Baum „Oh Tannenbaum" anstimmten und sich anschließend an den Kaffeetisch setzten. Da sie sich viel zu erzählen hatten, verging die Zeit im Nu.

„Das ist ein schönes Weihnachtsfest. Ich freue mich so, dass ihr es geschafft habt zu kommen", freute sich Karin, als sie am frühen Abend mit Sophie in die Küche kam, wo Sina bereits das noch warme Steinofenbaguette für das Abendessen in Scheiben schnitt. „Erzähl' doch mal, wie es dir in Südamerika so ergeht. Du hast vorhin beim Kaffeetrinken fast gar nichts erzählt …"

Sina zuckte mit den Schultern und drehte sich zu Karin um, um ihrer Freundin in die Augen sehen zu können. „Ach, weißt du, Argentinien ist schon toll, aber seitdem ich dort unten lebe, merke ich, wie deutsch ich eigentlich bin."

„Das sagt Miss Ultramodern, die immer in die Welt hinauswollte", scherzte Karin, stutzte aber, da Sina nicht wie sonst auf den kleinen verbalen Schlagabtausch reagierte.

Stattdessen bemerkte sie Sinas nachdenklichen Blick. So hatte ihre Freundin schon einmal ausgesehen, als sie todunglücklich war, dachte Karin. Das bedeutete: Irgendetwas stimmte hier nicht. „Sophie, frag' doch Louise, ob du ihr schon einmal beim Tischdecken helfen kannst." Karin schob ihre Tochter sanft aus der Küche, weil sie mit Sina einen kurzen Moment alleine sein wollte.

„Sina, was ist wirklich los?" Karin nahm Sina das Messer aus der Hand und legte es auf den Tisch. Sie sah, dass ihre Freundin kurz davor war, in Tränen auszubrechen. Behutsam legte sie Sina die Hände auf die Schultern. „Magst du es mir erzählen?"

Sina setzte sich. Sie atmete tief durch und blickte Karin schweigend an.

„Sina?", fragte Karin nun eindringlicher.

Sina überlegte angestrengt und nagte auf ihrer Unterlippe. Sie wusste, dass es keinen Zweck hatte, Karin etwas vorzumachen. Außerdem war Karin ihre Freundin, der sie alles anvertrauen konnte. „Na ja, es ist wegen Alex", antwortete sie zögernd.

„Wegen Alex?", Karin zog die Augenbrauen hoch. Ausgerechnet Alex! Allein schon der Name war für sie ein Reizwort.

„Ja", sagt Sina und biss sich erneut auf die Unterlippe. „Er hat rausgekriegt, dass ich mit Ben in Argentinien lebe und ist stinksauer, dass ich ihm das verheimlicht habe. Dabei ...", sie stoppte, weil in diesem Moment die Küchentür aufging.

Louise kam mit einer Schüssel in der Hand herein, hielt aber jäh inne, weil sie den letzten Satz gehört hatte. „Was hast du wem verheimlicht?", wollte nun auch ihre ältere Freundin wissen.

Sina drehte sich zu ihrer älteren Freundin um. „Ich habe Alex nicht gesagt, dass ich mit Ben auch nach Argentinien gezogen bin."

Louise stellte die Schüssel in die Spüle und bedeutete Sina mit einer knappen Geste, sich hinzusetzen.

„Er hat unsere alte Telefonnummer gewählt und vom Nachmieter erfahren, dass wir dort schon lange nicht mehr wohnen. Da hat er eins und eins zusammengezählt."

„Und hättest du ihm nicht etwas anderes erzählen können, etwa, dass du mit Ben in eine kleinere Wohnung gezogen bist, solange Mark in Argentinien arbeitet?", wollte Karin wissen.

Sina schüttelte den Kopf. „Du kennst Alex nicht. Dass das nicht stimmt, hätte er in Nullkommanichts ebenfalls rausgekriegt. Er mag zwar vieles sein, aber nicht dumm."

„Und was will er jetzt tun?", fragte Louise besorgt.

„Das weiß ich nicht genau. Alex hat nur gemeint, ich solle ja nicht glauben, dass ich damit durchkomme. Er hätte schließlich ein Recht, Ben regelmäßig zu sehen und dass das, was ich mache, Kindesentzug wäre."

Karin merkte, wie sie wütend wurde und eine Hitzewallung in ihr hochstieg. Obwohl ihr die Schweißperlen auf der Stirn standen, versuchte sie, dies zu ignorieren. Jetzt gab es

Wichtigeres, als sich um ihre Wechseljahresbeschwerden zu kümmern.

„Das stimmt ja gar nicht", warf sie ein.

„Du hast ihm doch gerade erst Gelegenheit gegeben, Ben zu sehen. Außerdem soll er bei seinem Vorstrafenregister mal schön die Füße stillhalten."

„Ich glaube nicht, dass das zählt. Ein Besuchsrecht wird er bestimmt durchsetzen können. Das Beste wird sein, wenn ich mit Ben wieder nach Deutschland komme. Ich fühle mich in Argentinien ohnehin nicht richtig wohl. Und jetzt, wo ich weiß, dass Alex Probleme machen wird, umso weniger."

„Und wenn du dir einfach noch ein bisschen Zeit gibst?", fragte Karin.

„Ich meine, auch wenn ich Eddie und Heiligenhafen über alles liebe: Mir fiel es auch nicht so leicht, aus Köln wegzuziehen und alles hinter mir zu lassen. Und vielleicht unternimmt Alex ja gar nichts oder gewöhnt sich einfach daran, dass er Ben in größeren Abständen sieht. Du könntest ihm doch auch etwas mehr Zeit mit Ben lassen, wenn du in Deutschland bist – sozusagen als Ausgleich."

„Das wird ihm nicht reichen."

Louise hatte die ganze Zeit still zugehört und nachgedacht. Doch jetzt meldete auch sie sich zu Wort. „Hast du es Mark erzählt?"

„Ja, das, was Alex gesagt hat. Mark spürt schnell, wenn etwas nicht stimmt."

„Und auch, dass du zurück nach Deutschland möchtest?", hakte Louise nach.

„Das kann ich Mark nicht antun. Er hat doch gerade erst den Job angefangen und ist so zufrieden wie schon lange nicht mehr."

„Schöne Bescherung", sagte Karin.

„Ja, das kann man wohl sagen." Sina zwang sich zu einem Lächeln. „Doch lasst uns das jetzt mal vergessen und weiter Weihnachten feiern."

Was für ein Weihnachtsfest, dachte Karin, als sie und Eddie schließlich am zweiten Feiertag abends im Bett lagen. Irgendwie wurde es nicht langweilig mit ihren Freundinnen. Doch abgesehen von der Sorge um Sina gab es noch eine Sache, die Karin nicht aus dem Kopf ging: Felix schien augenscheinlich Interesse an ihrer Tochter zu haben. Seitdem er in Heiligenhafen war, machte er Sophie Komplimente über ihr Aussehen und wollte einfach alles über sie wissen. Und auch Sophie schien – nach anfänglicher Zurückhaltung – seinen Annäherungsversuchen gegenüber nicht abgeneigt zu sein. So hatte sie bei einem gemeinsamen Strandspaziergang am ersten Weihnachtsfeiertag gesehen, wie die beiden sich heimlich hinter einem Strandkorb geküsst hatten. Karin wusste nicht, ob sie die sich anbahnende Beziehung zwischen den beiden gutheißen sollte, zumal Felix – wie sie von Eddie wusste – bereits mehrere Freundinnen gehabt hatte. Einerseits mochte sie Felix sehr gern. Doch andererseits war er Eddies Sohn. Und er lebte weit weg in München – ihrer Meinung nach keine guten Voraussetzungen für eine dauerhafte Beziehung.

„Sie sind jung. Lass' sie doch miteinander flirten", meinte Eddie nur, als Karin vor dem Einschlafen ihre Bedenken äußerte. „Das ist mir allemal lieber, als wenn sich unsere Kinder nicht verstehen würden."

„Ja, aber Felix nimmt – im Gegensatz zu Sophie – alles so leicht. Ich möchte nicht, dass er ihr das Herz bricht", war Karin besorgt.

„Das wird er schon nicht. Bestimmt ist alles ganz harmlos. Und außerdem fährt Sophie doch morgen sowieso nach Köln zu ihrem Vater."

„Ja, aber sie hat mir heute Nachmittag erzählt, dass Felix sie dort bald besuchen will."

Eddie zog die Augenbrauen hoch, musste dann aber schmunzeln. „Ach so? Na, dann meint mein Filius es wohl doch ernst mit deiner Tochter – genau wie sein Vater mit Sophies Mutter." Eddie hob seine Bettdecke an und zog Karin zu sich, um sie damit zuzudecken.

„Wir haben halt beide einen guten Geschmack, was Frauen betrifft", hauchte er ihr zärtlich ins Ohr.

Elf

Wie so oft, wenn Louise nicht wusste, wohin sie mit ihren Gefühlen sollte, ging sie am Strand spazieren.

Und nun war wieder so ein Moment gekommen.

Nachdem sie einige Schritte im Sand gegangen war, blieb sie stehen, drehte sich um und blickte zurück zu ihrem Haus, dessen Umrisse in der winterlichen Abenddämmerung nur noch schwach zu erkennen waren.

Sie wusste, dass sie bald zurück musste, denn drinnen wartete Peter auf sie. Sina, Mark, Ben und Felix waren noch bei Karin und Eddie und würden ebenfalls bald zurück sein, da der kleine Ben ja rechtzeitig ins Bett musste. Ihr war bewusst, dass ihre Freunde sie absichtlich mit Peter alleine gelassen hatten. Doch hätte sie gewusst, was dann folgte, hätte sie Sina und die anderen gebeten zu bleiben. Oder doch nicht?

Louise wusste es nicht. Sie war selten so durcheinander wie jetzt. Kein Wunder: Peter war heute Nachmittag überraschend bei ihr aufgetaucht. Sie hatten zwar vor einigen Tagen über ein mögliches Treffen an den Feiertagen am Telefon gesprochen. Doch ernsthaft gerechnet hatte sie damit nicht. Als wäre sein Besuch nicht schon genug gewesen, hatte er Louise – nachdem ihre Familie das Haus verlassen hatte und sie gerade das Geschirr abräumen wollte – an beiden Händen gefasst, ihr tief in die Augen geschaut und ohne Umschweife seine Zuneigung gestanden. Er wolle mit ihr eine „ernsthafte“ Beziehung eingehen, hatte er zu ihr gesagt. Und um ihr dies mitzuteilen, sei ihm kein besserer Zeitpunkt als Weihnachten eingefallen, da dies schließlich das Fest der Liebe sei.

Louise, die ansonsten sehr schlagfertig und wortgewandt war, hatte nicht gewusst, was sie darauf antworten sollte. Um nichts Falsches zu sagen, hatte sie Peter gebeten, ihr einen Moment Zeit zu geben, um ihre Gedanken zu ordnen.

Dazu wollte sie alleine sein. Peter hatte ihr zwar angeboten, wieder zu gehen, sodass sie in Ruhe nachdenken könne. Doch das wollte Louise wiederum auch nicht, zumal er extra den weiten Weg auf sich genommen hatte. Stattdessen hatte sie ihn gebeten, im Haus zu warten, während sie einen kurzen Spaziergang machte.

Louise atmete tief aus. Dass Peter ihr gegenüber etwas empfand, hatte sie schon lange geahnt. Ihr ging es ja schließlich ebenso. Doch die Tatsache, dass er eine „ernsthafte“ Beziehung mit ihr eingehen wollte, machte ihr doch etwas Angst. Was bedeutete das für ihn und sie? Was würde sich von jetzt an ändern? Und was wäre, wenn sie seinen Erwartungen nicht entspräche? Schließlich hatte Peter mit seiner Frau Marion lange Zeit eine junge und hübsche Frau an seiner Seite gehabt. Sie dagegen war mit ihren 64 Jahren bereits im reifen Alter und dazu noch eine Brustkrebspatientin, die zumindest schulmedizinisch als noch nicht endgültig geheilt galt. Ja, momentan fühlte sie sich gut. Doch was wäre, wenn die Erkrankung wieder ausbräche? Würde Peter das verkraften und zu ihr stehen?

Und dann war da ja noch ihr verstorbener Mann. Louise wusste, dass Carl gewollt hätte, dass sie noch einmal mit einem Mann glücklich wird. Doch würde sie die große Liebe in ihrem Leben verraten, wenn sie sich jetzt für Peter entschied?

Und erging es ihm gerade nicht genauso mit Marion? So hatten sich die beiden ja nicht bewusst getrennt, sondern waren durch ihren tödlichen Unfall gewaltsam auseinandergerissen worden.

In Louises Kopf kreisten Fragen über Fragen, deren Antwort sie nicht kannte. Sie blieb erneut stehen und blickte über die Düne zum Horizont, wo die Sonne inzwischen untergegangen war und den Himmel nur noch schwach erleuchtete.

Sie hatte bestimmt zehn Minuten so gestanden, als ihr ein Spruch in den Sinn kam, den sie in den letzten Wochen gleich mehrmals gehört und gelesen hatte: „Liebe ist das Einzige, das sich verdoppelt, wenn man es teilt." Louise lächelte. In ihr keimte zarte Hoffnung auf. Möglicherweise war dies ein Hinweis für sie. Denn das hieße, sie könnte Carl weiterhin lieben, aber auch Peter einen Platz in ihrem Herzen einräumen.

Zuversichtlich beschloss Louise, wieder zurück zu Peter zu gehen und ihm ihre Gefühle so schnell wie möglich mitzuteilen. Außerdem wurde ihr allmählich kalt, und sie konnte kaum noch etwas sehen. Um nicht ständig über Steine zu stolpern, entschied sie sich dafür, für den Rückweg auf die schmale Straße jenseits der Dünen zu wechseln, wo es zudem geschützter war.

Sie wollte sich gerade umdrehen, als sie plötzlich von hinten eine Hand auf ihrer Schulter spürte. Erschrocken fuhr sie zusammen und drehte sie um. „Was fällt Ihnen …?", begann sie. „Du? Ich habe dich gar nicht näher kommen gehört."

Vor ihr stand Peter.

„Willst du nicht langsam zurückkommen?", fragte er.

„Ich habe mir schon Sorgen gemacht. Es ist schließlich ziemlich kalt und dunkel für einen Spaziergang so ganz alleine."

Fürsorglich legte Peter ihr eine Wolldecke um die Schultern.

„Wie lieb von dir.“ Louise hatte bereits angefangen zu zittern und kuschelte sich dankbar in die Decke ein. Peter bemerkte dies und nahm sie in die Arme, um sie zusätzlich zu wärmen.

Allmählich begann sich Louise entspannen. Mehr noch: Sie genoss Peters Nähe und seine Berührungen. Louise hätte noch stundenlang mit ihm so in der Dunkelheit stehen können, wusste aber, dass es besser war, jetzt ins Haus zu gehen. Vorher wollte sie ihm jedoch unbedingt noch etwas mitteilen. „Das brauchst du nicht“, sagte sie leise an seiner Schulter.

Verwundert löste Peter seine Arme von Louise, hielt sie ein Stück von sich an den Schultern und blickte sie fragend an. „Was brauche ich nicht?“

„Na, dir Sorgen zu machen, dass ich nicht zurückkommen könnte. Schließlich liebe ich dich auch.“

Peter näherte sich langsam Louise, bis sich ihre Gesichter fast berührten. Mit seinem Mund suchte er ihre Lippen und küsste sie – zuerst vorsichtig, dann immer inniger. In Louise wurden Gefühle wach, die sie schon lange verloren glaubte. Ja, sie konnte und wollte wieder lieben, dachte sie selig, als sie sich zärtlich an Peter schmiegte.

Arm in Arm kehrten die beiden zu ihrem Haus zurück. Louise sah, dass drinnen alles hell erleuchtet war. „Hast du etwa das Licht angelassen?“, wollte sie von Peter wissen, der nur verneinend den Kopf schüttelte.

Louise wollte gerade die Tür aufschließen, als diese sich von innen öffnete. „Wo wart ihr denn?“, fragte Sina vollkommen aufgelöst. „Wir haben uns schon Sorgen gemacht.“

„Spazieren“, antworteten beide wie aus einem Mund und blinzelten sich verschwörerisch an.

Sina schien zu verstehen, denn jetzt fing sie auch an zu lächeln.

„So, so, spazieren. Na, dann kommt mal wieder rein, ihr Turteltäubchen. Es ist ziemlich kalt da draußen."

Louise fiel es sichtlich schwer, Peter an diesem Abend wieder nach Ahrensburg fahren zu lassen. Doch sie wusste, dass es das Beste war. Zum einen waren all ihre Zimmer belegt (und Peter zu sich ins Schlafzimmer zu bitten, hielt sie für voreilig und angesichts ihrer weiteren Gäste für unangebracht). Zum anderen musste sie das Erlebte und Gesagte erst einmal sacken lassen. Schließlich standen ihre Gefühle gerade Kopf. Louise hätte vor Glück und Freude schreien können! Sie fühlte sich wie ein verliebter Teenager.

Anscheinend spürten auch Sina, Mark und Felix ihre Aufregung, denn beim Frühstück am nächsten Morgen schienen sie alle anzugrinsen.

„Was ist?", fragte Louise leicht genervt. „Habe ich etwa Marmelade im Gesicht?"

„Nichts", antwortete Mark und schien plötzlich sehr damit beschäftigt zu sein, Ben seinen verschmierten Mund abzuwischen.

„Mark und Sina sagen, du seist frisch verliebt", platzte Felix schließlich heraus und biss genüsslich ein Stück von seiner Brötchenhälfte ab.

„Wie kommen Mark und Sina darauf?", wandte sich Louise an Felix und ignorierte die anderen bewusst, weil ihr das Grinsen zunehmend auf die Nerven ging.

„Ach, Momi, das Wort ‚verliebt' steht dir förmlich auf der Stirn geschrieben", schaltete sich nun Mark ein und legte die Serviette, mit der er eben noch Ben gesäubert hatte, beiseite.

Louise wusste, dass es keinen Zweck mehr hatte, die Ahnungslose zu spielen. Sie stellte ihre Kaffeetasse ab, stützte ihre Ellbogen auf der Tischkante ab und legte ihr Kinn auf die verschränkten Finger. „Und falls es so wäre: Wäre es für dich in Ordnung? Ich meine, du hast deinen Vater sehr geliebt und …“

„Momi“, unterbrach Mark seine Mutter und streichelte ihr den Rücken. „Für mich ist alles in Ordnung, was dich glücklich macht. Und Paps hätte das genauso gewollt.“

Louise hatte mit dieser Reaktion ihres Sohnes nicht gerechnet. Vielmehr hatte sie befürchtet, dass Mark sich mit einem neuen Mann an ihrer Seite schwer tun würde. Mit Tränen in den Augen blickte sie Mark stumm an.

„Oh, Mark, du glaubst gar nicht, wie sehr mich das freut.“ Und zu Sina gewandt fuhr sie fort: „Und du? Was meinst du?“

„Ach, ich freu' mich einfach für dich. Wenn einer es verdient hat, noch einmal glücklich zu sein, dann du.“

Jetzt war es um Louise endgültig geschehen. Sie verlor all ihre Fassung und begann, vor Freude hemmungslos zu weinen, sodass Mark und Sina aufstanden, um den Tisch herumgingen und Louise in den Arm nahmen.

Felix, dem die ganze Situation sichtlich peinlich war, schob seinen Stuhl zurück und räusperte sich. „Ich, ähm, gehe mal rüber zu Sophie und frage sie, ob sie Zeit hat.“

„Willst du ihr auch eine Liebeserklärung machen?“, zog Mark ihn auf, der wie alle anderen mitbekommen hatte, dass Felix in Sophie verknallt war.

„Mal sehen“, schmunzelte Felix. „Was meint ihr? Steht sie auf Blumen? Dann besorg' ich ihr schnell noch einen Strauß.“ Ohne die Antwort abzuwarten, war Felix aus dem Haus.

In den nächsten Tagen sahen sich Louise und Peter nicht, sondern telefonierten abends nur miteinander. Louise hatte zwar Sehnsucht nach ihm, wusste aber, dass er zwischen Weihnachten und Neujahr noch einiges in seiner Firma regeln musste. Auch sie wollte so viel Zeit wie möglich mit Sina, Mark und Ben verbringen, bevor sie Anfang Januar wieder zurück nach Argentinien flogen. Außerdem hatte Louise das Gefühl, dass Peter sie ganz bewusst in Ruhe ließ, damit sie Gelegenheit hatte, in Ruhe über alles nachzudenken, um sich ihrer Gefühle ihm gegenüber ganz sicher zu sein.

Es war eine tolle Silvesterparty. So konnte das neue Jahr beginnen, dachte Louise, reckte sich und gähnte. Mit ihrer linken Hand tastete sie nach ihrer Brille und blickte auf den Wecker, der auf der Kommode gegenüber ihrem Bett stand. Kurz vor neun. Normalerweise wäre sie um diese Zeit schon längst aufgestanden. Doch stattdessen kuschelte sie sich wieder an Peter, der neben ihr noch selig schlummerte.

So sehr es sie auch drängte, in seine gutmütigen braunen Augen zu sehen: Sie ließ ihn schlafen, schließlich war es gestern spät geworden. Nach einem gemütlichen Racletteessen und Kartenspiel hatten sie und ihre Freunde sich um Mitternacht das große Feuerwerk in Heiligenhafen angesehen. Anschließend hatten Eddie und Peter – vermutlich angeheitert vom vielen Prosecco – am Strand zusammen Samba getanzt. Louise musste kichern, als sie daran dachte, wie die zwei mehr oder weniger elegant über den Sand geschwebt waren, während sie, Karin, Sina und Mark begeistert applaudiert und immer wieder „Zugabe" gerufen hatten. Vermutlich konnten sich die beiden Männer heute Morgen an nichts mehr erinnern.

Leise stand Louise auf, schlüpfte in ihren Bademantel und ging vorsichtig die Treppe hinunter, um keinen Lärm zu verursachen. Als sie in die Küche kam, stieg ihr der Duft von frisch gebrühtem Kaffee in die Nase. Sina stand bereits fertig angezogen neben der Spüle und nippte an einer Tasse.

Als sie Louise erblickte, nickte sie ihrer Freundin zu, nahm eine weitere Tasse aus dem Schrank, goss Kaffee ein und reichte ihn ihr.

„Na, wie fühlst du dich?“, wollte sie von ihrer älteren Freundin wissen.

Louise gähnte. „Noch ein bisschen müde.“

„Nein, ich meine, wie fühlst du dich – jetzt, wo Peter bei dir ist?“

Beim Gedanken an Peter wurden bei Louise plötzlich alle Lebensgeister wach. Tatsächlich hatte sie sich schon lange nicht mehr so wohl gefühlt.

„Einfach wunderbar“, antwortete sie daher mit einem strahlenden Lächeln. „Wirklich, einfach nur wunderbar.“

Nach einem ausgiebigen Frühstück beschlossen Louise und Peter spontan, Anne zu besuchen, die inzwischen aus der Klinik entlassen worden war und in der Nähe von Kiel lebte. Sina und Mark wollten einen Ausflug nach Fehmarn machen, während Karin und Eddie auf den kleinen Ben aufpassten.

„Und hast du Anne erzählt, dass ich mitkomme?“, wollte Louise von Peter wissen, nachdem dieser bei seiner Schwester angerufen und seinen Besuch angekündigt hatte.

Peter grinste und gab Louise einen Kuss.

„Nein, das soll nämlich eine Neujahrsüberraschung für meine Schwester werden.“

Während Peter wohl davon überzeugt war, dass Anne sich über die Überraschung freuen würde, hatte Louise so ihre Zweifel. Schließlich kannte sie die 62-Jährige noch nicht so gut, um einschätzen zu können, wie sie auf die Nachricht, dass sie nun mit ihrem Bruder liiert war, reagieren würde.

Außerdem wirkte Anne, als sie sie das letzte Mal kurz vor Weihnachten in der Klinik gesehen hatte, wo sie gerade ihre zweite Chemotherapie erhielt, seelisch angeschlagen.

Bis auf die starke Müdigkeit ginge es ihr körperlich ganz gut, hatte sie geantwortet, als sich Louise nach ihrem Wohlbefinden erkundigt hatte. „Viel schlimmer ist die Niedergeschlagenheit und Traurigkeit, die mich oft überkommt", hatte Anne ihr berichtet.

„Ich weiß", hatte Louise geantwortet, die diese Gefühle aus eigener Erfahrung nur zu gut kannte. Krampfhaft hatte sie überlegt, wie sie Anne aufheitern konnte, bis ihr schließlich eine Idee gekommen war. „Was hat dir eigentlich früher viel Freude gemacht?"

„Hmm", hatte Anne lange überlegt. Doch plötzlich hatte sich ihre Miene aufgehellt. „Wir hatten mal einen Hund namens Timmy, einen Jack Russell-Terrier. Er hat immer unsere Hühner zusammengetrieben, als ich mit meinem Mann und Nele noch auf dem Land wohnte. Er ist leider mit 15 Jahren an Herzschwäche gestorben, hatte aber ein gutes Leben bei uns."

Louise hatte daraufhin verständnisvoll genickt. „Ich erinnere mich auch gerne an unsere Hündin Vicky, als ich noch bei meinen Eltern gelebt habe. Leider wurde Vicky nicht alt, weil sie von einem Auto angefahren wurde und die schweren inneren Verletzungen nicht überlebt hat. Ich habe nächtelang um Vicky geweint." Louise merkte, wie ihr bei dem Gedanken an ihre Hündin ein Kloß in den Hals stieg. Um sich abzulenken, wandte sie sich wieder an Anne. „Kannst du dir denn vorstellen, wieder einen Hund zu haben?"

Anne hatte den Kopf geschüttelt und entschuldigend die Hände gehoben. „Das würde ich ja gerne. Aber wie du siehst, habe ich nur eine kleine Wohnung. Und mein Vermieter hat mir Haustiere verboten."

„Das ist sehr schade", hatte Louise geseufzt. „Ein Hund würde dir in deiner jetzigen Situation bestimmt gut tun."

„Das könnte gut sein. Aber was ist mir dir? Du hast doch in deinem Haus viel Platz und könntest jeden Tag mit einem Hund am Strand spazieren gehen."

„Ich?", hatte Louise verwundert geantwortet. „Darüber habe ich noch nie nachgedacht.

„Lass' dir das mal durch den Kopf gehen." Mit diesem Satz hatten sich die beiden Frauen voneinander verabschiedet und sich frohe Weihnachten sowie ein gutes, gesundes neues Jahr gewünscht. Dass sie sich so schnell wiedersehen würden, hatte keine von ihnen geahnt.

„Bitte, warte hier einen Moment", bedeutete Peter Louise, als sie schließlich neben Annes Wohnungstür standen.

Mit einem schelmischen Grinsen im Gesicht klopfte er an. Nach einigen Sekunden öffnete sich die Tür.

„Hallo Peter. Schön dich zu sehen", freute sich Anne. „Du wolltest doch jemanden mitbringen, oder?" Peters Schwester blickte sich suchend um, konnte aber niemanden entdecken.

Wie aufs Stichwort winkte Peter nun Louise herbei. „Anne, hier kommt die wundervolle Frau, in die ich mich verliebt habe."

Vorsichtig trat Louise vor die Tür, weil sie nicht wusste, was sie erwarten würde.

„Louise? Na, hab' ich es mir doch gedacht", rief Anne begeistert, als sie Louise erkannte. „Komm' rein und lass' dich umarmen."

„Was? Ich verstehe nicht." Louise blickte noch immer ratlos von Anne zu Peter, der zufrieden bis über beide Wangen grinste.

Auch Anne begann zu lächeln. „Soll ich es aufklären?", fragte sie ihren Bruder, der zustimmend nickte. „Nun gut", fuhr Anne fort und führte Louise in das gemütliche Wohnzimmer. „Als mich Peter an Weihnachten besucht hat, ist mir aufgefallen, dass er so glücklich aussieht. Und da habe ich ihn gefragt, ob es einen bestimmten Grund dafür gäbe."

Louise ahnte bereits, was Anne sagen wollte, ließ sie aber weiter erzählen.

„Daraufhin hat er mir erzählt, dass er sich verliebt habe. Dass gerade du es bist, habe ich zwar nicht gewusst. Denn Peter, dieser Ganove", Anne blickte kurz zu ihrem Bruder, der sich noch immer über seine gelungene Überraschung freute, „wollte mir einfach nichts verraten. Aber ich habe mir gewünscht, dass du es bist." Anne nahm Louises Hand und drückte sie fest, um sie danach ein weiteres Mal zu umarmen. „Herzlich willkommen in unserer Familie."

Anne wirkte zwar immer noch etwas blass und abgemagert. Doch Louise fiel auf, dass sie inzwischen deutlich besser aussah als noch vor Weihnachten. Glücklicherweise hatte Anne infolge der Behandlung noch keine Haare verloren. Auch ihre Traurigkeit und Niedergeschlagenheit schienen sich etwas gebessert zu haben. So lachte Anne herzlich, als Louise und Peter ihr von ihrer „wilden" Silvesterparty am Strand berichteten. Sie freute sich sichtlich, ihren Bruder und sie zusammen zu sehen. Louise hoffte sehr, dass Anne ihre Lebensfreude wiedergefunden hatte, denn sie mochte sie wirklich gerne. Vielleicht würden sie sogar Freundinnen werden.

Möglicherweise würde ihre Verbindung nicht so eng werden wie die zwischen ihr, Karin und Sina. Doch Louise hatte das Gefühl, dass es ihnen beiden guttat, sich unter gleichaltrigen Frauen, die zudem dieselbe Krankheit durchmachten, austauschen zu können. Und wenn Louise ehrlich war, profitierte auch ihre Arbeit als Genesungsbegleiterin von ihrer Verbindung. Denn sie entwickelte mehr und mehr ein Gespür dafür, was die Patientinnen neben allem organisatorischen

Alltagsdingen wirklich brauchten – nämlich, einfach für sie da zu sein.

Ihre Beziehung zu Peter wurde in den nächsten Tagen und Wochen zunehmend tiefer und inniger. Louise konnte spüren, wie ernst es Peter mit ihr war. Und das ließ er sie auch regelmäßig wissen – etwa, wenn er sie zwischendurch anrief und ein „Ich liebe dich" in den Telefonhörer hauchte (was Louise jedes Mal eine Gänsehaut bescherte) oder ihr seine besten Freunde vorstellte. Der größte Vertrauensbeweis für Louise war jedoch, als er ihr vor ein paar Tagen einen Schlüssel für sein Haus mit den Worten übergeben hatte: „Dies ist nicht nur der Schlüssel für mein Haus, sondern auch zu meinem Herzen. Du kannst beides jederzeit öffnen und einziehen, wenn du möchtest."

Louise wusste nicht, was sie darauf sagen sollte. Ihr war klar, dass sie sich früher oder später Gedanken darüber machen musste, wie es mit ihnen weiterging. Doch noch hielt sie es für verfrüht, an ein mögliches Zusammenziehen überhaupt zu denken. Die Tatsache, dass Peter dies bereits in Erwägung zog, machte die Sache nicht gerade einfacher, denn: Louise hatte ihren Lebensmittelpunkt inzwischen in Heiligenhafen gefunden und beabsichtigte nicht, von dort wegzugehen.

Als Peter das Thema an einem Sonntagnachmittag erneut anschnitt, fragte Louise vorsichtig: „Möchtest du tatsächlich, dass ich zu dir ziehe?"

„Könntest du dir das denn vorstellen?", gab Peter die Frage zurück.

„Du weißt, dass so eine Entscheidung wohl überlegt sein sollte", gab Louise zu bedenken. „Außerdem ist so eine Veränderung in unserem Alter nicht so leicht."

Peter wollte davon nichts hören.

„Auch in unserem Alter dürfen und sollten wir noch ein Risiko eingehen. Schließlich haben wir doch nichts mehr zu verlieren."

Louise blickte Peter noch immer skeptisch an, woraufhin er antwortete: „Ich weiß, dass Ahrensburg nicht der Nabel der Welt ist und mein Haus keinen direkten Strandzugang wie deines hat. Doch ich möchte einfach jeden Tag mit dir zusammen sein und nicht nur gelegentlich oder am Wochenende."

„Aber ich liebe mein Haus am Graswarder", gab Louise zu bedenken. Bei dem Gedanken, ihr Traumhaus wieder verkaufen zu müssen, musste sie ein paarmal schlucken.

„Das kann ich gut verstehen", nickte Peter zustimmend. „Ich verlange ja auch gar nicht, dass du dein Haus aufgibst. Du könntest es behalten,und wir nutzen es am Wochenende."

„Und was ist mit meiner Arbeit in Kiel?"

„Na ja, von Ahrensburg bis Kiel ist es auch nicht viel weiter als von Heiligenhafen aus."

„Hm", sagte Louise nachdenklich, die immer noch nicht überzeugt war. Da kam ihr ein anderer Gedanke in den Sinn: „Und was ist, wenn du zu mir nach Heiligenhafen kommst? Ich meine, das Haus ist groß genug für uns. Du könntest dir sogar ein Büro einrichten …"

„Wie stellst du dir das bitte vor?", unterbrach sie Peter. „Meine Firma ist hier. Und außerdem habe ich ja noch einen Lehrauftrag an der Hochschule für Angewandte Wissenschaften in Hamburg."

„Ach wirklich?"

Peter hob entschuldigend die Hände. „Ja, einen Kurs für moderne Raumgestaltung und Lichtdesign. Das weiß ich auch erst seit gestern."

Louise schwieg. Sie war klug genug, jetzt keinen Streit anzufangen. Sie wusste aus ihrer langjährigen Ehe mit Carl, dass es fast immer besser war, die Dinge erst einmal sacken zu lassen und später in Ruhe über das Problem zu reden. Außerdem wollte sie ihre noch junge Beziehung nicht auf die Probe stellen. Dennoch fühlte sie sich von Peter irgendwie übergangen. Er hatte bereits Pläne für ihre gemeinsame Zukunft geschmiedet, ohne mit ihr darüber zu reden! Was sollte sie bloß davon halten? Irgendwie passte das Verhalten nicht zu dem sonst so rücksichtsvollen Mann.

An diesem Abend konnte Louise nur schwer abschalten. Das Gespräch mit Peter wollte ihr einfach nicht aus dem Kopf gehen. War er wirklich so rücksichtsvoll, wie sie bislang angenommen hatte? Oder ging es ihm hauptsächlich um ihn selbst? Was wusste sie eigentlich über den 65-Jährigen? Da sie nicht schlafen konnte, stand Louise auf, schlüpfte in ihren Bademantel, der am Schrank hing, und ging leise die Treppe hinunter, um die anderen nicht zu wecken.

Im Wohnzimmer schob sie den Vorhang beiseite und blickte auf die nachtblaue See, in der sich vereinzelt das Mondlicht spiegelte. Wie friedlich alles aussah. Sie musste an Carl denken. Sie wären im nächsten Sommer 40 Jahre verheiratet gewesen. Damals, als sie sich bei der Geburtstagsparty ihres Cousins kennengelernt hatten, war alles so einfach gewesen. Carl hatte sie zum Tanzen aufgefordert, und sie hatten viel Spaß miteinander gehabt. Danach hatten sie sich regelmäßig am Wochenende verabredet und nach knapp zwei Jahren geheiratet. Da Louise noch bei ihren Eltern lebte und Carl nur eine 1,5-Zimmerwohnung besaß, hatte sich die Frage, wer zu wem zieht, nie gestellt. Stattdessen waren sie, da sie beide bald Kinder haben wollten, in ein Reihenhaus am Rande Lübecks gezogen, dass sie dank großzügiger finanzieller Unterstützung durch Carls Eltern anbezahlen und den Rest durch die Bank finanzieren und in Raten abtragen konnten, da Carl als Kfz-Mechaniker bereits über ein festes Einkommen verfügte.

Erst nach Carls Tod hatte sie das Reihenhaus verkauft und von dem Erlös eine moderne Eigentumswohnung erworben. Damit hatte für sie auch ein neuer Lebensabschnitt als alleinstehende Frau begonnen, der durch die Brustkrebserkrankung nicht gerade leicht war. Vor knapp einem Jahr hatte sie das Haus am Graswarder gekauft und war nach Heiligenhafen gezogen. Und jetzt stand schon wieder ein neuer Lebensabschnitt – diesmal mit Peter – an.

Peter! Bei dem Gedanken an ihren Freund wurde Louise auf einmal ganz warm ums Herz. Die Zweifel von vorhin waren auf einmal verflogen. Sie liebten sich. Nur das zählte. Und die Frage mit dem Zusammenleben würden sie schon irgendwie lösen. Morgen würde sie noch einmal mit Peter in Ruhe reden. Mit diesem Gedanken ging Louise wieder nach oben, legte sich ins Bett und schlief innerhalb weniger Minuten ein.

Zwölf

Noch zwei Tage. Dann mussten sie nach Argentinien zurück. Allein schon bei dem Gedanken daran spürte Sina einen regelrechten Kloß im Hals. Eigentlich wollte sie gar nicht wieder weg von Heiligenhafen und ihrer geliebten Ostsee.

Je länger sie darüber nachdachte, desto deutlicher spürte sie: Sie wollte zurück nach Deutschland!

Nur: Wie sollte sie es bloß Mark beibringen? Schließlich hatte er dort seine Arbeit und fühlte sich in dem südamerikanischen Land, in dem er bereits früher viel Zeit verbracht hatte, ausgesprochen wohl. Ganz im Gegensatz zu ihr: Obwohl sie erst seit knapp drei Monaten in Argentinien lebte, war sich Sina schon jetzt sicher, dass sie es keine zwei Jahre dort aushalten würde.

Sina fand das selbst merkwürdig, wo es sie doch früher immer in ferne Länder gezogen hatte. So hatte sie bereits während ihrer Schulzeit jede Reise und jeden Schüleraustausch mitgemacht. Und auch als Studentin hatte sie in den Semesterferien – sofern es ihr schmales Budget zugelassen hatte – die Koffer gepackt. Einmal war sie sogar nach Australien gereist, wo sie sich mit einem Work & Travel-Visum ihr Geld auf Pferde-, Getreide- und Obstfarmen verdient und ihren Vater Gunnar besucht hatte, der schon seit einigen Jahren in der Nähe von Sydney lebte.

So faszinierend ihr alles Fremdartige damals auch erschienen war: Inzwischen war es für sie undenkbar, monatelang ziellos durch die Gegend zu fahren. Natürlich reiste sie auch jetzt noch gerne. Doch irgendwie war ihr Fernweh nach und nach einem Heimweh gewichen. Sie spürte in sich das starke Bedürfnis, einen Heimathafen zu haben – vor allem, seitdem sie in Argentinien lebte.

Musste man erst wegziehen, um zu wissen, wohin man gehörte? Möglicherweise war da etwas dran. Sina vermutete, dass ihr Heimweh nicht nur mit Louise, Karin und der Ostsee, sondern auch mit Ben zu tun hatte. Wie viele andere Frauen hatte sie, seitdem sie Mutter war, anscheinend ein „Nestbau-Syndrom" entwickelt. Sie wollte ihrem Sohn ein sicheres Heim bieten, in dem er unbeschwert aufwachsen konnte. Er sollte eine Trutzburg haben, in die sich Ben in stürmischen Zeiten des Lebens immer wieder zurückziehen konnte. Und das sollte auch für das Kind gelten, das sie sich von Herzen von Mark wünschte.

Sina seufzte. Leider hatte sie bislang noch nicht den Mut gefunden, mit Mark über ihren Wunsch, nach Deutschland zurückzukehren, zu reden. Außerdem hatten sie bei dem ganzen Besuchstrubel kaum Gelegenheit dazu gehabt.

Doch Sina wollte sich nicht länger mit diesem Gedanken herumquälen. Daher schlug sie ihrem Freund am Morgen beim Frühstück vor, mit ihr einen Ausflug nach Fehmarn zu machen. Dort hätten sie nicht nur etwas Zeit für sich alleine, sondern könnten sich auch die „Sonneninsel" einmal genauer ansehen.

Karin hatte ihr erst gestern beim Nachmittagskaffee vorgeschwärmt, wie schön und vielfältig Fehmarn sei. Davon wollte Sina sich nun einmal selbst überzeugen, denn sie kannte aus ihrer Kindheit nur Puttgarden von der Durchreise nach

Dänemark. Bestimmt gab es auf der Insel noch viel mehr zu sehen und zu entdecken.

Glücklicherweise wollte Louise sowieso gerne etwas mit Ben unternehmen, den sie wie ihren eigenen Enkel liebte und wie alle Großmütter verwöhnte.

Sina vermutete, dass sich ihre ältere Freundin damit auch etwas von Peter ablenken wollte, der – wie Louise ihr und Mark am gestrigen Abend erzählte – sie gefragt hatte, ob sie zu ihm nach Ahrensburg ziehen würde. Sina konnte sich gut vorstellen, dass Louise dies nicht vorschnell entscheiden wollte, wusste sie doch, dass ihre Freundin sehr an ihrem Haus und Heiligenhafen hing.

Im Gegensatz zu ihr hatte Louise ihren Heimathafen bereits gefunden. Und den sollte sie einem Mann zuliebe aufgeben? Eigentlich unvorstellbar! Sina war sich jedoch sicher, dass Louise und Peter eine Lösung finden würden. Daher hatte sie beschlossen, ihre Freundin vorerst mit dem Thema in Ruhe zu lassen. Sie konnte ja später noch einmal mit ihr reden und ihr ihre Hilfe anbieten.

Doch bis dahin wollte sie die Zeit alleine mit Mark nutzen.

Glücklicherweise hatten sie ihren Mietwagen seit ihrer Ankunft in Hamburg behalten, sodass sie mobil waren. Auch das Wetter spielte an diesem Tag mit. Es war für Januar mit rund zehn Grad recht mild und sonnig, dazu wehte ein leichter Wind aus Richtung Westen. Was wollten sie also mehr?

Frohen Mutes überquerten die beiden die imposante Fehmarnsundbrücke. Karin und Louise hatten ihr den Tipp gegeben, zuerst nach Lemkenhafen an der Orther Bucht auf der südwestlichen Inselseite zu fahren. Tatsächlich versprühte der kleine Ferienort, in dem es zu dieser Jahreszeit sehr ruhig zuging, ein maritimes Flair. Und Louise und Karin hatten Recht: Als Mark und Sina am Ortseingang am Lemkenhafener Wiek – einer kleinen, flachen Bucht – anhielten und sich auf eine Bank direkt am Wasser setzten, um ein Schwanenpärchen zu beobachten, konnte man in der Ferne sogar das Festland mit Heiligenhafen und der typischen Silhouette des Ferienparks erkennen.

Nach einer Weile setzten die beiden ihre Tour fort. Über Landkirchen fuhren sie in Richtung Burg, um in der Inselhauptstadt bummeln zu gehen. Hier ging es deutlich quirliger zu als in den kleinen Orten, was die beiden schon bei der Einfahrt nach Burg am Straßenverkehr bemerkten. Glücklicherweise fanden sie noch einen freien Parkplatz direkt am Markt. Nach einer kleinen Shopping-Tour, bei der sie für Ben ein schönes Holzmobile, für Mark eine Jeans und für Sina ein hübsches Glasperlenarmband gekauft hatten, waren sie etwas „fußlahm". Gut, dass sich gleich in der Nähe ein nettes Café befand, in das sie müde und hungrig einkehrten.

„Es hat Spaß gemacht, mit dir mal in Ruhe shoppen zu gehen, ohne dass Ben herumquengelt", sagte Sina zu Mark, als sie vor einem leckeren Stück Marzipantorte und einer großen Tasse Cappuccino saßen.

Obwohl Shopping wie bei vielen anderen Männern auch nicht zu Marks Lieblingsbeschäftigungen gehörte, lächelte er. „Schön, dich endlich mal wieder glücklich zu sehen, wo du doch in den letzten Tagen so nachdenklich und traurig gewirkt hast." Mark zog fragend seine Augenbrauen hoch. „Gibt es etwas, das du mir sagen möchtest?"

Sina fühlte sich ertappt. Sie hätte wissen müssen, dass Mark ihre Stimmung inzwischen gut deuten und sie ihm nichts vormachen konnte. Warum hatte sie bloß geglaubt, dass ihr Freund nicht merken würde, wenn sie etwas bedrückte? Jetzt gab es kein Zurück mehr. „Wie meinst du das?", fragte sie scheinbar ahnungslos.

Mark rührte mit dem Löffel langsam in seinem Cappuccino, nahm etwas Milchschaum vom oberen Rand und steckte ihn sich in den Mund. „Na ja, Süße, ich kenn' dich doch. Wenn du so ruhig bist, dann beschäftigt dich irgendetwas. Also, schieß' los."

„Na ja", druckste Sina. Sie war das Gespräch in Gedanken bestimmt hundertmal durchgegangen. Doch jetzt fehlten ihr einfach die passenden Worte.

„Ich …", begann sie schließlich, „also, ich habe gestern einen Anruf von Alex erhalten."

„Alex?", fragte Mark überrascht zurück und fügte dann etwas strenger hinzu: „Was wollte der denn?"

Sina atmete tief durch und sah Mark ernst an. „Er hat noch am gleichen Tag, als wir bei seinen Eltern waren, beim Familiengericht einen Sorgerechtsantrag gestellt."

„Er hat was?", fragte Mark laut, sodass sich zwei junge Frauen am Nebentisch erschrocken zu ihnen umsahen.

Sina beugte sich näher zu Mark und wiederholte flüsternd, weil sie kein Aufsehen erregen wollte: „Er will das Sorgerecht für Ben."

„Ja, spinnt der denn?", entgegnete Mark entrüstet. „Was bildet der Typ sich überhaupt ein? Ich glaub', ich müsste ihm mal gründlich …"

Sina unterbrach ihren Freund, indem sie beschwichtigend die Hände auf seine legte. „Damit würdest du ihm nur in die Karten spielen."

Mark schwieg einen Moment, weil er überlegte. „Da hast du auch wieder Recht. Aber ich meine: Sorgerecht – bei seiner Vorgeschichte. Damit kommt er doch nie durch."

„Da wäre ich nicht so sicher", antwortete Sina und lehnte sich zurück, um ihre Handtasche zu öffnen, die seitlich an der Stuhllehne hing. „Hier." Sina überreichte Mark einen Brief.

„Das kam heute Morgen per Einschreiben. Louise hat mir den Brief gegeben, als du unter der Dusche warst."

Mit fragendem Blick öffnete Mark den Brief und begann zu lesen. Dabei blieb er an dem entscheidenden Satz hängen:

Da von einer Gefährdung des Kindeswohls auszugehen ist, beantragt mein Mandant, Herr Alexander Seiler, hiermit die gemeinsame Sorge für seinen Sohn Ben Luca Bergheim ...

Ungläubig schüttelte Mark den Kopf. „Gefährdung des Kindeswohls? Wie kommt er bloß darauf?"

„Er hat seinem Anwalt erzählt, dass ich Ben ohne Absprache mit nach Argentinien genommen habe, was seiner Meinung nach wegen des ungewohnten Umfeldes und der fremden Kultur kindeswohlgefährdend sei." Die letzten Worte betonte Sina, indem sie mit den Fingern Anführungszeichen in die Luft malte. „Anscheinend glaubt er, wir leben dort in einer Hütte in der Pampa."

„Ja, aber das stimmt doch gar nicht."

Sina schüttelte resigniert den Kopf. „Ich glaube, das spielt nicht wirklich eine Rolle. Ich habe mich schon erkundigt: Die neue Sorgerechtsregelung stärkt das Recht lediger Väter. Und wenn ich die ganze Zeit mit Ben in Argentinien bin, wird er das womöglich vor Gericht als Kindesentzug auslegen und für sich ausnutzen. Und außerdem ...", begann Sina, zögerte aber weiterzusprechen.

„Außerdem was?"

„ ... sind wir beide nicht verheiratet", antwortete Sina und blickte zu einem älteren Paar auf der anderen Seite des Cafés, die sich zufrieden ansahen.

„Dann sollten wir das ganz schnell ändern", platzte Mark heraus.

„Was?“, fragte Sina überrascht, „aber so habe ich mir das nicht vorgestellt.“

„Ich weiß. Aber wir wollten sowieso bald heiraten. Es ändert sich doch nichts, wenn wir dies nun etwas eher tun.“

„Meinst du wirklich?“, fragte Sina skeptisch. Eigentlich wollte sie ihre Hochzeit mit Mark in Ruhe planen und nicht, weil die Umstände sie dazu zwangen.

„Und ob“, antwortete Mark überzeugt.

Sina spürte auf einmal Hoffnung aufkeimen. Wenn Mark ihr zuliebe heiraten wollte, dann würde er ihr möglicherweise auch diesen Wunsch erfüllen. Mutig wagte sie einen weiteren Vorstoß. „Würdest du noch etwas für mich tun?“

„Was denn?“, fragte Mark ahnungslos.

„Mit mir wieder nach Deutschland ziehen.“ Jetzt war es heraus. Ängstlich wartete Sina auf eine Antwort ihres Freundes. Bestimmt war sie zu weit gegangen, denn Mark reagierte nicht, sondern blickte wortlos an die Decke und rieb sich mit der Hand nachdenklich den Nacken. Eine Sekunde lang, zwei, drei. Endlich blickte Mark ihr wieder in die Augen. „Du fühlst dich in Argentinien wirklich nicht wohl, oder?“

„Nein“, war alles, was Sina darauf antworten konnte.

„Ich hatte so gehofft, dass es dir dort unten gefällt.“

Sina nickte. „Glaub‘ mir: Das hatte ich auch. Aber ich schaff‘ es irgendwie nicht, so weit weg zu sein und Alex zu ignorieren. Womöglich macht er uns dann noch mehr Schwierigkeiten. Und ich möchte einfach nicht, dass Ben dann der Leidtragende ist.“

Mark sah, wie Sina die Verzweiflung regelrecht ins Gesicht geschrieben stand. „Das will ich ebenso wenig wie du. Aber meinst du wirklich, dass er Ruhe gibt, wenn wir wieder in Deutschland sind?“ Mark zuckte ahnungslos mit den Schultern. „Ich meine, wo sollen wir denn wohnen? Und was ist mit meinem Job? Ich bin grademal drei Monate dort unten, und die Arbeit macht mir Spaß, auch wenn sie verdammt anstrengend ist und ich oft erst spät abends nach Hause komme."

„Für beides finden wir bestimmt eine Lösung." Sina entspannte sich zusehends. Sie war froh, dass Mark sie verstand und ihre Pläne nicht vollständig blockierte. „Ich liebe dich", sagte sie, beugte sich vor und gab ihrem Freund einen Kuss, wobei sie beinahe ihre Tasse umgekippt hätte.

Da es erst früher Nachmittag war, hatten die beiden noch etwas Zeit. Also beschlossen sie, nach Burgtiefe, dem Ferienzentrum, zu fahren, um noch etwas am Strand spazieren zu gehen.

Vom Wasser her wehte ein kühler Wind. Sina war froh, ihre lange Daunenjacke angezogen zu haben. Auch Mark hatte den Kragen seiner Jacke hochgeklappt und sich eine Mütze aufgesetzt. Hand in Hand gingen die beiden am fast leeren Südstrand entlang. Nur hin und wieder kreuzte eine Möwe ihren Weg. Bestimmt waren die meisten bei der Kälte im Schwimmbad, in der Sauna oder saßen gemütlich in ihrer Ferienwohnung, dachte Sina, als sie am Freizeitbad und der Hotel- und Ferienanlage mit den drei Hochhäusern vorbeigingen.

Ihr fiel auf, dass Mark deutlich schweigsamer war als gerade eben noch. Sie wusste, dass er intensiv nachdachte, und ließ ihn daher seinen Gedanken nachhängen.

Auch ihr ging so vieles durch den Kopf, das sie erst einmal ordnen musste. Sie war erleichtert, dass sie möglicherweise bald nach Deutschland zurückkehren würden. Doch wäre dies tatsächlich die Lösung für ihre Probleme? Würde Alex dann mit der bisherigen Besuchsregelung zufrieden sein?

Würde Mark schnell einen neuen Job finden? Wann sollten sie heiraten? Und vor allem: Wo sollten sie wohnen? Sina spürte, dass ihr Leben einmal mehr auf dem Kopf stand.

Die Tatsache, dass sie jetzt ein Kind hatte, machte die Sache nicht gerade einfacher. Doch sie wollte einfach alles dafür tun, dass Ben eine glückliche und unbeschwerte Kindheit erleben konnte, so wie es ihr selbst leider nur teilweise vergönnt gewesen war.

Streng genommen war auch Ben ein Trennungskind. Doch das war noch vor seiner Geburt gewesen. Außerdem war Mark schnell in die Rolle des Vaters geschlüpft und machte dies wirklich toll. Daher hoffte sie, dass sie bald noch ein Kind haben könnten.

Bislang hatte es leider nicht geklappt – kein Wunder: Sie hatte sich in den letzten Wochen extrem gestresst gefühlt. Und dies war ja, wie man wusste, keine gute Voraussetzung für eine Schwangerschaft. Doch Sina war zuversichtlich: Bestimmt würde sie schwanger werden, sobald sie wieder zurück in Deutschland wären und sich alles beruhigt hätte.

Nach rund einer Stunde waren Sina und Mark gut „durchgepustet" vom kühlen Ostseewind. Daher waren sie froh, wieder im warmen Auto sitzen zu können. Sie fuhren zurück in Richtung Ortszentrum, als das Navi des Leihwagens anzeigte, dass sie links abbiegen sollten. Mark folgte der Anweisung, merkte aber, dass sie sich in einem neuen Wohngebiet befanden, durch das sie auf dem Hinweg nicht gekommen waren. Er wollte schon wenden, als Sina ihren Freund plötzlich bat anzuhalten.

„Was ist?", fragte Mark, als er am Straßenrand stoppte.

„Siehst du das?"

„Was soll ich sehen?"

„Na, das.“

Sina zeigte an ihrem Freund vorbei auf zwei Kinder, die trotz der Kälte ausgelassen in einem Garten spielten.

„Ja, zwei spielende Kinder. Und? Können wir jetzt weiterfahren?“

„Nein, noch nicht. Schau dich mal um. Fällt dir etwas auf?“ Irritiert blickte Mark umher, wusste aber immer noch nicht, was Sina meinte.

„Na, hier ist ein Neubaugebiet mit Spielstraßen – ideal also für Familien mit kleinen Kindern. Und es sind noch einige Grundstücke frei“, erklärte Sina. Sie fühlte ein aufgeregtes Kribbeln in ihrem Magen, weil sie sich der Tragweite ihrer Worte bewusst wurde.

„Glaubst du, dass es Zufall ist, dass wir uns gerade hierhin verirrt haben?“

„Ich weiß nicht“, antwortete Mark, nahm eine Hand vom Lenkrad und kratzte sich damit den Kopf.

„Na, ich glaube es jedenfalls nicht.“

„Hm“, sagte Mark nachdenklich, dem allmählich zu dämmern begann, worauf Sina hinaus wollte.

„Ich habe gerade erst in einem tollen Buch den Satz gelesen: Ich habe mich nicht verirrt, ich befinde mich auf einer Entdeckungsreise.“

„Und du glaubst, dass wir gerade etwas entdecken?“, fragte Mark zögerlich.

„Ja, unser neues Zuhause.“

„Unser neues Zuhause? Du meinst, wir sollten nach Fehmarn ziehen? Wir kennen die Insel doch kaum.“

„Ja, überleg' doch mal. Fehmarn ist ideal für Familien mit Kindern. Wir wären in der Nähe von Karin und Louise, sofern sie nicht von hier wegzieht, was ich jedoch nicht glaube. Du bist Brückenbauingenieur, hättest also beste

Voraussetzungen, um hier zu arbeiten. Und ich könnte an meinen Kinderbüchern und Textaufträgen auch von hier aus arbeiten", zählte Sina die Vorteile auf.

„Ja, aber Fehmarn hat doch schon eine, wenn auch marode, Brücke, und es ist noch vollkommen unklar, ob eine neue Brücke oder ein Tunnel gebaut wird", gab Mark zu bedenken.

Sina ließ das nicht gelten. „Ja, aber falls doch, wärst du prädestiniert für den Job – zumal du Auslandserfahrung besitzt. Und das ist heutzutage ein großes Plus bei der Flut der Bewerber. Das weißt du doch selber."

„Und du meinst allen Ernstes, ich soll mich hier bewerben?" War Mark eben noch skeptisch gewesen, begann er sich allmählich mit dem Gedanken an einen möglichen Job auf der Ostseeinsel anzufreunden.

„Warum denn nicht? Einen Versuch wäre es doch wert, oder?" Sina lächelte. Sie hoffte, nein, sie war sich sicher, dass schon bald ein neuer Lebensabschnitt für sie und ihre Familie beginnen würde.

Dreizehn

Um sich etwas abzulenken, machte sich Karin an die Bügelwäsche. Eddie besuchte an diesem frühen Abend eine Fortbildungsveranstaltung für Nordic Walking-Übungsleiter und würde vermutlich erst gegen 21 Uhr wieder zu Hause sein. Bis dahin wollte Karin den Berg Wäsche abarbeiten, der sich seit Weihnachten angesammelt hatte. Zwar gehörte dies nicht zu ihren Lieblingsbeschäftigungen, aber beim Bügeln konnte sie immer gut nachdenken. Es war ja in den letzten Tagen auch einiges passiert.

Dazu gehörte auch der Abschied von Sophie. Natürlich war ihr klar, dass sie ihre Tochter wieder wegfahren lassen musste, damit sie bei ihrem Vater in Köln ihr Praktikum antreten konnte. Und dennoch war es nicht leicht für sie gewesen. Ebenso war es Eddie mit Felix ergangen. Zusammen hatten sie ihre Kinder gestern Morgen zum Bahnhof nach Oldenburg gebracht. Felix hatte zwar ursprünglich noch einen Tag länger bleiben wollen. Doch anscheinend war er so verliebt in Sophie, dass er extra seine Zugverbindung umgebucht hatte, um mit ihr wenigstens die Strecke bis nach Hamburg gemeinsam fahren zu können.

Zu ihrer Beruhigung hatte sich Sophie noch am Abend bei ihr gemeldet und ihr mitgeteilt, dass sie gut angekommen sei. Auf ihre Frage, ob sie Verspätung gehabt hatte, wollte Sophie erst nicht antworten. Schließlich hat sie ihrer Mutter jedoch berichtet, dass sie und Felix in Hamburg noch zusammen essen waren, bis dann jeder alleine weitergefahren war.

Karin musste lächeln. Anscheinend hatte es auch Sophie erwischt. Denn normalerweise reagierte ihre Tochter überhaupt nicht spontan. Vielmehr hatte sie schon als Kind alles ganz genau geplant und auf plötzliche Änderungen eher ungehalten reagiert. Wenn sie Felix zuliebe ihre Pläne geändert hatte, konnte dies nur heißen, dass auch er ihr etwas bedeutete.

Karin hoffte, dass Sophie von Felix nicht enttäuscht werden würde. Doch Eddie hatte sie beruhigen können. Sie sollte den beiden einfach ihre Liebelei gönnen, hatte er gesagt. Ohnehin müsse man abwarten, ob ihre Beziehung über die Entfernung hinweg Bestand hätte. Und Louise und Sina gaben zu bedenken, dass in dem Alter noch viel passieren könne, woraufhin Karin ihnen Recht geben musste.

Apropos Louise und Sina: Auch ihre beiden Freundinnen erlebten gerade eine aufregende Zeit. Sina hatte durchblicken lassen, dass Mark, Ben und sie bald wieder nach Deutschland zurückkommen und nach Fehmarn ziehen wollten. Karin freute sich über diese Entscheidung, zumal sie von Anfang an kritisch gewesen war, was den Auslandsaufenthalt der drei betraf. Um Sina nicht zu verunsichern, hatte sie ihrer Freundin jedoch nichts davon gesagt.

Gut, dass Sina von selbst darauf gekommen war. Karin war zuversichtlich, dass die kleine Familie in Fehmarn bald ein Haus und einen Job für Mark finden würde. Auch Karin wollte ihre Augen und Ohren offen halten. Schließlich hatte sie im Rehazentrum jeden Tag mit Menschen zu tun, die ihr persönliche Dinge anvertrauten. Vielleicht traf sie jemanden, der ihren Freunden weiterhelfen konnte.

Hoffentlich würde jetzt nicht Louise von Heiligenhafen wegziehen! Zwar mochte sie Peter und gönnte ihrer Freundin das späte Liebesglück von Herzen. Aber mit dem Gedanken, dass Louise demnächst in Ahrensburg leben würde, konnte sich Karin irgendwie nicht anfreunden. Louise gehörte nach Heiligenhafen, und sie verstand nicht, warum Peter – der ja in absehbarer Zeit auch in Rente gehen würde – nicht hierher ziehen wollte.

Karin schüttelte den Kopf. Anscheinend war sie die Einzige, die wusste, wo sie hingehörte. Sie wollte sich gerade eine neue Bluse zum Bügeln vornehmen, als das Telefon klingelte. Karin sah im Display Sophies Handynummer aufleuchten. „Hallo Mäuschen", sagte sie froh über den Anruf ihrer Tochter. „Wie war dein erster Praktikumstag bei Papa im Büro?"

Doch statt einer Antwort hörte Karin nur ein Schniefen am anderen Ende der Leitung. „Sophie, was ist los?"

Sophie antwortete noch immer nicht.

Karin hörte plötzlich ihr Herz bis zum Hals schlagen, und ihr wurde heiß und kalt zugleich. „Sophie?", schrie sie fast in den Hörer. „Nun sag' endlich, was los ist. Ist dir etwas passiert?"

„Mir nicht", antwortete Sophie kaum hörbar. Karin wollte schon erleichtert aufatmen, als Sophie ergänzte.

„Aber Papa geht es nicht gut."

„Papa? Was ist mit ihm?"

„Er ist vorhin im Büro einfach zusammengebrochen. Da haben wir einen Krankenwagen gerufen. Vermutlich hatte er einen Herzinfarkt. Aber das ist noch nicht sicher."

„Und wo bist du jetzt?", wollte Karin wissen, obwohl sie sich die Antwort schon denken konnte.

„Im Krankenhaus. Die Ärzte untersuchen ihn gerade. Mama, du kannst dir gar nicht vorstellen, wie er ausgesehen hat. Er war ganz blass und fast blau im Gesicht. Ich mache mir solche Sorgen um ihn. Kannst du herkommen?"

Karin zögerte nicht lange.

„Natürlich, mein Schatz, ich komme."

Als Sophie aufgelegt hatte, brauchte Karin einen Moment, um sich zu sammeln. Der arme Dieter und ihre arme Sophie! Sie konnte die beiden jetzt auf keinen Fall im Stich lassen.

Eigentlich hatte sie geglaubt, dass ihr Dieter nach ihrer Scheidung weitgehend egal wäre. Doch bereits bei ihrem letzten Treffen in Köln hatte sich Karin Sorgen um ihren Exmann gemacht. Und die waren anscheinend berechtigt gewesen, wie sich jetzt herausstellte.

Hätte sie damals doch bloß bei ihm nachgehakt, was mit ihm los sei. Bestimmt hätte sie ihm irgendwie helfen können. Sie wusste doch noch aus den Zeiten ihrer Ehe, dass Dieter ungern zum Arzt ging und in Sachen Gesundheitsvorsorge immer einen Schubs brauchte. Karin hoffte, dass es jetzt nicht zu spät für ihn war.

Sie stellte das Bügeleisen aus und überlegte angestrengt, was sie als Erstes tun sollte. Sollte sie schnell packen und sofort losfahren? Eddie würde bestimmt verstehen, dass sie schnellstmöglich nach Köln musste. Andererseits: Noch heute Abend aufzubrechen, würde keinen Sinn machen. Erstens konnte sie Eddie derzeit gar nicht telefonisch erreichen, um ihm von dem Notfall zu berichten. Und zweitens musste auch sie erst ihren Chef darüber informieren und ihn bitten, ihr kurzfristig frei zu geben.

Also beschloss Karin, erst einmal in Ruhe zu packen – soweit das möglich war – und morgen in der Früh zu starten, sofern ihr Chef sein Okay gab.

Karin hatte unruhig geschlafen. Mehrmals war sie in der Nacht aufgewacht und unten im Wohnzimmer auf und ab gegangen. Eddie hat dies irgendwann bemerkt und sie zurück ins Bett geholt. Nachdem sie ihm alles erzählt und er beruhigend auf sie eingeredet hatte, war sie schließlich gegen vier Uhr morgens in seinen Armen eingeschlafen.

Nach drei Stunden war Karin jedoch schon wieder auf den Beinen, weil sie mit ihrem Chef sprechen wollte. Glücklicherweise hatte sie zu ihm ein gutes Verhältnis. Außerdem hatte sie in dieser Woche auch nicht so viele Beratungstermine, sodass sie spontan ein paar Tage frei nehmen und sich auf den Weg nach Köln machen konnte.

Eddie hatte ihr noch am Abend angeboten mitzufahren. Doch so lieb es von ihm gemeint war: Karin hatte das Gefühl, dies allein schaffen zu müssen – auch wenn sie nicht wusste, was sie in Köln erwarten würde. So hatte Sophie ihr heute früh am Telefon berichtet, dass es tatsächlich ein Herzinfarkt gewesen war. Entwarnung könnten die Ärzte jedoch noch nicht geben, da die ersten 48 Stunden besonders kritisch seien.

Komisch, dachte Karin, als sie den Gang entlanglief, der zur kardiologischen Intensivstation führte. Irgendwie roch es genauso wie vor knapp zwei Jahren, als sie Louise in der Kieler Uniklinik besucht hatte. Karin schluckte. In ihr wurden ungute Erinnerungen wach. Wie sehr hatten sie und Sina damals um ihre Freundin gebangt! Karin hoffte, dass es ihr mit Dieter nicht ebenso erging. Vor allem sollte Sophie ihren Vater nicht jetzt schon verlieren.

Als Karin näher kam, sah sie ihre Tochter wie ein Häufchen Elend auf einem der Stühle im Gang sitzen.

„Hallo, mein Schatz. Da bin ich."

„Mama, endlich." Beim Anblick ihrer Mutter sprang Sophie sofort auf und fiel ihr erleichtert in die Arme.

Karin drückte ihre Tochter herzlich an sich und hielt sie dann auf Armeslänge Abstand von sich. „Wie geht es dir?", fragte sie mitfühlend. „Hast du überhaupt geschlafen und gefrühstückt?"

Sophie löste sich von Karin und strich mit den Fingern ihre langen braunen Haare zurück, wodurch ihr blasses Gesicht noch deutlicher zum Vorschein kam. „Na ja, geschlafen habe ich heute Nacht ungefähr nur drei Stunden. Vorhin habe ich mir in der Cafeteria einen Kaffee und ein Croissant geholt, aber kaum etwas runtergekriegt."

Karin nickte verständnisvoll.

„Mama, ich freue mich so, dass du da bist. Weißt du, es war alles so schrecklich."

„Ich weiß, mein Schatz, ich weiß." Karin streichelte ihrer Tochter liebevoll über den Rücken. „Das erzählst du mir nachher alles in Ruhe. Jetzt wollen wir erst einmal eine Schwester suchen und fragen, ob wir zu deinem Vater können."

Am Schwesternzimmer angekommen, bat man Karin und Sophie, noch eine Weile zu warten. Ein Arzt würde gleich kommen und mit ihnen sprechen.

Nach ungefähr zehn Minuten trat ein junger Mann im weißen Kittel von hinten an sie heran. „Frau Winter?" Karin drehte sich um.

„Nein, Fischer. Herr Winter ist mein geschiedener Mann", klärte Karin den Arzt auf, der sich als Dr. Fleischmann vorstellte. Zu Sophie gewandt nickte er freundlich. „Wir kennen uns ja bereits von gestern."

„Wir geht es meinem Exmann?"

„Nun, wir haben ihm in der Nacht noch einen Bypass legen müssen, weil wir in diesem Fall das übliche Katheterverfahren zur Wiedereröffnung der Herzkranzgefäße nicht einsetzen konnten und sein Zustand in der Nacht sehr kritisch geworden war." Dr. Fleischmann sah, wie Karin und Sophie erschraken. Daher machte er eine beruhigende Handbewegung und fügte schnell hinzu: „Den Eingriff hat er aber soweit gut überstanden.“

Karin atmete erleichtert aus. „Aber wird er wieder ganz gesund werden?“, wollte sie wissen.

„Für eine endgültige Prognose ist es jetzt noch zu früh. Das können wir erst in einigen Tagen genau sagen.“ Dr. Fleischmann legte Sophie eine Hand auf die Schulter. „Glücklicherweise hat ihre Tochter schnell gehandelt und gleich den Notarzt gerufen. Damit hat sie ihrem Vater möglicherweise das Leben gerettet.“

„Können wir zu ihm?“, fragte Sophie.

„Nur einen kurzen Moment. Ihr Vater braucht jetzt vor allem Ruhe.“

Als Karin und Sophie mit desinfizierten Händen, in blauen Einmalkitteln und Schuhüberziehern das Zimmer betraten, kam es ihr vor, als hätte sie ein Déjà-vu-Erlebnis. So wie Dieter jetzt war seinerzeit auch Louise hilflos mit vielen Kabeln an einen Überwachungsmonitor und einem Tropf angeschlossen gewesen.

Vorsichtig ging Karin an Dieters Bett und legte ihm eine Hand auf die Wange. Langsam machte ihr Exmann die Augen auf, die wie alles andere an ihm irgendwie eingesunken wirkten.

„Hallo Dieter.“

„Hallo“, antwortete Dieter schwach, schien sich aber über den Besuch zu freuen, er lächelte leicht.

Als Sophie merkte, dass ihr Vater wach war, kam auch sie näher. „Hallo Paps“.

Dieter hob vorsichtig den Kopf, um seine Tochter besser erkennen zu können. „Papa, vorsichtig“, beruhigte Sophie ihren Vater.

„Du musst dich schonen, hat der Arzt gesagt.“

„Was wissen die denn schon", sagte Dieter leise, ließ seinen Kopf sinken und starrte an die Decke. Anscheinend hatte er trotz seines gesundheitlich ernsten Zustands den Humor nicht verloren.

„Sophie hat Recht, Dieter. Dein Herzinfarkt war nicht gerade ohne. Du solltest dich besser ausruhen."

„Ihr habt schon mit den Ärzten gesprochen?"

„Ja, gerade eben."

Karin merkte, dass Dieter eine trockene Kehle hatte und gab ihm vorsichtig einen Schluck Wasser, was er dankbar annahm.

„Und, was sagen sie? Sterbe ich?", fragte er, als er seinen Kopf wieder auf das Kissen legte.

Bei diesen Worten ließ Sophie erschrocken ihren Mund offen stehen.

Auch Karin hatte Angst um ihren Exmann. Doch um ihn zu beruhigen, antwortete sie scheinbar gelassen: „Nicht, wenn du dich von jetzt an vernünftiger verhältst. Anscheinend hast du ja schon länger Herzprobleme. Aber darüber reden wir später."

Dieter drehte sich zu Karin um und sagte: „Heißt das, dass du extra wegen mir nach Köln gekommen bist und noch länger hier bleibst?"

„Ich lasse doch Sophie in dieser Situation nicht alleine. Aber wenn du es wissen willst: Ich habe mir auch Sorgen um dich gemacht. Aber bilde dir jetzt nicht zu viel darauf ein", schränkte Karin ein. Sie hatte das Gefühl, dass Dieter mit einem Mal viel besser aussah. Zumindest lächelte er.

Sophie musste dringend etwas essen. Auch Karin knurrte inzwischen der Magen, hatte sie doch am Morgen nur eine kleine Schale Müsli und unterwegs einen Apfel gegessen. Inzwischen war es Nachmittag. Der Einfachheit halber holten sich die beiden in der Klinik-Cafeteria ein belegtes Mehrkornbaguette, einen Tee für sie und einen Orangensaft für Sophie. Anschließend fuhren sie mit Karins Auto zum Einkaufen. Dann lieferte sie Sophie in Dieters Wohnung ab, damit sie sich etwas hinlegen und schlafen konnte. Sophie protestierte zwar. Doch Karin bestand darauf, zumal sie noch in Dieters Büro fahren wollte, um dort nach dem Rechten zu sehen. So hatte sie schon früher unzählige Male im Sekretariat mitgeholfen, wenn gerade Not am Mann war. Da Dieter dort zusammengebrochen war, wollte sie Sophie den Aufenthalt dort nach Möglichkeit ersparen. Ihre Tochter sollte sich erst einmal von dem Schock erholen.

Zu Karins Überraschung war Volker Müller, Dieters Kollege und Architektenpartner, noch im Büro.

„Karin, das ist ja schön, dass du da bist", begrüßte Volker Karin, die er ebenfalls schon lange kannte. Dann wurde er ernst: „Warst du bei Dieter? Wie geht es ihm?"

„Er hatte einen schweren Herzinfarkt und hat einen Bypass bekommen", antwortete Karin und setzte sich Volker gegenüber an den Schreibtisch.

„Oh. Das war bestimmt ein großer Schock für Sophie, die Arme", antwortete Volker betroffen, der zum Zeitpunkt des Unglücks auf dem Rückweg von einem Kunden war und vor dem Büro den Rettungswagen gesehen hatte. „Wie gut, dass Sophie so schnell reagiert hat."

„Ja", nickte Karin müde. „Damit hat sie ihm vermutlich das Leben gerettet."

Volker lehnte sich zurück, verschränkte die Arme hinter dem Kopf und atmete tief aus. „Ich sage ihm schon seit Wochen, dass er etwas kürzer treten soll, zumal unsere Auftragslage stabil ist."

„Ihm geht es also schon länger nicht gut?"

„Nein, er hat in letzter Zeit immer wieder über Müdigkeit und Luftnot geklagt und sogar unser wöchentliches Tennistraining abgesagt. Ich habe ihm geraten, sich mal von seinem Arzt gründlich durchchecken zu lassen. Aber er hat das nur abgetan und gemeint, dass es wohl am Husten läge, der so hartnäckig wäre."

Karin schüttelte den Kopf. „Typisch Dieter. Schon früher musste ich immer alle Arzttermine für ihn vereinbaren und ihn daran erinnern. Apropos erinnern", fiel Karin wieder ein. „Gibt es etwas, was ich hier im Büro für euch tun kann?"

Volker lächelte, stand von seinem Stuhl auf, ging um den Schreibtisch herum zu Karin und gab ihr einen dicken Kuss auf die Wange. „Karin, dich schickt der Himmel. Unsere Sekretärin hat sich nämlich zu allem Überfluss im Skiurlaub den Fuß gebrochen."

Es war bereits Abend, als Karin endlich in Dieters Wohnung eintraf. Sophie saß, in eine übergroße Strickjacke eingehüllt und mit dicken Wollsocken, vor dem Fernseher und tippte Nachrichten in ihr Smartphone. Karin vermutete, dass sie gerade Felix schrieb, fragte aber nicht nach.

Sophie blickte hoch, als sie Karin bemerkte. „Mama, endlich, ich dachte, du kommst gar nicht mehr."

„Hast du etwas schlafen können, mein Schatz?" Karin gab ihrer Tochter zur Begrüßung einen Kuss.

„Nein", seufzte Sophie. „Ich bin irgendwie noch immer völlig durch den Wind."

„Gut, dann mache ich dir nachher einen beruhigenden Melissentee. Aber erst einmal sollten wir zu Abend essen. Wie wäre es mit Spaghetti?"

„Eine gute Idee."

Nach dem Essen war Sophie so erschöpft, dass sie bereits gegen 21 Uhr eingeschlafen war.

Karin konnte ebenfalls ihre Augen kaum noch offen halten. Doch sie wollte noch mit Eddie, Sina und Louise telefonieren. Als sie mit ihrem Mann sprach, zeigte dieser wie erwartet großes Verständnis dafür, dass sie noch ein paar Tage in Köln bleiben wollte – ganz im Gegensatz zu Louise und Sina. Beide erreichte Karin an Sinas, Bens und Marks vorläufig letztem Abend bei Louise.

„Ich finde es gut, dass du dich um Sophie und Dieter kümmerst. Aber du kannst nicht die gesamte Zeit das Kindermädchen deines Exmannes spielen", gab Louise zu bedenken und schaltete ihr Telefon auf Lautsprecher, sodass Sina mithören konnte.

Sina wurde sogar noch deutlicher: „Du solltest Eddie lieber nicht zu lange alleine lassen."

„Wie meinst du das?", wollte Karin wissen.

„Nun, Eddie hat Mark erzählt, dass Maria bei ihm angerufen hat."

Maria! Auch das noch, dachte Karin. „Und, was wollte sie?", reagierte sie leicht gereizt auf die Nachricht.

„Das hat er Mark nicht verraten. Louise und ich vermuten aber, dass sie die Situation ausnutzen will."

„Wieso? Sie konnte doch gar nicht wissen, dass Dieter einen Herzinfarkt erlitten hat und ich in Köln bin …"

„Nun überleg' doch mal", unterbrach sie Sina.

Allmählich dämmerte es Karin. „Du meinst, sie hat es von Felix, weil er ja mit Sophie in engem Kontakt ist?"

„Genau", antworteten Louise und Sina wie aus einem Mund.

Warum hatte Eddie ihr bloß nichts von dem Anruf von Maria erzählt? Wollte er einfach nur nicht, dass sie sich aufregte, oder steckte mehr dahinter? Diese Fragen wollten Karin die halbe Nacht nicht aus dem Kopf gehen. Sie war kurz davor gewesen, Eddie nach dem Gespräch mit Louise und Sina noch einmal anzurufen, hatte sich aber dann doch dagegen entschieden, weil sie nicht wie eine eifersüchtige Ehefrau dastehen wollte.

Außerdem vertraute sie Eddie. Er würde sie schon nicht mit seiner früheren Freundin betrügen – ebenso wenig wie sie etwas mit ihrem Exmann anfangen würde. Dieter brauchte jetzt vor allem ihre praktische Unterstützung im Alltag.

Am nächsten Morgen saßen Karin und Sophie – halbwegs ausgeschlafen – am Frühstückstisch. Sie wollten gleich zu Dieter in die Klinik fahren. Am Telefon hatte man ihr bereits gesagt, dass er die Nacht gut überstanden und es keine besonderen Vorkommnisse gegeben hätte.

Als sie in der Klinik ankamen, trafen sie auf die diensthabende Oberärztin, die Karin und Sophie noch nicht kannten und die sich als Dr. Meiners vorstellte. „Wir können halbwegs Entwarnung geben“, sagte sie. „Wenn alles weiter so gut verläuft, können wir ihren Mann und Vater im Laufe des Tages auf die Normalstation verlegen.“ Karin hatte heute Morgen keine Lust, die Ärztin darüber aufzuklären, dass Dieter ihr Exmann war, sondern atmete angesichts der positiven Neuigkeiten nur erleichtert aus.

„Das heißt jedoch nicht, dass alles so leicht ist. Er braucht jetzt viel Unterstützung – vor allem seelisch“, fuhr die Ärztin fort. „Erfahrungsgemäß reagieren viele Herzinfarktpatienten ein bis zwei Tage nach dem Ereignis mit depressiven Schüben, weil ihnen dann bewusst wird, dass sie dem Tod noch einmal von der Schippe gesprungen sind, um es einmal salopp zu formulieren. Von daher wäre es gut, wenn sie in nächster Zeit einfach für ihn da sind und ihm helfen, wo es nur geht. Das kommt dann auch seiner Genesung zugute.“

Die Ärztin verabschiedete sich von ihnen, drehte sich dann aber noch einmal zu Karin und Sophie um. „Eines habe ich noch vergessen: Es kann gut sein, dass Ihr Mann und Vater etwas schroff reagiert. Das sollten Sie dann auf keinen Fall persönlich nehmen."

Glücklicherweise war dies nicht der Fall. Zwar sah Dieter noch immer sehr blass und mitgenommen aus. Doch er schien sich sehr über den Besuch der beiden zu freuen. Das war vermutlich auch Sophies spontaner Äußerung zu verdanken. „Paps, wir passen in nächster Zeit gut auf dich auf, damit du dich gut erholen kannst", sagte Sophie, als sie sich zu ihrem Vater ans Bett setzte.

„Wir passen gut auf dich auf." In Karins Kopf ratterte es. Natürlich wollte auch sie Dieter unterstützen. Doch eigentlich wollte Karin spätestens am Wochenende, also übermorgen, wieder zurück nach Heiligenhafen fahren. Doch jetzt sah es so aus, als ob sie hier noch länger gebraucht werden würde – von Sophie einmal ganz abgesehen.

Es hatte keinen Zweck. Sie musste Eddie und dann ihren Chef anrufen. Vielleicht würde sie noch eine weitere Woche bleiben können. Sie erwischte Eddie auf dem Handy. Er kam gerade mit dem Lieferwagen der Wohnungsverwaltung von einem Elektrohändler, bei dem er einen neuen Herd für eine der von ihm betreuten Ferienwohnungen abgeholt hatte.

„Na, meine Süße, wie geht es Dieter?", wollte er frohgelaunt wissen.

„Besser. Vermutlich verlegen sie ihn heute noch auf die Normalstation."

„Gut zu hören. Und wie geht es Sophie?"

„Sie ist erleichtert, dass ihr Vater auf dem Wege der Besserung ist. Du?", lenkte sie das Gespräch auf die Frage, die ihr auf dem Herzen lag.

„Hm?“

„Hättest du etwas dagegen, wenn ich noch eine Woche bleibe? Die Ärztin hat gemeint, dass Dieter jetzt viel seelische Unterstützung benötigt und dies wichtig für seine Genesung sei.“

„Du wolltest doch eigentlich am Wochenende zurückfahren“, gab Eddie zu bedenken. Karin sah förmlich, wie ihr Mann sich am Kopf kratzte und überlegte. Nach einer Weile fuhr er fort: „Wenn du meinst, dass es nötig ist, dann bleib‘.“

„Danke, du bist ein Schatz. Ich liebe dich.“

„Ich dich auch.“

„Aber da ist noch etwas, das ich dich fragen wollte“, druckste Karin herum.

„Ja?“

„Stimmt es, dass Maria dich angerufen hat?“

Am anderen Ende der Leitung herrschte einen kurzen Moment Stille.

„Das stimmt“, antwortete Eddie schließlich.

Karin konnte ihre Neugierde nicht mehr verbergen.

„Was wollte sie denn?“

„Ach, nichts Besonderes“, wiegelte Eddie ab, um Karin nicht zu beunruhigen. „Mach‘ dir wegen Maria keine Sorgen.“

Eddie hatte bereits den Binnensee erreicht. Von hier aus waren es nur wenige hundert Meter bis zu dem Appartementhaus, zu dem er den Herd bringen und ihn anschließen sollte. Doch Eddie setzte spontan den Blinker und hielt am Straßenrand an, weil er sich nicht aufs Autofahren konzentrieren konnte. Er merkte, wie sich in ihm das schlechte Gewissen breitmachte. Zwar hatte er Karin nicht angelogen. Doch hätte er ihr sagen sollen, was Maria von ihm wollte? Gerade jetzt, wo Karin mit der Sorge um Dieter und Sophie schon genug um die Ohren hatte? Nein, schob er den Gedanken beiseite. Er hatte alles richtig gemacht. Es war ja schließlich alles ganz harmlos. Außerdem wäre jetzt eine gute Gelegenheit für das, was er vorhatte. Fest entschlossen fuhr Eddie weiter. Er würde jetzt seine Arbeit erledigen. Und danach hatte er jede Menge zu tun.

Zufrieden legte Maria den Hörer auf. Ihr kam es vor, als schwebte sie plötzlich durch ihr Haus am Tegernsee. Wäre sie nicht durch ihren verknacksten Knöchel gehandicapt gewesen, hätte sie Freudensprünge machen können. Endlich, endlich hatte sie es geschafft! Eddie hatte ihre Einladung angenommen und würde schon am Wochenende zu ihr kommen.

Wie gut sich die Dinge manchmal fügen, dachte sie. Sie wusste, dass sie Eddie mit seinem Sohn ködern konnte. Und dass diese dumme Karin sich gerade jetzt um ihren Exmann kümmern musste, kam ihr wie gerufen. Maria würde jede Wette abschließen: Nach diesem Wochenende würde Karin ihren Mann nicht mehr wiedererkennen – wenn er denn überhaupt zu ihr zurückkehren würde.

Vierzehn

Louise öffnete ihre Augen und blinzelte. Die Sonne schien durch die halboffenen Vorhänge im Schlafzimmer im Dachgeschoss direkt in ihr Gesicht. Vorsichtig tastete sie mit einer Hand neben sich, konnte aber außer der Bettdecke nichts fühlen. Erschrocken drehte sie sich um. Tatsächlich: Das Bett neben ihr war leer. Ihr Blick fiel auf das Kopfkissen, auf dem ein kleiner grüner Zettel lag. Louise richtete sich auf und griff nach dem Papier.

„Musste leider ins Büro. Ich wünsche dir einen wunderschönen Tag. Bis später! Kuss, Peter", stand darauf geschrieben.

Louise lächelte. Wie lieb von Peter. Auch Carl hatte ihr früher immer Zettelchen mit Liebesbotschaften geschrieben. Solche kleinen Aufmerksamkeiten hatte Louise schmerzlich vermisst. Doch das war vorbei. Jetzt hatte sie einen neuen Mann an ihrer Seite. Und das fühlte sich mehr als gut an!

Frohgelaunt stand Louise auf, ging ins Bad und schaute sich um. Es war alles sauber, da regelmäßig eine Putzhilfe zu Peter ins Haus kam. Auf der Glasablage über dem viereckigen Porzellanwaschbecken standen Peters Aftershave, eine Tube mit Handcreme, ein Parfumfläschchen (anscheinend noch von Marion), eine Haarbürste, ein Zahnputzbecher mit Zahnbürste und Zahnpasta sowie seit gestern Abend Louises Kulturtasche.

Nach einem langen Gespräch bei Quiche Lorraine (einer Spezialität von Louise!) und Rotwein vor ein paar Tagen hatten Peter und sie einen Entschluss gefasst: Louise würde „probeweise" bei Peter wohnen – zunächst für eine Woche. Dann würden sie beide weitersehen.

Um Louise die ständige Fahrerei mit dem Regionalzug nach und von Kiel zu ersparen, hatte sie auch mit ihrer Pflegedienstleiterin und dem Personalchef gesprochen. Beide waren einverstanden, dass Louise zukünftig an zwei festen Tagen pro Woche in die Klinik kam und dafür etwas länger blieb: dienstags und freitags. Freitagnachmittag würde Peter sie dann von der Klinik abholen und mit ihr nach Heiligenhafen fahren, um dort gemeinsam das Wochenende zu verbringen. Auf diese Weise hatten beide Gelegenheit, sich an einen Alltag zu zweit zu gewöhnen, und Louise musste ihr geliebtes Haus am Graswarder nicht aufgeben.

Obwohl sie anfangs große Bedenken hatte, schien dies für Louise letztendlich eine gute Lösung zu sein. Spielt es denn eine Rolle, wo ich wohne, solange ich glücklich bin, dachte sie, als sie ihr Nachthemd auszog, an den Haken an der Tür hängte und in die Dusche stieg.

Obwohl Louise Peter vermisste, war der Tag schnell vorübergegangen. Louise hatte etwas eingekauft, war anschließend spazieren gegangen und hatte am Nachmittag – wie so oft in letzter Zeit – mit Anne telefoniert.

Peters Schwester litt derzeit etwas unter den Folgen ihrer Chemotherapie, freute sich aber sehr darüber, dass Louise inzwischen, wenn auch nur probeweise, zu ihrem Bruder gezogen war.

Eigentlich hatten Peter und Louise vorgehabt, sie demnächst über das Wochenende mit nach Heiligenhafen zu nehmen. Doch Anne sagte, sie wolle sich momentan lieber etwas ausruhen und bekäme zudem Besuch von einer ehemaligen Nachbarin, die sie schon lange nicht mehr gesehen hätte. Louise hatte das Gefühl, dass dies nur eine Ausrede war und Anne in Wirklichkeit ihre neue Zweisamkeit nicht stören wollte.

Am frühen Abend kam Peter nach Hause. Louise sah schon vom Küchenfenster aus (sie bereitete einen Feldsalat mit Nüssen für das Abendessen zu), wie er aus seinem BMW stieg, den er direkt vor dem Haus abgestellt hatte. Peter hatte tatsächlich Blumen dabei! Sie konnte nicht erkennen, was es für welche waren, da sie noch mit braunem Papier umwickelt waren. Freudig strahlend ging sie zur Haustür und öffnete sie, kurz bevor Peter sie erreicht hatte.

„Sind die etwa für mich?", fragte sie erwartungsvoll.

Peter klemmte seine Aktenmappe unter den Arm, um beide Hände frei zu haben, und nestelte nervös an dem Papier.

„Eigentlich wollte ich sie schon auswickeln, bevor du die Blumen entdeckst. Bitte", sagte er, als er den Strauß endlich vom Papier befreit hatte und ihr lächelnd einen Strauß roter Rosen präsentierte. „Für meine Schöne."

Louise roch an den Blumen und gab Peter einen Kuss. „Danke", freute sie sich. „Das wäre aber nicht nötig gewesen."

„Oh doch", antwortete Peter. „Schließlich möchte ich dich beeindrucken."

Louise lachte, und die Lachfältchen um ihre grünen Augen kamen noch stärker zum Vorschein. „Das hast du doch schon längst." Sie musste zugeben, dass sie schon lange nicht mehr so glücklich gewesen war. Es war eine gute Entscheidung, „Ja" zu Peter gesagt zu haben, auch wenn sie nicht wusste, wie lang ihr Glück währen würde. Dafür genoss sie es jetzt umso mehr.

Natürlich fehlten ihr Sina, Mark, Ben und Karin. Wie sie inzwischen telefonisch von Sina und Mark erfahren hatte, waren sie „nahe dran", wieder nach Deutschland zu ziehen. Auch Dieter schien es langsam wieder besser zu gehen, sodass Karin hoffentlich bald nach Heiligenhafen zurückkommen konnte. Louise hoffte, dass es nicht mehr allzu lange dauern würde, bis sie ihre Familie und Freundinnen wieder in der Nähe hätte.

Denn trotz ihres momentanen Glücks gab es etwas, das ihr Sorgen bereitete. Louise vermutete, dass es daran lag, dass Anne sie an ihre eigene Brustkrebserkrankung erinnerte. Zwar hatte der Krebs bei ihr inzwischen viel von seinem Schrecken verloren. Unterschwellig spürte sie noch immer eine leichte Angst, zumal in Kürze erneut eine Kontrolluntersuchung anstand. Was wäre, wenn der Krebs zurückgekommen war? Louise wusste, dass Peter sie liebte. Doch war ihre noch junge Beziehung bereits stark genug, dass er, der bereits mit seiner Schwester so viel durchgemacht hatte, zu ihr stehen würde? Oder würde er sie verlassen?

Interessanterweise war es Anne, die Louise beruhigte. „Wenn einer den Krebs besiegen kann, dann bist du es", hatte sie zu ihr gesagt. „Außerdem kenne ich meinen Bruder: Er liebt dich und würde dich niemals wegen einer Krankheit verlassen – im Gegenteil: Du weißt doch, wie er zu mir steht. Das Gleiche würde er auch für dich tun."

Es war jedoch noch etwas, das Louise in letzter Zeit nicht aus dem Kopf ging: die Tatsache, dass sie nur noch eine Brust hatte. Als sie noch alleine war, hatte sie sich darüber wenig Gedanken gemacht. Sie hatte sich im Laufe der Zeit einfach daran gewöhnt, dass auf einer Seite etwas fehlte. Und wenn sie angekleidet war, sah man ihr sowieso nichts an, da sie in ihrem Büstenhalter eine Einlage trug. Doch jetzt lagen die

Dinge anders: Obwohl sie sonst so selbstbewusst war, hatte sie Scheu, sich Peter gegenüber nackt zu zeigen. Besonders angespannt war die Situation, wenn Peter mit ihr intim werden wollte. Zwar zeigte er sich sehr verständnisvoll und hatte bereits ihre Narben geküsst. Doch Louise fühlte sich dabei dennoch nicht wohl, zumal sie wusste, dass er – wie fast jeder Mann – schöne Frauen liebte. Und sie wollte für Peter schön sein und sich ganz als Frau fühlen, auch wenn sie inzwischen 64 Jahre alt war!

Daher überlegte sie ernsthaft, sich einem operativen Brustwiederaufbau zu unterziehen. Sie wusste, dass dies nicht nur direkt nach der Brustkrebs-OP, sondern auch noch später möglich war.

Sie hatte bereits einen Beratungstermin bei einem Arzt in der Kieler Klinik gehabt. Er hatte ihr die Vor- und Nachteile der verschiedenen Maßnahmen genau erklärt: Da sie ein Implantat wegen der Diskussion um Verhärtungen oder Abstoßungsreaktionen ablehnte, hielt sie einen Wiederaufbau mit Eigengewebe für die bessere Alternative. Zwar war dieser Eingriff in der Regel aufwendiger und mit größeren Narben verbunden. Doch Eigengewebe, so hatte ihr Dr. Schneider erklärt, fühle sich natürlich an und werde nicht abgestoßen.

Andererseits war es ein Eingriff, der genau überlegt sein wollte. Dies hatte auch Karin zu bedenken gegeben, als sie darüber mit ihr vor ein paar Tagen gesprochen hatte. Außerdem würde Peter sie bestimmt auch so lieben, wie sie war, glaubte ihre Freundin. Dennoch war Louise sich nicht sicher. Schließlich wollte sie Peter nicht verlieren. Sie beschloss, die endgültige Entscheidung dann zu treffen, sobald sie nach ihrer Kontrolluntersuchung von den Ärzten grünes Licht bekommen hätte.

Erst einmal wollte sie das Wochenende genießen.

Und so fuhr sie am Freitagnachmittag, wie geplant, mit Peter nach Heiligenhafen. Wie erwartet, hatten sie Anne nicht dazu überreden können, mit ihnen zu kommen.

Daher hatte Louise gehofft, dass Peter und sie sich stattdessen mit Eddie und Karin zum Essen verabreden könnten. Doch anscheinend war Karin noch nicht aus Köln zurück. Und auch Eddie schien nicht zu Hause zu sein, denn bei den Fischers ging auch beim dritten Versuch, sie telefonisch zu erreichen, nur der Anrufbeantworter an.

Was soll's, dachte sich Louise. Dann hätten sie und Peter eben genügend Zeit für ein ruhiges Wochenende zu zweit. Außerdem wollte Louise ihrem Freund ohnehin etwas mehr von Heiligenhafen zeigen.

Das Ostseebad hatte auch im Winter seinen besonderen Reiz, wie Louise wusste. Und das merkte man auch jetzt wieder. Über Nacht hatte es leicht geschneit. Der Strand, die Dünen sowie der Steg der großen Erlebnisseebrücke wirkten, als wäre sie mit einer dünnen Schicht Puderzucker bestäubt worden. Alles wirkte ruhig und friedlich, als die beiden an der Promenade spazieren gingen. Tatsächlich waren um diese Jahreszeit nur wenige Menschen am Strand unterwegs. Louise genoss diese Ruhe vor dem Saisonbeginn zu Ostern.

Peter schien es dagegen etwas zu ruhig und kalt zu sein. Schon mehrfach hatte er sich über die Kälte beklagt, was Louise erstaunte, hatte sie doch geglaubt, dass ihrem Freund das Wetter nichts ausmachte.

„Du weißt doch, dass ich Arthrose habe", antwortete Peter leicht gereizt, als sie am Samstagmittag in der Fischhalle vor einem leckeren Dorschauflauf saßen.

„Apropos", sagte Peter, dem augenscheinlich etwas auf dem Herzen lag. „Ich hätte da noch etwas, das ich gerne mit dir besprechen würde."

„Ja?", fragte Louise erstaunt und pustete gegen das Stück Fischfilet auf ihrer Gabel, um es etwas abzukühlen. Doch es war immer noch sehr heiß, und Louise nahm schnell einen Schluck Wasser, um ihre Zunge damit zu kühlen.

„Was gibt es denn?", fragte sie hüstelnd mit der Hand vor dem Mund.

„Ich habe über einen befreundeten Geschäftspartner ein interessantes Angebot erhalten", begann Peter vorsichtig, da er wusste, was jetzt auf dem Spiel stand.

„Er hat auf Teneriffa eine Firma für Inneneinrichtung und sucht noch jemanden, der für seine Projekte die Beleuchtungsgestaltung übernimmt. Es handelt sich um Hotelketten, aber auch Museen, Konzerthallen und einen Tierpark. Er hat mich gefragt, ob ich daran interessiert wäre."

„Das klingt nach einem interessanten Auftrag", antwortete Louise, nicht ahnend, worauf Peter eigentlich hinaus wollte. „Das bedeutet, du müsstest öfter mal nach Teneriffa fliegen, oder?"

„Na ja", druckste Peter und schob ziellos seine Gabel in der Auflaufform hin und her, während er weiterhin Louise fixierte. „Das auf jeden Fall. Die Aufträge werden sich vermutlich über viele Monate, wenn nicht sogar Jahre hinziehen."

„Oh", entgegnete Louise und ließ ihre Gabel sinken, da ihr bewusst wurde, was dies für ihre noch junge Beziehung bedeuten könnte. „Das heißt, du müsstest regelmäßig hin- und herfliegen?"

„Das möchte ich eigentlich vermeiden."

„Aber wenn der Auftrag so wichtig für dich ist, dann solltest du ihn ruhig annehmen. Ich könnte dich ja ab und zu begleiten, wenn ich gerade keinen Dienst habe. Teneriffa würde ich nämlich auch sehr gerne einmal kennenlernen. Es soll sehr schön dort sein."

Peter nickte und griff über den Tisch nach Louises freier Hand. Sie blickte Peter irritiert in seine erwartungsvollen braunen Augen, weil sie das Gefühl bekam, dass dies noch nicht alles an Neuigkeiten war.

Peter wusste, dass er jetzt keinen Rückzieher mehr machen konnte. „Daher würde ich gerne mit dir dort hinziehen." Jetzt war es raus. Peter hätte sich gewünscht, er hätte Louise seine Pläne schonender beibringen können. Schließlich war er das Gespräch bestimmt tausendmal im Geiste durchgegangen. Doch jetzt war es plötzlich aus ihm herausgeplatzt wie ein Luftballon, der zu stramm aufgeblasen worden war.

Tatsächlich starrte ihn Louise erschrocken an, so als hätte sie einen Ballon platzen hören. Für Peter war ihr entsetzter Blick fast unerträglich.

Louise antwortete nicht. Stattdessen blickte sie abwechselnd zu ihm und durch das Fenster auf den Hafen, wo gerade ein Fischkutter einlief. Für sie war dies stets eine besondere Attraktion des Fischerortes. Wie oft hatte sie schon am Hafen gestanden und den Fischern dabei zugesehen, wie sie ihr Boot festmachten oder die Netze ordneten. Doch für diese schöne Szenerie hatte sie jetzt keinen Sinn. Sie überlegte fieberhaft, wie sie reagieren sollte.

Nach für Peter schier endlos langen Sekunden fand sie endlich ihre Sprache wieder. Doch statt mit dem erhofften spontanen „Ja" reagierte Louise ungewohnt aggressiv.

„Du glaubst allen Ernstes, dass ich hier alles stehen und liegen lasse und mit dir nach Teneriffa ziehe – nachdem ich bereits einen Kompromiss geschlossen habe und in der Woche bei dir in Ahrensburg wohne? Hast du auch schon einmal daran gedacht, dass ich hier mein Zuhause habe – mal abgesehen von meiner Aufgabe in der Klinik? Zudem kommen Sina, Mark und Ben bald wieder hierher ..."

„Ich verstehe das ja", unterbrach Peter sie und streichelte mit seinem Daumen Louises Hand, um sie zu beruhigen. „Du hast auch ein Recht auf ein eigenes Leben. Und das würde ich gerne mit dir teilen, aber nicht dauerhaft hier. Ich sagte ja bereits, dass du dein Haus am Graswarder von mir aus gerne behalten kannst."

Um das Ganze noch zu bekräftigen, fuhr er fort: „Ich bin zwar Schleswig-Holsteiner und mag die Gegend. Doch in letzter Zeit ist mir das hier irgendwie zu kalt für meine Knochen. Auf Teneriffa herrscht ein angenehmes Klima, und wir könnten dort gut leben. Ich habe mir schon vor einiger Zeit eine tolle Wohnanlage angeschaut. Sie ist sogar altersgerecht", versuchte Peter Louise den Umzug schmackhaft zu machen.

„Und was ist mit deiner Firma in Ahrensburg? Ich dachte, du könntest dort nicht weg."

„Ich habe mit einem meiner langjährigen Mitarbeiter gesprochen. Er könnte sich gut vorstellen, die Geschäftsführung zu übernehmen. Ich würde dann sozusagen das Büro auf Teneriffa leiten."

Louises Augen weiteten sich vor Erstaunen.

„Das heißt, du hast das bereits mit deinen Mitarbeitern abgesprochen, aber mir erzählst du erst jetzt davon?"

Peter zog seine Hand zurück und atmete tief aus. Das Gespräch hatte eine unangenehmere Wendung genommen, als er es sich vorgestellt hatte.

Verdammt, dachte er sich. Er hatte gehofft, dass Louise sich freuen würde. Marion wäre ihm seinerzeit bestimmt gerne in den Süden gefolgt. Louise war jedoch viel hartnäckiger als gedacht.

„Ich musste doch erst einmal klären, ob das Ganze überhaupt realisierbar ist", hob er entschuldigend die Hände.

„Ich kann dir doch kein Hirngespinst präsentieren."

„Du hättest mir von deiner Idee als Erstes erzählen müssen“, sagte Louise enttäuscht. Sie war den Tränen nah, unterdrückte jedoch den Impuls, einfach loszuweinen. Stattdessen schluckte sie und fuhr dann fort:

„Jetzt habe ich das Gefühl, du planst dein Leben ohne mich.“

Peter rückte vor und streichelte mit den Rückseiten seiner Finger Louises Wange. „Ganz im Gegenteil: Ich möchte dir ein Leben ermöglichen, das so schön wie möglich ist.“

„Ich habe hier ein schönes Leben“, antwortete Louise trotzig.

„Du könntest ein noch schöneres haben.“

„Hm.“ Louise atmete ein paarmal tief ein und aus. Sie wollte nicht weiter mit Peter streiten. „Lass‘ mich in Ruhe darüber nachdenken, ja? Vielleicht gibt es ja eine Lösung.“

„Die gibt es bestimmt.“

„Ich hoffe es“, murmelte Louise, die feststellte, dass ihr Essen inzwischen abgekühlt war.

„Würdest du denn eines für mich tun?“, fragte Peter.

„Was denn?“

„Mit mir einmal unverbindlich nach Teneriffa fliegen, damit ich dir die Insel zeigen kann.“

„In Ordnung“, willigte Louise ein und atmete tief aus, um sich zu beruhigen. „Und jetzt lass‘ uns weiter essen, bevor der Fisch ganz kalt ist. Das wäre nämlich schade.“

Auch nach dem Wochenende konnte Louise keinen klaren Gedanken fassen. Sie war zwar froh, durch ihre Arbeit mit den Patienten etwas Ablenkung zu haben. Doch als sie in den Pausen in der Personalküche saß und einen Kaffee trank, musste sie ständig daran denken, was Peter gesagt hatte: Er wollte ihr ein schönes Leben ermöglichen. Doch mussten sie dazu wirklich nach Teneriffa ziehen? Konnten sie nicht auch hier glücklich sein?

Andererseits wusste Louise, dass eine Partnerschaft auch bedeutete, Kompromisse einzugehen. Wir oft hatte sie das mit Carl erleben müssen, der im Gegensatz zu ihr nie einen Hund wollte. Er hatte immer gesagt: „Wir beide müssen ja lange arbeiten und haben keine Zeit für ein Tier."Auch ihre 3-Zimmer-Wohnung in Lübeck hätte sie lieber gegen ein kleines Häuschen mit Garten getauscht, wenn es nach ihr gegangen wäre. Trotzdem war sie mit Carl glücklich. Also, was spielte es da für eine Rolle, wo sie wohnte, solange sie ihren Traummann in der Nähe hatte.

Louise stellte ihre Kaffeetasse in den Geschirrspüler und ging wieder an die Arbeit. Sie hatte soeben einen Entschluss gefasst: Sie würde Peter eine Chance geben. Zudem wäre ein erster Urlaub auf Teneriffa ja noch vollkommen unverbindlich. Und wer weiß: Vielleicht gefiel es ihr ja unter der Sonne Spaniens. Außerdem hatte sie noch eine Idee, was Sina, Mark und Ben betraf.

Fünfzehn

„Sie hat was?“ Marks kurzärmeliges Hemd und Hose waren vor Schweiß und dem Dreck auf der Baustelle feucht und staubig. Aus seinem dunkelblonden kurzen Zopf hatten sich einzelne Strähnen gelöst und klebten ihm an den Schläfen, was Mark ein regelrecht verwegenes Aussehen verlieh. Er hatte einen langen Arbeitstag hinter sich und wollte eigentlich sofort unter die Dusche springen. Doch das konnte noch ein paar Minuten warten. Denn das, was Sina ihm soeben berichtet hatte, musste er erst einmal verdauen. Und so blieb er mit einer Flasche Cola in der Hand wie erstarrt in der Küche stehen.

Sina stand neben ihm und schnitt einen Apfel für den im Wohnzimmer spielenden Ben klein. „Peter möchte mit ihr nach Teneriffa ziehen“, wiederholte sie. „Jetzt fliegt sie erst einmal drei Wochen mit ihm dorthin in den Urlaub – zur Probe sozusagen. Da ihr Haus dann leer steht, hat sie uns angeboten, dort zu wohnen, bis wir etwas Passendes in Burg auf Fehmarn gefunden haben.“

„Und wann soll es losgehen?“, fragte Mark mit gerunzelter Stirn, wurde aber unterbrochen, weil Ben mit tapsigen Schritten auf ihn zugelaufen kam, um ihn mit einem fröhlichen „Papa“ zu begrüßen.

„Hallo, mein Großer, hattest du einen schönen Tag?“, fragte er den Kleinen und nahm ihn ungeachtet seiner dreckigen

Kleidung in die Arme, was Sina mit einem Naserümpfen quittierte. Ben indes schien dies nicht zu stören, denn er fing vor Freude an zu quieken.

„Das ist ja toll", erwiderte Mark und strich dem Jungen, den er ebenso wie Sina über alles liebte, zärtlich über den hellblonden Schopf.

„Wie ich sie verstanden habe", fuhr Sina fort, während sie Ben ein Stück Apfel reichte, „wollen sie spätestens Ende des Monats los, sofern Louises Urlaub von der Klinik genehmigt wird. Und Peter hat bis dahin wohl auch noch einiges in seiner Firma zu erledigen."

„Meine Mutter hat noch nie Urlaub in Spanien gemacht", sagte Mark, der die Pläne seiner Mutter noch immer nicht fassen konnte.

„Ja, und?"

„Sie hat in der Vergangenheit stets beteuert, dass Spanien nichts für sie sei", erklärte Mark.

„Na ja, aber wieso sollte sie Peter zuliebe nicht mal etwas Neues ausprobieren? Und außerdem macht sie doch erst einmal nur Urlaub dort." Sina verstand noch immer nicht, worauf ihr Freund eigentlich hinaus wollte. Schließlich war sie Mark zuliebe ebenfalls mit nach Argentinien gegangen. Außerdem fand sie es toll, dass ihre Freundin nun nicht mehr alleine war und gerade angefangen hatte, ihr neues Leben mit einem Mann zu genießen.

Mark stellte die Cola-Flasche auf die Küchenarbeitsplatte und schnappte sich ein Stück Apfel vom Teller, den Sina daneben abgestellt hatte. „Na ja, vermutlich hast du Recht", sagte er kauend. „Auf jeden Fall scheint sie sehr verliebt in den Kerl zu sein, wenn sie so etwas macht."

„Bist du etwa auf den Freund deiner Mutter eifersüchtig?", zog Sina ihn auf.

„Nö, kein bisschen. Solange er sie glücklich macht, soll mir alles Recht sein."

Als Mark unter der Dusche stand und sich den Schweiß und Staub vom Körper wusch, musste er die ganze Zeit an seine Mutter denken. Natürlich gönnte er ihr, nach allem, was sie in den letzten Jahren durchgemacht hatte, ihr spätes Liebesglück von Herzen. Und dennoch hatte er ein komisches Gefühl in der Magengegend.

Zugegebenermaßen war das Verhältnis zwischen ihnen in der Vergangenheit nicht immer so gut gewesen. Doch er kannte seine Mutter doch gut genug, um zu wissen, dass ihr Verhalten alles andere als typisch für sie war. Sie wollte nie ins Ausland ziehen und schon gar nicht in den Süden! War sie etwa dabei, Peter zuliebe einen zu großen Kompromiss einzugehen? Und würde sie es irgendwann bereuen?

Wenn er ehrlich war, hatte er gehofft, seine Mutter bald in der Nähe zu wissen, nachdem Sina und er die Entscheidung getroffen hatten, wieder nach Deutschland zurückzukehren. Er hatte bereits gegenüber seinem Chef mit offenen Karten gespielt. Jürgen Brommer war zwar alles andere als begeistert, als Mark ihm vor ein paar Tagen seine Entscheidung mitgeteilt hatte. Da seine eigene Familie in Hannover lebte, die er zu seinem Bedauern viel zu selten sah, hatte er jedoch schnell verstanden, warum Mark nicht von der entzückenden Sina und dem süßen Ben getrennt sein wollte. Außerdem hatte Jürgen Brommer ihm versprochen, seine beruflichen Kontakte zu nutzen und sich für Mark starkzumachen. So kannte er in Hamburg den Inhaber eines großen Ingenieurbüros, das nach seinen Informationen zu den aussichtsreichsten Kandidaten gehörte, die für die Entwicklung und Umsetzung von Alternativen für die marode Fehmarnsundbrücke einbezogen werden sollten.

Und dann gab es ja noch einen weiteren Grund, in die Nähe von Heiligenhafen zu ziehen. Diesen hatte Mark zwar nicht seinem Chef gegenüber erwähnt, aber in letzter Zeit häufiger mit Sina besprochen: Sie beide wünschten sich ein gemeinsames Kind. Er konnte sich gut vorstellen, dass Louise ihre Enkelkinder (als solche bezeichnete sie ja auch Ben) regelmäßig betreuen und verwöhnen wollte. Natürlich wollten sie Louise nicht ständig als Babysitter vereinnahmen. Doch für ihn und Sina wäre es zugegebenermaßen einfacher, Beruf und Familie unter einen Hut zu bekommen, wenn sie in „zeitlichen Engpässen" auf seine Mutter zurückgreifen konnten. Auch ihrer Partnerschaft käme es sicherlich zugute, wenn er und Sina hin und wieder mal abends zusammen ausgehen konnten, was derzeit gar nicht möglich war.

Doch noch waren sie nicht wieder in Deutschland. Mark hatte seinem Chef versprochen, das laufende Projekt zumindest weitgehend abzuschließen und eine „ordentliche" Übergabe an einen jungen Schweizer Kollegen zu machen, sobald dieser eingearbeitet war. Alles in allem rechnete Mark damit, dass es mindestens noch sechs Wochen dauern würde, bis er hier wegkonnte.

Sina dagegen ging das alles nicht schnell genug. Auch wenn sie sich bewusst war, dass sie noch etwas Geduld haben musste: Sie wollte lieber heute als morgen zurück nach Deutschland. Und so studierte sie abends, nachdem Ben in seinem Bettchen lag und schlief, die Vermietungs- und Immobilienanzeigen im Internet. Mark und sie hatten überlegt, notfalls erst einmal eine Wohnung auf Fehmarn zu mieten und sich dann in Ruhe nach einem Häuschen in Burg umzusehen. Und dann gab es natürlich die Möglichkeit, vorübergehend in Louises Haus zu ziehen. Doch das wäre ebenfalls nur eine Übergangslösung.

Zudem konnte sich Sina nach dem Gespräch mit Mark nicht vorstellen, dass Louise wirklich Heiligenhafen verlassen und endgültig nach Teneriffa ziehen würde, auch wenn sich dies bei ihrem letzten Telefonat so angehört hatte. So hatte ihre ältere Freundin nur gemeint, das Wichtigste sei, dass sie mit Peter glücklich wäre. Und da wäre es vollkommen egal, wo sie wohnen würde – notfalls sogar „auf dem Mond". Auch Karin, die sich in Köln noch immer um ihren Exmann und ihre Tochter kümmerte, hatte schon ihre Bedenken geäußert, war aber ebenfalls bei Louise abgeblitzt.

Ach, wären sie jetzt nur alle drei zusammen in Heiligenhafen, dachte Sina, während sie gähnend ihren Laptop herunterfuhr und vom Stuhl aufstand, um ins Bad zu gehen und sich bettfertig zu machen. Dann könnten sie in Louises Küche sitzen und bei einer Tasse Kaffee und einem Stück Kuchen alles in Ruhe bereden.

So hatte Sina das Gefühl, derzeit nicht wirklich für ihre Freundinnen da sein zu können. Und auch umgekehrt fehlten ihr die (manchmal auch nervigen) Ratschläge von Karin und Louise. Dies war auch ein wichtiger Grund dafür, warum sie wieder zurück an die Ostsee wollte.

Dort würde sie sicherlich auch selbst schnell zur Ruhe kommen. Auf Argentinien konnte sie sich – so schön das Land und so freundlich die Leute auch waren – nicht wirklich einlassen. Kein Wunder, dass es bisher mit einer weiteren Schwangerschaft nicht geklappt hatte. Sina beschloss, gleich nach ihrer Ankunft in Heiligenhafen Karins Gynäkologin aufzusuchen. Zwar war ihre erste Schwangerschaft mit Ben – abgesehen von der Frühgeburt, die sie auf den massiven Stress mit Alex zurückführte – unproblematisch verlaufen. Doch vielleicht gab es ja einen medizinischen Grund, der bei ihr derzeit eine Empfängnis erschwerte oder sogar verhinderte.

Kurz vor Weihnachten hatte sie noch gehofft, möglicherweise schwanger zu sein. Denn schließlich war sie fast eine Woche „überfällig“ gewesen. Leider hatte es sich dann doch als Fehlalarm entpuppt. Kurz nach ihrer Ankunft in Hamburg hatte sie nämlich ihre Tage bekommen. Doch Sina war zuversichtlich: Bestimmt würde es klappen, sobald sie und Mark erst einmal wieder „Heimatboden“ unter den Füßen spürten. Und ein Kind mit Mark wäre schließlich die Krönung ihrer Liebe.

Auch wenn sie Ben über alles liebte, bereute sie manchmal, sich damals auf Alex eingelassen zu haben. So hatte sie ihm zwar bereits per SMS mitgeteilt, vermutlich mit Ben bald wieder in seiner Nähe zu wohnen. Doch Alex hatte darauf merkwürdigerweise noch gar nicht reagiert. Wollte er sie mit seinem Schweigen weiter unter Druck setzen? Oder steckte etwas anderes dahinter? Sina hoffte, dass Alex nach ihrem Umzug endlich Ruhe geben und seine Sorgerechtsklage fallen lassen würde. Denn wenn Ben eines nicht gebrauchen konnte, war es ein Gerangel seiner Eltern um ihn.

Sina wusste, dass Mark so seine Zweifel hatte, was den Kontakt und die Nähe zu Alex betraf. Am liebsten hätte er weiterhin eine große räumliche Entfernung zwischen ihnen und Sinas Ex gesehen. Doch Alex war und blieb nun einmal Bens Vater. Und er machte sich in dieser Rolle gar nicht so schlecht. Im Gegenteil: Wie sie sich schon oft überzeugen konnte, verwöhnte er Ben, wo er nur konnte – selbst, wenn sie das letzte Weihnachtsgeschenk, ein selbstfahrendes Spielzeugauto, für weitaus übertrieben hielt (davon abgesehen, dass Ben noch viel zu klein dafür war). Doch sein Bemühen konnte sie, trotz allem, was zwischen ihnen vorgefallen war, nicht ignorieren.

Nachdem Sina am nächsten Morgen Ben in die Kinderkrippe gebracht hatte und gegen halb neun Uhr am Schreibtisch saß, konnte sie sich kaum konzentrieren. Zu sehr nagten an ihr die Ungewissheit um ihren Umzugstermin, die neuerliche Jobsuche von Mark und das unklare Verhältnis zu Alex. Zwar war Ben bis zum frühen Nachmittag gut in der Krippe untergebracht, sodass sie Zeit zum Schreiben und die nötige Ruhe hatte. Doch irgendwie wollten die Worte nicht richtig aus ihr herausfließen. Sina hatte das Gefühl, als sei sie regelrecht blockiert. Sie musste an ihre frühere Angestelltenzeit in der Hamburger Werbeagentur denken, wo sie unter engen Zeitvorgaben Texte produziert und Kundenaufträge erledigt hatte. Jetzt kam es ihr so vor, als ob sie ewig für eine Pressemitteilung, einen Flyer oder eine Broschüre brauchen würde – auch wenn sie natürlich ebenfalls Abgabetermine einzuhalten hatte. Auch mit ihrem Kinderbuch kam sie nicht wirklich voran. Was ihre ehemalige Kollegin und Freundin Bea wohl machte? Spontan beschloss Sina, sie anzurufen.

„Agentur Wieland, Sie sprechen mit Beate Reimann. Was kann ich für Sie tun?"

„Hallo Bea, hier ist Sina." Sina war froh, gleich Bea und nicht irgendeinen ahnungslosen Praktikanten am Apparat zu haben.

Auch Bea freute sich über Sinas Anruf. „Mensch, Sina, lange nichts von dir gehört. Bist du noch in Argentinien?" Statt eine Antwort abzuwarten, fuhr Bea fort: „Ich habe in letzter Zeit öfter an dich gedacht und wollte dich eventuell bald mal besuchen."

„Das kannst du dir sparen", antwortete Sina. „Wir kommen nämlich bald zurück nach Deutschland."

Beas Überraschung war nicht zu überhören. „Echt jetzt? Ich dachte, dir gefällt es in Südamerika."

„Das hatte ich auch gehofft", erklärte Sina, während sie anfing, mit ihrem Kugelschreiber Blumenmuster auf ihren Notizblock zu malen. „Doch irgendwie komme ich hier unten nicht klar."

„Oh", antwortete Bea überrascht. „Und Mark und Ben: Wie sieht es mit ihnen aus?"

„Na ja, Ben ist es, glaube ich, egal, wo er ist, solange wir bei ihm sind. Und Mark, das weißt du ja, kennt Argentinien und fühlt sich hier wohl. Dennoch hat er mir zuliebe gekündigt und bewirbt sich gerade bei mehreren Ingenieurbüros in Norddeutschland."

„Ihr wollt wieder in den Norden ziehen?"

Sina hörte, wie Bea am anderen Ende der Leitung auf etwas herumkaute. „Ja", antwortete Sina. „Wir planen, nach Fehmarn zu ziehen, und suchen dort noch eine Wohnung oder ein Haus. Das ist gar nicht so einfach, sag` ich dir."

„Fehmarn?", unterbrach sie Bea und ließ ihren Apfel sinken. „Ich war mal mit einem Typen namens Frank zusammen, der jetzt als Immobilienmakler dort arbeitet. Sagen wir mal so: Er ist mir noch einen Gefallen schuldig. Soll ich den mal ansprechen?" Und ohne eine Antwort abzuwarten, fuhr sie fort: „Am besten schickst du mir per E-Mail ein paar Daten wie gewünschte Lage, Größe und Kaufpreis. Dann leite ich es an ihn weiter."

Sina spürte plötzlich ein Kribbeln in der Magengegend. Prompt ließ sie ihren Kugelschreiber fallen und fuhr sich mit der freien Hand aufgeregt durch ihre blonden Haare. „Bea, das wäre ja super. Wenn das klappen würde, lade ich dich groß zum Essen ein."

„Na, wenn das keine Motivation ist." Sina hörte, wie Bea leise weitersprach. „Du, Sina, ich muss jetzt Schluss machen. Ein Kunde kommt gerade mit unserem Chef aus dem Besprechungszimmer. Ich melde mich bei dir, sobald ich etwas weiß."

„Ja gut, bis dann."

„Bis später, Sina. Ach, bevor ich es vergesse", ergänzte Bea.

„Ja?"

„Ich freue mich, dass du wieder zurückkommst."

„Ja, ich mich auch."

Sina lächelte und rieb sich die Hände. Endlich eine gute Nachricht! Sie hatte in letzter Zeit schon oft an Bea gedacht. Hätte sie sie doch bloß schon eher angerufen! Doch jetzt würde zumindest das mit dem Haus gut werden. Sina konnte dies deutlich spüren. Obwohl sie kaum abwarten konnte, Mark von Beas Kontakten nach Fehmarn zu erzählen, unterdrückte sie den Impuls, ihren Freund sofort anzurufen. Stattdessen rief sie ihr Textverarbeitungsprogramm wieder auf und begann, an der Pressemitteilung über „intelligente Textilien" weiterzuschreiben, der ihr auf einmal viel interessanter vorkam als noch vor zehn Minuten.

In den nächsten zwei Tagen checkte Sina ständig ihr E-Mail-Postfach. Doch leider befand sich darin nicht die erhoffte Nachricht. Mark verdrehte schon entnervt die Augen, als sie spät am Freitagabend ihren Laptop noch einmal einschaltete.

Sie wollte ihren Rechner gerade schon wieder runterfahren, da entdeckte sie eine E-Mail von einem unbekannten Absender:

Von: Weiss-Immobilien, Betreff: Objekt Burg

Schnell öffnete Sina die Nachricht und überflog den Text:

Liebe Sina (ich hoffe, ich darf dich duzen),
meine „alte Flamme" Bea hat mir mitgeteilt, dass du mit deinem Freund und deinem Kind derzeit in Argentinien lebst und ihr

beabsichtigt, in nächster Zeit nach Fehmarn zu ziehen. Das ist schön, da sich immer mehr Familien hier wohl fühlen und auf die Insel kommen (wovon natürlich auch ich als Makler profitiere).
Jetzt zu eurem eigentlichen Anliegen: Leider habe ich aktuell kein passendes Objekt für euch frei. Allerdings gibt es in Burg ein Haus, das euren Wünschen und Preisvorstellungen entspricht und bei dem sich die potenziellen (und etwas komplizierten) Käufer noch nicht endgültig entschieden haben. Ich weiß, das sind erst einmal keine tollen Aussichten. Doch soll ich euch sicherheitshalber auf eine Interessentenliste setzen, falls der Kunde wider Erwarten abspringt?
Ich freue mich über eine kurzfristige Rückmeldung.
Liebe Grüße, Frank Weiss

„Wir haben ein Haus", schrie Sina aufgeregt und wohl etwas zu laut, da Mark ihr mit dem Zeigefinger auf dem Mund bedeutete, Ben im Kinderzimmer nebenan nicht aufzuwecken.

„Was? Wie?"

„Zumindest vielleicht", schränkte Sina ein und bemühte sich, ihrem Sohn zuliebe leiser zu sprechen.

„Also: Der Exfreund von Bea hat gerade geschrieben, dass er uns für ein Haus in Burg auf eine Interessentenliste setzen kann."

„Lass' mal sehen."

Mark stand von der Couch auf und ging zu Sina an den Schreibtisch und blickte über ihre Schulter auf den Bildschirm. Nachdem er die E-Mail gelesen, die Fotos des Hauses und die Grundrisszeichnung im Anhang angesehen hatte, sagte er: „Das sieht nicht schlecht aus."

„Nein, absolut nicht", entgegnete Sina noch immer begeistert und drehte sich zu Mark um, der dicht neben ihr stand. „Ich würde das Haus gerne nehmen. Was meinst du?"

Mark gab Sina einen Kuss und spielte mit einer ihrer blonden Strähnen. „Na ja, falls es klappt. Versuchen können wir es."

Sina blickte Mark tief in die Augen und legte ihre Hände auf seine Wangen. „Dafür liebe ich dich."

„Wofür?", tat Mark überrascht.

„Na, dass du so bist, wie du bist."

„Hm", murmelte Mark verlegen. „Ich liebe dich auch." Plötzlich stand er auf, griff unter Sinas Körper und hob sie hoch in seine Arme.

„Was hast vor?", fragte Sina überrascht, während er mit ihr in Richtung Schlafzimmer ging.

„Das wirst du schon sehen", antwortete Mark und lächelte seine Freundin vielsagend an. „Nur so viel: Du wirst es garantiert nicht bereuen."

„Habe ich das schon jemals?", fragte Sina und schmiegte ihren Kopf an Marks Hals.

Sechzehn

Was hatte er sich bloß dabei gedacht? Eddie konnte selbst kaum glauben, was er da heute getan hatte. Doch jetzt war es zu spät: Er saß im ICE in Richtung München. Natürlich könnte er am nächsten Bahnhof einfach aussteigen und zurück nach Heiligenhafen fahren. Um ehrlich zu sein, war er schon ein paarmal kurz davor gewesen, hatte aber in letzter Sekunde seinen Koffer zurück in die Gepäckablage gestellt und sich wieder auf seinen Platz gesetzt. Denn mit seiner Umkehr hätte er seinen Sohn im Stich gelassen. Und das wollte er auf keinen Fall. Schließlich hatte er in den vielen Jahren, in denen er nichts von Felix' Existenz gewusst hatte, auch keine Gelegenheit gehabt, ihm als Vater mit Rat und Tat zur Seite zu stehen. Jetzt hatte er endlich die Möglichkeit dazu. Und die wollte er unbedingt nutzen.

Außerdem hatte er nicht vor, sich seinen Plan wieder ausreden zu lassen. Dieser bestand darin, seinem Sohn gut zuzureden. Er wusste aus eigener Erfahrung, wie man sich fühlte, wenn man sein Studium hinschmeißen und lieber „ganz normal" Geld verdienen wollte. Auch er hatte seinerzeit lange an seiner Studienwahl gezweifelt, sich aber letztendlich durchgebissen und dies nie bereut. Im Gegenteil: Er hatte seinen Beruf mit großer Freude ausgeübt. Wenn er es geschafft hatte, würde es auch Felix schaffen. Davon war Eddie überzeugt, als er nachdenklich aus dem Zugfenster blickte und die kahle Winterlandschaft an sich vorüberziehen sah.

Natürlich riskierte Eddie mit seinem Verhalten, dass Karin auf ihn sauer sein würde. Und man hatte es ihr auch deutlich angehört, als er sie am Morgen vom Hamburger Hauptbahnhof angerufen und ihr mitgeteilt hatte, dass er auf dem Weg nach München sei. „Tu, was du unbedingt tun musst", hatte sie auf seine Erklärung nur geantwortet und aufgelegt.

Es hätte ihn überrascht, wenn es anders gewesen wäre, denn: Die Fahrt zu Felix bedeutete auch eine vorübergehende Nähe zu Maria. Eddie hoffte, dass Karin sich schnell wieder beruhigen und erkennen würde, dass Eddies Vorhaben rein gar nichts mit Maria zu tun hatte.

Ein bisschen war er auch von seiner Frau enttäuscht, hatte er doch gehofft, dass sie als Mutter mehr Verständnis für seine Sorgen als Vater zeigen würde. Außerdem befand sie sich selbst gerade bei ihrem Exmann, worüber Eddie auch nicht gerade begeistert war. Letztendlich wusste er doch, dass Karin und Dieter nicht mehr als Freundschaft verband und beide nur das Beste für Sophie wollten.

Eddie beschloss, Karin noch einmal anzurufen. Der Handyempfang war gerade gut. Also wählte Eddie Karins Mobilnummer. Doch nach mehrmaligem Tuten ging nur Karins Mailbox dran. Entweder war sie immer noch sauer und wollte nicht mit ihm sprechen, oder sie hatte mal wieder ihren Akku nicht aufgeladen (das vergaß sie ständig). Also wartete Eddie die Ansage ab, bevor er die Worte aussprach, die ihm auf dem Herzen lagen: „Karin, ich wollte dir nur sagen, dass ich dich liebe."

Eddie seufzte und verstaute sein Handy wieder in der Brusttasche seines Hemdes, als sein Sitznachbar, ein älterer gepflegter Herr im Anzug, von seiner Tageszeitung aufblickte. Er lächelte Eddie freundlich an und kommentierte schmunzelnd: „Endlich mal eine wichtige Mitteilung. Die meisten Reisenden erzählen nur blödsinnige Dinge – etwa, dass sie gerade im Zug sitzen, der neue Mitarbeiter nichts taugt oder ihre Tante Husten hat."

Eigentlich stand Eddie gerade nicht der Sinn nach Smalltalk. Dennoch musste er zurücklächeln. Der Mann hatte Recht: Ja, eine Liebeserklärung an Karin war tatsächlich wichtig – in diesem Augenblick vielleicht sogar das Wichtigste auf der Welt.

„Mama, haben wir alles?", fragte Sophie nun schon zum dritten Mal. Doch Karin war so in Gedanken versunken, dass sie ihre Tochter nicht hörte. „Mama, müssen wir noch etwas haben?", wiederholte ihre Tochter daher etwas lauter.

„Wie bitte?", erschrak Karin und hätte mit dem Einkaufswagen fast den vor ihnen an der Kasse wartenden Kunden angefahren. Sie war mit Sophie zu einem Einkaufszentrum gefahren. Dort wollten sie nicht nur einige Lebensmittel, sondern auch ein paar neue bequeme Kleidungsstücke für Dieter besorgen, der – wenn alles gut ging – bereits in Kürze aus dem Krankenhaus entlassen werden konnte.

Doch irgendwie konnte sie sich nicht auf ihre heutigen Aufgaben konzentrieren. Immer wieder musste sie an das Telefonat mit Eddie denken.

Sophie hatte zwar von dem Gespräch nichts mitbekommen, da sie noch unter der Dusche gestanden hatte. Trotzdem spürte sie, dass mit ihrer Mutter etwas nicht stimmte. Und so nahm sie ihre Hand und sagte: „Mami, wenn wir gleich den Einkauf im Auto verstaut haben, trinken wir einen Tee und du erzählst mir, was mit dir heute los ist, ja?"

„Also, ich höre", begann Sophie, während sie in ihrem Latte macchiato rührte und anschließend den Löffel ableckte.

Karin hielt ihren Roiboostee mit beiden Händen umfasst, so als ob sie sich daran wärmen müsste. Dann seufzte sie einmal tief und blickte ihre Tochter ernst an: „Also, ich kann es dir ja ohnehin nicht verheimlichen: Eddie ist gerade unterwegs zu Felix nach München."

„Zu Felix? Wieso denn das?" Sophie legte überrascht ihren Kopf schief.

Karin ließ ihre Tasse los, beugte sich zu Sophie vor und griff nach den Händen ihrer Tochter. „Anscheinend will er sein Studium abbrechen. Und Eddie will ihm das ausreden."

Sophie zog abrupt ihre Hände zurück und schüttelte ihren Kopf, sodass ihr dunkler Pferdeschwanz energisch hin und her wippte. „Sein Studium hinschmeißen? Mami, das wüsste ich. Wir telefonieren jeden Tag oder schicken uns WhatsApp-Nachrichten. Er hat davon noch nie etwas erwähnt."

„Du meinst, das stimmt gar nicht?", fragte Karin, die plötzlich eine ungute Vorahnung bekam.

Sophie sah, wie auf Karins Hals und Gesicht rote Flecken sichtbar wurden. „Mami, ist dir nicht gut? Ich meine, deine Haut ist auf einmal ganz rot." Sophie zeigte auf die betreffenden Stellen.

„Ach nein, nur wieder eine Hitzewallung", wiegelte Karin ab und nahm die Getränkekarte, um sich damit Luft zuzufächeln. Eine Dame am Nebentisch lächelte ihr wissend zu, was Karin aber entging, da sie sich auf das Gespräch mit ihrer Tochter konzentrierte. „Also nochmal: Felix hat dir gegenüber nie erwähnt, dass er sein Studium abbrechen möchte? Bist du dir sicher?"

„Ziemlich sicher. Er hat nur gesagt, dass es doch toll wäre, wenn wir beide zusammen hier in Köln studieren könnten. Ehrlich gesagt, habe ich auch schon darüber nachgedacht – vor allem jetzt nach der Sache mit Papa. Dann könnte ich auch in seiner Nähe sein, im Büro helfen und weiterstudieren, sobald es ihm wieder besser geht." Sophie stibitzte den kleinen Keks von Karins Untertasse und steckte ihn sich in den Mund.

Karin achtete nicht darauf. Sie glaubte, sich verhört zu haben. Gerade noch hatte sie geglaubt, Felix hätte eine ernsthafte Krise, aus der Eddie ihm heraushelfen wollte. Doch jetzt hegte sie den Verdacht, dass Maria Felix` vermeintlichen Studienabbruch nur als Vorwand genutzt hatte, um Eddie zu sich zu locken. Schließlich wusste diese nur allzu gut, dass Karin derzeit hier in Köln festsaß und Eddie kaum aufhalten, geschweige denn, begleiten konnte.

Und zu allem Überfluss präsentierte ihr Sophie ganz nebenbei, dass sie ihr Studium in England aufgeben wolle, um mit Felix hier in Köln zu studieren. Das war irgendwie zu viel. Karin merkte, dass es in ihrem Kopf zu rauschen begann. Instinktiv rieb sie sich mit den Fingern die Stirn.

„Mami?", fragte Sophie vorsichtig. „Hätte ich dir das schon eher sagen sollen?"

„Nein, ist schon in Ordnung", zwang sich Karin zu einem Lächeln. „Nur Eddie hätte mir früher sagen sollen, was er vorhat. Dann hätte ich ihn aufklären und warnen können. Denn jetzt hat Maria leichtes Spiel."

Maria warf noch einen letzten prüfenden Blick in den Dielenspiegel, bevor sie ihre pinkfarbene Steppjacke anzog, ihre Handtasche und den Autoschlüssel von der Kommode nahm und das Haus verließ. Auf dem Weg zum Auto schaute sie zum wiederholten Male auf ihre Armbanduhr. Viertel nach eins. Glücklicherweise war sie früh dran und hatte auch genügend Zeit für einen Stau auf dem Weg nach München eingeplant. Zuerst würde sie Felix abholen und mit ihm zum

Hauptbahnhof fahren, wo Eddies Zug um kurz nach 16 Uhr eintreffen sollte.

Schon seit Tagen hatte sie nichts anderes im Kopf als Eddie. Wie gut, dass ihr Mann Franz bereits am Mittwoch mit ein paar Freunden und ehemaligen Geschäftspartnern nach Italien zum Golfen gefahren war und erst Mitte nächster Woche zurück sein würde. Sie hatte also das gesamte Wochenende und vielleicht noch etwas länger Zeit für ihren Plan.

Und das Schöne war: Sie hatte niemanden anlügen müssen, sondern lediglich „ein paar Details" verschwiegen. Franz hatte ihr zum Abschied geraten, sich ein paar schöne Tage ohne ihn zu machen. Wahrscheinlich vermutete er, sie würde – wie so oft, wenn er weg war – mit ihrer Freundin Reni in München einkaufen und zur Kosmetik gehen (und dabei mal wieder seine Kreditkarte strapazieren). Er konnte ja nicht ahnen, dass sie ihren Exfreund in München erwartete. Und das war eindeutig besser so.

Auch Felix gegenüber hatte sie nur erwähnt, dass sein Vater ihn gerne mal besuchen wolle (was ja auch stimmte). Ihr Sohn hatte sich zwar gewundert, dass sein Vater so spontan war, fand dies aber „ziemlich cool von seinem alten Herren".

Dass Eddie vor allem deswegen kommen wollte, um mit ihm über sein weiteres Studium zu sprechen, hatte sie Felix gegenüber nicht erwähnt – aus gutem Grund: Felix hätte dies abgewiegelt und keinen Grund für Eddie gesehen, dafür extra quer durch Deutschland zu fahren.

Sollte Eddie später erfahren, dass Felix sein Studium nicht abbrechen, sondern nur in Köln weiterführen wollte, könnte sie immer noch behaupten, sie hätte da wohl etwas falsch verstanden. Aber so war das Ganze ein willkommener Anlass für sie, Eddie wiederzusehen. Und die Tatsache, dass sie über Felix erfahren hatte, dass Eddies Frau gerade bei ihrem

Exmann in Köln war, machte alles noch viel einfacher. Wie blöd musste diese Karin eigentlich sein, dass sie ihren Mann so einfach ziehen ließ, freute sich Maria.

Gut auch, dass Felix' Studentenbude, die er sich mit einem Freund teilte, viel zu klein für Besuch war. Und so waren Eddie und Felix sofort einverstanden gewesen, das Wochenende bei ihr in ihrem Haus in Gmund am Tegernsee zu verbringen, wo genügend Platz war und sie mit Eddie (hoffentlich) auch mal ungestört sein konnte.

Karin saß im Auto auf dem Klinikparkplatz und fixierte ihr nunmehr wieder aufgeladenes Handy wie eine Schlange das Kaninchen. Sie biss sich auf ihre Unterlippe und überlegte krampfhaft, ob sie Eddie anrufen und vor Maria warnen sollte oder lieber doch nicht.

Sophie hatte ihr eindringlich dazu geraten. Doch auch sie hatte ihren Stolz. Außerdem war sie gekränkt. Hätte Eddie ihr nicht rechtzeitig von seinen Reiseplänen nach München erzählen können? Musste er solange warten, bis er bereits unterwegs war? Schließlich hatte sie ihn vor ein paar Tagen ebenfalls nach seiner Meinung gefragt, als sie nach Köln zu Dieter fahren wollte. In einer Ehe hatte man doch keine Geheimnisse voreinander, auch wenn – wie in seinem Fall – die Motive ehrenwert waren!

Na ja, dachte Karin, Eddie ist erwachsen. Er wird schon wissen, was er tut. Sie schaltete ihr Handy aus, steckte es in ihre Handtasche und stieg aus ihrem Wagen. Als sie sich dem Klinikeingang näherte, sah sie davor bereits Dieter im Jogginganzug stehen und ihr erwartungsvoll zuwinken.

„So ein Mist", murmelte Eddie enttäuscht und steckte sein Handy wieder in die Hemdtasche. Der Zug würde in wenigen Minuten im Münchner Hauptbahnhof einfahren. Eigentlich wollte er Karin nur sagen, dass er gut angekommen sei und sie fragen, ob sie seine Liebesbotschaft erhalten hatte. Doch nun hatte er keine Zeit mehr. Er würde heute Abend noch einmal versuchen, sie telefonisch zu erreichen. Jetzt musste er sich seine Jacke anziehen, seinen Koffer aus der Gepäckablage holen und sich in Richtung Ausgang begeben. Bestimmt würden Felix und Maria schon am Bahnsteig auf ihn warten.

Karin hatte es geschafft, den Ärger über Eddie zumindest für kurze Zeit auszublenden. Sie saß mit Dieter in der Klinik-Cafeteria und blickte ihren Exmann erleichtert an. Er war zwar noch etwas blass und schmal im Gesicht. Doch er sah schon viel besser aus, verglichen mit ihrem ersten Besuch, wo er noch auf der Intensivstation gelegen hatte. Nach Auskunft seiner Ärzte hatte er das Schlimmste überstanden. Daher war er inzwischen auch auf die Normalstation verlegt worden und konnte bereits am Montag oder Dienstag entlassen werden.

Das einzige Problem war, dass Dieter entgegen des Rates der Ärzte auf keinen Fall in die Reha fahren, sondern sich zu Hause erholen wollte. Unter diesen Umständen konnte sie ihn unmöglich alleine lassen! Sophie würde mit ihrem Vater bestimmt schnell überfordert sein. Schon jetzt half ihre Tochter Dieters Partner im Architektenbüro, so viel sie nur konnte, sodass Karins Anwesenheit dort eigentlich überflüssig war. Daher war sie heute Nachmittag auch ohne Sophie in die Klinik gefahren.

Eigentlich sollte Sophie hier ja nur ihr Praktikum machen. Doch jetzt arbeitete sie schon fast wie eine richtige Architektin. Dabei musste sie in spätestens zwei Wochen wieder zurück nach England, um dort ihr Studium weiterzuführen, bis sie – hoffentlich – im nächsten Jahr einen Studienplatz in Köln bekommen würde.

Das hieß jedoch, dass Sophie sich nicht auch noch um ihren Vater kümmern konnte, sondern Karin für Dieter zumindest so lange da sein musste, bis er wieder fit genug war, um alleine klarzukommen. Sie hatte sich in der letzten Nacht, als sie wegen ihrer blöden Hitzewallungen mal wieder nicht richtig schlafen konnte, darüber bereits Gedanken gemacht. Dabei war sie zu dem Schluss gekommen, dass – bis auf ihre Arbeit – eigentlich nichts dagegen sprach. Doch da derzeit ohnehin nicht so viel zu tun war, hoffte sie, dass ihr Chef für ihre verlängerte Arbeitspause Verständnis haben würde.

„Möchtest du, dass ich noch etwas bleibe?", fragte sie Dieter daher, der gerade seinen koffeinfreien Kaffee trinken wollte.

Dieter hielt inne und fragte überrascht zurück:

„Das würdest du für mich tun?"

„Ich kann dich doch jetzt nicht alleine lassen", antwortete Karin.

„Und was sagt dein Eddie dazu?"

Karin zuckte mit den Schultern.

„Er hat bestimmt nichts dagegen", antwortete sie scheinbar gelassen. Dass sie beabsichtigte, Eddie mit ihrem Fortbleiben einen Denkzettel zu verpassen, erwähnte sie Dieter gegenüber nicht.

Dieter strahlte auf einmal über das ganze Gesicht.

„Oh, Karin, das wäre toll. Du, Sophie und ich ...", Dieter stockte, weil er nach den passenden Worten suchte, „das wäre ja wie in alten Zeiten."

„Bild' dir ja nichts darauf ein." Karin hob mahnend den Zeigefinger, musste aber dann doch lächeln. „Ich bleibe nur hier bei dir, weil ich Sophie nicht alles alleine zumuten will. Sie soll sich auf ihr Praktikum konzentrieren."

„Was ich ihr mit meinem Herzinfarkt gründlich vermasselt habe." Dieter ließ den Kopf sinken.

„Ach, es ist doch nicht deine Schuld. Außerdem kümmert sich Volker bestens um Sophie. Von ihm kann sie bestimmt viel lernen – vielleicht sogar mehr als von dir."

„Was soll das denn heißen?"

„Na ja, in deinem Beruf als Architekt bist du spitze, aber menschlich gesehen benimmst du dich manchmal wie ein kleiner Junge. Wenn ich nur daran denke, dass du schon lange hättest zum Arzt gehen sollen. Das ist so was von unvernünftig", schüttelte Karin verärgert den Kopf. „Du hättest sterben können."

„Bin ich aber nicht", entgegnete Dieter. „Außerdem", fuhr er fort, „wenn ich keinen Herzinfarkt bekommen hätte, wärst du jetzt nicht bei mir. Das war es mir wert." Bei dem letzten Satz rückte Dieter näher zu Karin heran und griff vorsichtig nach ihrer Hand.

Dieters Augen glänzten. War er etwa kurz davor zu weinen? Karin wusste nicht, ob sie ihre Hand wegziehen oder lieber da lassen sollte. Regungslos saß sie da und blickte ihren Exmann überrascht an. Er wirkte auf einmal so aufmerksam und einfühlsam. Früher war ihr das nie aufgefallen. Hatte er sich durch den Herzinfarkt derart verändert? Wie war so etwas möglich? Karin merkte, wie ein warmes Gefühl in ihr aufstieg. Und diesmal war es keine Hitzewallung, sondern es fühlte sich angenehm an. Ob sie wollte oder nicht: Sie musste sich eingestehen, dass ihr Dieters Anwesenheit gut tat.

„Willkommen in meinem Haus", rief Maria begeistert.

„Ist dein Mann gar nicht da?", fragte Eddie, während er mit seinem Koffer in der Hand über die Türschwelle trat. Felix folgte seinem Vater mit einem Rucksack über der Schulter und einem Apfel in der Hand.

„Er ist bestimmt wieder zum Golfen oder ... Mama?", fragte Felix, während er ein Stück vom Apfel abbiss und seinen

Rucksack auf einen Stuhl in der Diele fallen ließ. Ohne seine Schnürsenkel zu öffnen, streifte Felix seine Boots ab und bedeutete Eddie mit einem Kopfnicken, ebenfalls seine Schuhe auszuziehen.

Mit einer bedeutungsvollen Geste fasste sich Maria an die Stirn. „Ach, das hatte ich ja noch gar nicht gesagt. Franz ist tatsächlich gerade mit ein paar Freunden in Italien zum Golfspielen. Er kann es immer gar nicht abwarten, bis die Saison wieder losgeht."

„Er ist vom Golfspielen echt besessen", ergänzte Felix. „Ich werde allerdings nie verstehen, wie man mit alberner Schirmmütze und Handschuhen über den Rasen läuft, um einen kleinen Ball in ein 100 Meter entferntes Loch zu schlagen."

„Felix", ermahnte Maria ihren Sohn.

„Stimmt doch."

„Zeig' deinem Vater lieber das Haus, während ich Kaffee für uns koche und die Torte anschneide."

Eddie musste zugeben, dass das Haus sehr beeindruckend war. Es war im bayerischen Landhausstil mit Holzbalken verziert, wirkte aber durch den weißen Spachtelputz nicht gedrungen, sondern hell und freundlich. Im Wohnzimmer stand ein riesiger weißblauer Kachelofen mit zwei gemütlichen dunkelbraunen Ledersesseln davor. Von den bodentiefen großen Fenstern konnte man sogar einen Teil des Tegernsees sehen.

Die gesamte Einrichtung wirkte edel, aber nicht protzig. Maria hatte es anscheinend nicht schlecht getroffen.

Allerdings beunruhigte Eddie, dass Franz nicht da war. Er hatte gehofft, Marias Mann etwas näher kennenzulernen. Doch nachdem er ihm nur einmal auf dem Kreuzfahrtschiff begegnet war, hatte er den Eindruck, dass Maria und er öfter getrennte Wege gingen.

Doch darüber musste er sich keine Gedanken machen. Er war schließlich Felix zuliebe gekommen. Bislang hatte er seinen Sohn noch nicht auf sein Studium angesprochen. Schließlich wollte er direkt nach seiner Ankunft nicht gleich mit der Tür ins Haus fallen. Eddie hoffte, nach dem Abendessen die Gelegenheit für ein Gespräch nutzen zu können. Doch Felix stand plötzlich in Jacke und Schuhen vor ihm.

„Du willst noch weg?", fragte Eddie überrascht.

„Ich muss noch kurz zu einem alten Freund und bin bald wieder da. Mama, kann ich dein Auto nehmen?"

„Aber ja, mein Schatz. Der Schlüssel liegt auf der Kommode in der Diele."

Ehe sich Eddie versah, war er mit Maria alleine. So hatte er sich das eigentlich nicht vorgestellt. Aber er konnte es nicht ändern, sondern nur das Beste daraus machen. Etwas enttäuscht setzte sich Eddie in einen der Ledersessel.

Einen kurzen Augenblick später stand Maria mit zwei gefüllten Rotweingläsern vor ihm. „Möchtest du?", fragte sie.

Zögernd nahm Eddie das Glas entgegen.

Maria hatte damit gerechnet, dass Felix die Gelegenheit nutzen würde, kurz bei seinem Freund Paul vorbeizuschauen.

Doch sie musste schlau vorgehen und durfte nichts überstürzen. Da es im Wohnzimmer etwas kühl geworden war, zündete sie den Kachelofen an. Anschließend holte sie die Fotoalben mit Felix' alten Kinderfotos hervor und setzte sich neben Eddie.

Es waren bestimmt zwei Stunden vergangen, in denen Eddie und Maria sich Fotos angeschaut und in alten Erinnerungen geschwelgt hatten, als Eddie bemerkte, dass er allmählich müde wurde. Kein Wunder: Er war bereits um fünf Uhr in der Früh aufgestanden und hatte eine lange Reise hinter sich. Außerdem hatte ihn die Sorge um Felix und Karin angestrengt.

Nicht zuletzt machte ihn die Wärme des Ofens schläfrig. Kurzerhand zog er seinen Wollpullover aus, unter dem er ein T-Shirt trug und lehnte sich zurück, während Maria noch etwas zu trinken aus der Küche holte. Bloß keinen Alkohol mehr, dachte Eddie, lehnte sich mit dem Kopf zurück und schloss die Augen.

„Karin“, murmelte er schlaftrunken. Hatte er ein „Hier bin ich“ gehört? Eddie konnte nicht weiter darüber nachdenken. Er war einfach zu müde. Erschöpft schlief er schließlich ein.

Vorsichtig stand Maria auf und schlich zu Eddies Jacke, die in der Diele an der Garderobe hing. Prüfend untersuchte sie seine Taschen und fand schließlich sein Handy. Nach ein paar Sekunden hatte sie gefunden, wonach sie gesucht hatte. Dann ging Maria wieder ins Wohnzimmer und legte sich neben Eddie, der noch immer schlief. Auch wenn nicht alles nach Plan gelaufen war: Das hier war besser als nichts. Zufrieden schloss sie die Augen.

„Papa?“ – „Maria?“

Schlaftrunken öffnete Eddie seine Augen. Er brauchte einen Moment, um sich zu sammeln und zu realisieren, wo er war. Er lag auf dem Fußboden. Im Arm hielt er – Maria! Und nicht nur das: Maria war fast nackt und trug nur ein kurzes schwarzes Negligee!

Sollte er etwa …? Nein, das konnte nicht sein. Doch sicherheitshalber blickte er an sich herunter. Glücklicherweise hatte er seine Jeans an.

Verlegen setzte Eddie sich auf. „Es ist nicht so, wie es aussieht“, sagte er an Franz gewandt, der mit zornesrotem Gesicht dicht vor ihm stand. Verzweifelt drehte er sich zu Maria um. „Maria? Sag` bitte etwas!“

Doch Maria sagte gar nichts. Stattdessen griff sie zu der Wolldecke neben ihr, wickelte sie sich um den Körper und verschwand im Obergeschoss. Franz folgte ihr mit entschlossenen Schritten.

„Papa, du hast ja wohl nicht mit Mama Sex gehabt?“, fragte Felix amüsiert.

„Nein, nein“, wiegelte Eddie energisch ab. „Ich war nur müde und bin eingeschlafen. Ich habe nicht gemerkt, dass deine Mutter sich neben mich gelegt hatte.“

„Ha, das sah aber gerade anders aus. Ihr hattet euch regelrecht aneinander gekuschelt.“ Felix blickte zu seinem Stiefvater, der gerade die Treppe wieder herunterkam.

„Darf ich Sie fragen, was das gerade hier war?“ Wütend baute sich Franz vor Eddie auf.

„Ich, ich habe nichts getan. Ehrlich“, stotterte Eddie und blickte verwirrt von Franz zu Felix und wieder zurück.

„Und warum sonst sollte Maria ein schlechtes Gewissen haben?“, fragte Franz in ernstem Ton.

„Hat sie?“ Etwas Besseres fiel Eddie nicht ein. Er sah, wie Felix schallend zu lachen anfing.

„Was gibt es da zu lachen?“, fuhr Franz seinen Stiefsohn an. „Die Lage ist überaus ernst!“

„Paps, mach‘ mal bitte halblang. Ich glaube nicht, dass Eddie seine Frau mit Mama betrügt.“

„Und warum liegen dann bitteschön beide halbnackt vor dem Kamin?“, fragte Franz, der alles andere als überzeugt schien. Dann wandte er sich wieder an Eddie. „Ich bitte Sie, umgehend mein Haus zu verlassen.“

Egal, was er jetzt sagen würde: Er hatte das Gefühl, dass Franz ihm ohnehin nicht glaubte. Also nahm er seinen Pullover, ging in die Diele, um sich seine Schuhe und seine Jacke anzuziehen und seinen Koffer zu nehmen.

„Eddie?", hörte er Maria zögerlich von der obersten Treppenstufe rufen.

„Ruhig!", schrie Franz.

Felix hakte sich bei seinem Vater ein.

„Ich komme mit dir. Ich glaube, Mama und Franz haben jetzt einiges miteinander zu besprechen."

Eddie saß neben Felix auf dem Beifahrersitz. Sein Sohn hatte sich den Wagen seiner Mutter erneut „ausgeborgt", da sie ihn dieses Wochenende ohnehin nicht mehr brauchen würde, wie Felix glaubte. Beide waren auf dem Weg zurück nach München. Felix hatte seinem Vater angeboten, mit ihm in seiner Studentenbude zu übernachten, was Eddie unter den gegebenen Umständen dankbar angenommen hatte. Sein Mitbewohner war dieses Wochenende zu seiner Freundin nach Berlin gefahren, sodass für zwei Männer genügend Platz war, wie Felix Eddie versicherte.

„Puh, das war ja gerade eine komische Situation. Wenn es nicht um meine Eltern ginge, würde ich das glatt auf Facebook posten", begann Felix, der sich noch immer nicht beruhigen konnte.

„Ha, ha", antwortete Eddie müde und rieb sich die Stirn. „Wieso ist Franz eigentlich schon wieder da? Ich dachte, er sei noch bis Mitte nächster Woche beim Golfen in Italien."

„Das war er auch", erklärte Felix, während er auf die A8 fuhr.

„Doch es hat dort so stark geregnet, dass der gesamte Golfplatz und das halbe Hotel unter Wasser standen. Daher haben Franz und seine Freunde beschlossen, das Ganze abzubrechen. Echt Mist, dass er gerade jetzt nach Hause gekommen ist."

„Das kann man wohl sagen", sagte Eddie, der in diesem Augenblick nur an Karin denken konnte.

Es war schon fast Mitternacht, als Felix und Eddie endlich in München ankamen. Eddie wollte nur noch ins Bett und schlafen. Gleich morgen früh würde er Karin anrufen und mit Felix reden. Maria sollte selbst sehen, wie sie aus der Patsche kam.

Eigentlich hatte sich Eddie das schon lange gewünscht. Er saß mit seinem Sohn an dessen wackeligem Küchentisch und aß Semmeln, die er beim Bäcker nebenan gekauft hatte. Felix hatte indessen, noch in T-Shirt und Schlafshorts gekleidet, Kaffee gekocht, der selbst für Eddies Verhältnisse zu stark war. Aber er wollte sich nicht beschweren. Schließlich freute er sich, endlich mal Zeit mit seinem Sohn alleine verbringen zu können.

„Du, ich wollte mit dir noch über dein Studium sprechen", begann Eddie, während er sich eine weitere Semmel aufschnitt.

„Okay", zog Felix fragend seine Augenbrauen auf dieselbe Art wie sein Vater hoch. Eddie hatte das Gefühl, als ob er in einen Spiegel schauen würde.

„Warum möchtest du dein Studium eigentlich abbrechen?", wollte Eddie wissen.

„Abbrechen?" Felix ließ seine Wurstsemmel sinken und schaute Eddie überrascht an. „Wer sagt das denn?"

„Na, deine Mutter. Deswegen bin ich ja auch hier."

Felix atmete hörbar aus. „Also: Ich will mein Studium nicht abbrechen, sondern es Sophie zuliebe in Köln fortsetzen. Hat dir das Mama nicht gesagt?"

„Nein, das hat sie nicht."

Eddie dämmerte es allmählich. Konnte das sein? Maria hat Felix' vermeintlichen Studienabbruch als Vorwand benutzt, um ihn zu verführen. Das erklärte auch ihr Verhalten gestern Abend.

Felix schien zu erraten, was sein Vater gerade dachte. „Du meinst, Mama hat dich bewusst angelogen?"

Eddie nickte. Er musste unbedingt Karin erreichen und alles aufklären. Wer weiß, wozu Maria noch fähig war. Schnell griff er nach seinem Handy in der Jackentasche und wählte Karins Nummer. Nach viermaligem Klingeln hörte er, wie sie abnahm. Erleichtert begann Eddie zu sprechen: „Karin, endlich. Hier ist Eddie. Ich wollte …"

„Spar' dir deine Worte. Es gibt nichts zu sagen", fuhr Karin ihn an, legte auf und wischte sich mit dem Handrücken die Tränen aus dem Gesicht. Dann rief sie erneut die Nachricht auf, die sie letzte Nacht von Maria erhalten und seither mindestens hundertmal gelesen hatte:

Das mit Eddie und mir ist einfach so passiert.
Es tut mir sehr leid. Maria

Siebzehn

Louise musste zugeben, dass Teneriffa tatsächlich eine wunderschöne Insel war. Bei Durchschnittstemperaturen von 21 Grad war es deutlich wärmer als im kühlen Norddeutschland, wo laut dem Wetterbericht im Fernsehen derzeit nur etwa 10 Grad herrschten und es häufig regnete.

Außerdem kam sie als Blumenliebhaberin auf der größten Kanareninsel voll auf ihre Kosten. Noch nirgendwo sonst hatte sie eine solche Vielfalt an Pflanzen erlebt. Am meisten beeindruckte Louise die Mandelblüte. Vor allem im Westen der Insel bildeten die Bäume ein weißes und rosafarbenes Blütenmeer, und die Luft war erfüllt von einem betörenden süßlichen Duft. Louise konnte von den Wanderungen mit Peter in der herrlichen Natur gar nicht genug bekommen. Sie verstand jetzt auch, warum man Teneriffa die „Insel des ewigen Frühlings“ nannte.

Peter freute sich, dass es Louise hier so gut gefiel. Er hatte das Gefühl, dass es nun an der Zeit war, einen Schritt weiterzugehen. „Na, habe ich dir zu viel versprochen?“, fragte er sie daher am Ende eines schönen Tages, als sie auf der Terrasse ihres Hotels saßen und den Tag bei einem Glas Rotwein ausklingen ließen.

„Nein, es ist wirklich wunderschön hier“, bestätigte Louise mit rosigen Wangen.

„Das freut mich. Kannst du dir denn jetzt vorstellen, hier mit mir zu leben?“ Louise zögerte etwas mit der Antwort, sodass Peter schon befürchtete, doch zu weit gegangen zu sein. „Na ja“, sagte sie schließlich, während sie das Weinglas in der Luft hielt und mit prüfendem Blick vor ihrem Gesicht hin und her schwenkte. „Ich will mal so sagen: Ich bin nicht mehr vollkommen abgeneigt.“

Peter fiel ein Stein vom Herzen. „Ich habe ein interessantes Haus im Süden der Insel entdeckt“, nutzte er die Gelegenheit, um Louise die Insel weiter schmackhaft zu machen. „Die Lage ist wirklich traumhaft. Würdest du es dir mal mit mir ansehen?“

Louise setzte erschrocken ihr Weinglas ab. „Huch, das geht aber schnell.“

„Ja, weißt du …“, Peter kratzte sich am Kopf. „Hier auf der Insel muss man immer ziemlich schnell reagieren. Vor allem bei so einem Objekt. Das ist schnell weg.“

„Hm“, entgegnete Louise und überlegte, wie sie auf Peters Worte reagieren sollte. Sie nahm einen weiteren Schluck aus ihrem Glas, um ein paar Sekunden Zeit zu gewinnen. Einerseits ging ihr das Ganze irgendwie zu schnell. Andererseits gefiel es ihr auf Teneriffa so gut, dass sie in den letzten Tagen tatsächlich schon ein paarmal daran gedacht hatte, wie es wäre, hier mit Peter zumindest die Wintermonate zu verbringen und den Rest des Jahres in Heiligenhafen zu leben. Das wäre bestimmt ein guter Kompromiss, mit dem beide gut zurechtkommen könnten. „Na gut“, sagte Louise schließlich. „Ansehen kann ich es mir ja mal.“

Am nächsten Morgen fuhren Peter und Louise mit ihrem Mietwagen vom Nordosten der Insel auf der an der Küste entlang verlaufenden Autobahn in Richtung Süden. Louise bemerkte, wie sich nach und nach die Landschaft veränderte und es immer trockener und wärmer wurde. Auch die Wolkendecke lockerte zusehends auf, bis die Sonne schließlich strahlend vom Himmel schien. Nach rund einer halben Stunde verließen sie die Autobahn und folgten einer Straße bergaufwärts. Louise wurde in den Kurven, die Peter gekonnt meisterte, förmlich in den Sitz gepresst.

„Wo führt Peter mich bloß hin?", fragte sie sich, während sie durch einen winzigen Ort mit ebenso schmalen Gassen fuhren. Louise war erstaunt, wie gut sich Peter hier auszukennen schien. Aber er war ja auch nicht das erste Mal auf der Insel. Vor einem gelben Haus im marokkanischen Stil hielt er schließlich an und stellte den Motor ab.

„Das ist es?", fragte Louise, als sie ausstieg und das Haus neugierig musterte.

Peter antwortete nicht, sondern griff nach Louises Hand und zog sie in Richtung Garten. „Ich will dir zuerst etwas zeigen."

„Dürfen wir denn einfach so aufs Grundstück gehen?", fragte Louise.

Peter sagte erneut nichts, sondern lächelte sie nur vielsagend an, während er Louise auf dem weichen Gras weiter hinter sich herzog. Dann blieb er plötzlich stehen und machte mit seiner freien Hand eine ausladende Geste. „Sieh' dir das an."

Louise drehte ihren Kopf in die Richtung, in die Peter zeigte. Was sie sah, raubte ihr beinahe den Atem: Durch die in der leichten Brise sich wiegenden Palmen bot sich ein fantastischer Blick auf den tiefblauen Atlantik unter ihnen. Der hellblaue Himmel war fast wolkenlos und schien endlos weit zu sein. Es war ein Bild wie aus dem Reisekatalog.

Als Louise sich in dem großen Garten umsah, sah sie eine von einer niedrigen Steinmauer eingefasste Terrasse, auf der ein großer Holztisch und zwei dazu passende Stühle standen. Daneben befand sich ein zusammengeklappter Sonnenschirm. An die Terrasse schloss sich ein Swimmingpool an, an dessen Rand zwei gemütliche Liegestühle standen. Spontan ging Louise dorthin und setzte sich in einen der Stühle. Peter quittierte dies mit einem Lächeln und folgte ihr. Tatsächlich: Auch von dort konnte man – dank des etwas abfallenden Grundstücks – das Meer sehen. Louise stellte sich bereits vor, wie sie morgens nach dem Aufstehen im Pool ihre Bahnen zog und anschließend mit Peter gemütlich auf der Terrasse frühstückte.

„Na, was sagst du?", wollte Peter wissen, wartete jedoch Louises Antwort nicht ab. Stattdessen stand er wieder auf, zog sie an der Hand aus dem Liegestuhl und führte sie zum Hauseingang, wo er einen Schlüssel aus seiner Hosentasche zog und die Tür öffnete.

Als Louise eintrat und sich umblickte, musste sie zugeben, dass ihre Erwartungen auch hier mehr als erfüllt wurden: Das Haus war geschmackvoll mit Möbeln in Beige- und Weißtönen eingerichtet. Holzbalken trennten den gemütlichen Wohnbereich von der modernen Küche. Im Schlafzimmer stand neben einem rustikalen Holzschrank ein großes Doppelbett mit einer Tagesdecke im Patchworkstil. Durch eine Tür im Schlafzimmer gelangte man in ein geräumiges Bad, das durch ein großes rundes Fenster einen tollen Blick in den gepflegten Garten bot.

„Wann können wir hier einziehen?", fragte Louise sichtlich beeindruckt.

Erleichtert trat Peter näher an Louise heran, umarmte sie von hinten und drückte zärtlich sein Kinn an ihren Hinterkopf. „Sofort. Ich habe bereits mit dem Vermieter gesprochen."

Louise hätte nie gedacht, dass sie einmal so spontan reagieren könnte. Sie würde ihr bisheriges Leben aufgeben und mit Peter in ein wunderschönes Haus auf einer wunderschönen Insel ziehen. Hätte ihr dies jemand noch vor ein paar Monaten gesagt, hätte sie ihn glatt für verrückt erklärt.

Doch jetzt lagen die Dinge anders. Außerdem hatte Louise es satt, alles immer genau abzuwägen. Sie war inzwischen 64 Jahre alt – höchste Zeit, ihr Leben zu genießen und nur das zu tun, wozu sie Lust hatte, ohne ständig Rücksicht auf andere nehmen zu müssen. Sie wollte endlich einmal an sich selbst denken!

Louise war sich bewusst, dass sie durch den Umzug nach Teneriffa (zeitweise oder dauerhaft, das hatte sie mit Peter noch nicht geklärt) ihren geliebten Job in Kiel wieder verlieren würde. Doch auf Teneriffa gab es ebenfalls Kliniken und genügend Patienten, denen sie mit ihrer seelischen und praktischen Unterstützung würde helfen können.

Was ihr am meisten Sorgen bereitete, war die Tatsache, dass sie eine Zeitlang Karin, Sina, Mark und Ben nicht würde sehen können.

Doch wenn es so lief wie geplant, würde sie ja von Mai bis September in Heiligenhafen sein. Und in der restlichen Zeit würde sie entweder zwischendurch nach Deutschland fliegen, oder ihre Lieben könnten einfach hierher kommen, um bei ihr und Peter Urlaub zu machen.

Natürlich müssten sowohl sie als auch Peter alsbald nach Deutschland zurück und alle Angelegenheiten regeln, die mit ihrem Umzug nach Spanien verbunden waren.

Louise hoffte, dass alles reibungslos über die Bühne gehen würde. Schließlich wollte sie so schnell wie möglich in das neue Haus ziehen und die gemeinsame Zeit dort mit Peter genießen. Daher checkten Peter und sie bereits am nächsten

Morgen im Hotel aus, kauften unterwegs ein paar Lebensmittel ein und fuhren zum Haus.

Louise wunderte sich zwar, dass sie so mir nichts, dir nichts dort einziehen konnten. Doch sie vertraute Peter, der mit dem Vermieter ja bereits alles geklärt zu haben schien.

Sie hatten ihre erste Nacht dort verbracht, nachdem sie – in eine Wolldecke eingekuschelt – bis weit nach Mitternacht auf der Terrasse gesessen und über ihre Zukunftspläne geredet hatten. Peter fuhr am nächsten Tag zu seinem Geschäftsfreund, um mit ihm über ein neues Beleuchtungskonzept für ein Hotel zu sprechen. Eigentlich hatte ja auch Peter noch Urlaub. Doch da der Umzug nunmehr feststand, wollte er schon einmal ein paar wichtige berufliche Fragen klären, um später mehr Zeit für den Umzug zu haben.

Für Louise war dies nicht weiter tragisch, wusste sie doch, dass sie und Peter in Zukunft noch ausreichend Gelegenheit haben würden, die Insel zu erkunden. Außerdem gab es auch im Haus so viel zu entdecken. Im Morgenmantel und mit einer Kaffeetasse in der Hand schritt Louise durch die Räume und überlegte, wo sie ihre Sachen unterbringen könnte und was sie noch an Möbeln und Utensilien benötigen würde.

Als sie im Wohnzimmer an einem Holzregal mit deutschsprachigen (!) Romanen, Bibliographien und Reiseführern vorbeiging, bemerkte sie, dass hier schon länger nicht mehr Staub gewischt worden war. Da sie ohnehin nichts weiter zu tun hatte, beschloss sie, alle Schränke und Regalböden einmal gründlich feucht auszuwischen.

Louise stellte ihre Kaffeetasse ab und suchte die Zimmer nach Putzzeug ab. In einem kleinen eingemauerten Schrank im Bad fand sie schließlich Eimer und Putzlappen. Sie füllte etwas Wasser in den Eimer, warf den Lappen hinein und ging damit zurück ins Wohnzimmer, wo sie sich zuerst einen Schrank vornahm. Schließlich ging sie weiter zum Regal. Sie nahm die Bücher heraus, um die Oberflächen besser reinigen zu können, als ihr ein kleineres Buch aus der Hand fiel. Louise bückte sich, um es wieder aufzuheben. Dabei fiel ihr Blick auf den Titel: „Gedichte fürs Herz." Interessiert öffnete sie das Buch. Jemand hatte auf die erste Seite eine Widmung geschrieben:

Für meinen geliebten Mann,
besten Freund und treuen Wegbegleiter.
In Liebe, Deine Marion,
im September 1999

Marion? Louise strich sich unruhig mit den Fingern durch ihre kurzen graublonden Haare. Handelte es sich dabei etwa um Peters verstorbene Frau? Und wie kam das Buch hierher? Louise konnte sich nicht daran erinnern, dass Peter es bereits im Hotel dabei hatte. Es war auch sehr unwahrscheinlich, denn es war ja ganz verstaubt. Das Buch musste also schon länger hier im Haus liegen.

Oder hatte hier tatsächlich schon einmal eine andere Marion gewohnt, die ihrem Mann mit dem Gedichtband eine Freude bereiten wollte?

Louise schüttelte vehement ihren Kopf. Nein, das war viel zu unwahrscheinlich. Doch was hatte das Ganze zu bedeuten?

Auf einmal dämmerte es Louise: Peter war zielsicher hier zum Haus gefahren. Außerdem war es merkwürdig, dass sie dem Vermieter nicht begegnet waren und hier sofort einziehen konnten. Louise warf einen prüfenden Blick auf die Lichtschalter und Lampen: Auch die Beleuchtung war, soweit sie dies beurteilen konnte, technisch auf dem neuesten Stand.

Alles sprach also dafür, dass Peter hier schon früher gewohnt hatte. Also musste es auch Marions Handschrift in dem Gedichtband sein!

Louise spürte, wie langsam die Zornesröte in ihr hochstieg. Auch wenn sie es kaum fassen konnte: Peter hatte sie ein weiteres Mal übergangen, nachdem er ihren Umzug nach Ahrensburg ohne sie geplant hatte! Und nicht nur das: Er hatte sie diesmal auch noch belogen!

„Wie lange hast du das Haus bereits?", fragte Louise ohne Umschweife und schob ihre Sonnenbrille hoch, als Peter am Nachmittag zu ihr auf die Terrasse trat und sich zu ihr vorbeugte, um ihr zur Begrüßung einen Kuss zu geben.

Gerade noch hatte er sie freudestrahlend angeschaut. Doch jetzt verfinsterte sich seine Miene jäh. Peter wollte Louise noch fragen, woher sie es wusste. Doch das war nicht mehr nötig, als sein Blick auf den Gedichtband – ein Geschenk von Marion an ihn – in ihrer Hand fiel. Mist, dachte er. Er hatte sich so bemüht, ein „unbelastetes" Haus für Louise vorzubereiten und alle Spuren der Vergangenheit zu beseitigen. Doch an den Gedichtband hatte er nicht mehr gedacht.

Peter wusste, dass es keinen Sinn machte, Louise länger etwas vorzumachen. Also antwortete er: „Fast zwei Jahre. Ich habe es kurz nach Marions Tod gekauft, nachdem mir in Ahrensburg fast die Decke auf den Kopf gefallen war und ich dringend einmal raus musste."

„Das heißt, du hast mir die ganze Zeit verschwiegen, dass du hier bereits ein Haus besitzt? Was hast du noch für Leichen im Keller, Peter?"

Peter hob entschuldigend die Hände. „Keine. Ich dachte, wenn du dich erst einmal mit der Insel angefreundet hast, fällt dir der Schritt, hier einzuziehen, leichter."

„Leichter?", fragte Louise um Beherrschung bemüht. „Peter, das kann wohl nicht dein Ernst sein. Du hast – wie damals in Ahrensburg - von Anfang an geplant, dass ich hier einziehe, ohne zu wissen, ob ich das auch will. Und darüber hinaus hast du mich auch noch belogen, indem du behauptetest, du hättest ein Haus entdeckt, das du in Wahrheit längst besitzt." Louise schluckte und hätte am liebsten angefangen zu weinen, unterdrückte diesen Impuls jedoch. „Du machst es mir wirklich sehr schwer, dir weiterhin zu vertrauen."

Peter stand der Schweiß auf der Stirn. Er wusste, dass er drauf und dran war, Louise zu verlieren. Daher machte er noch einen letzten Versuch: „Aber Louise, bitte glaube mir: Ich wollte dich nicht belügen. Ich wollte dich nur nicht vor den Kopf stoßen."

Louise verschränkte ihre Arme vor der Brust. „Das hast du gerade aber." Mit diesen Worten stand sie auf und ließ Peter stehen.

Louise lehnte sich erschöpft gegen ein Palme, die am vorderen Rand des Gartens stand. Für die Schönheit der Landschaft hatte sie keinen Blick mehr. Stattdessen schaute sie traurig auf den Atlantik, der auf einmal unendlich weit weg zu sein schien. Wenn sie jetzt bloß in Heiligenhafen wäre. Dann könnte sie direkt an den Strand gehen, um nachzudenken und den Kopf wieder frei zu bekommen. Was sollte sie bloß tun?

Louise wurde jäh aus ihren Gedanken gerissen, als Peter von der Terrasse auf sie zugerannt kam und aufgeregt ihren Namen rief.

„Was ist?", fragte Louise und wischte sich verstohlen mit dem Handrücken die Tränen aus dem Gesicht.

Völlig außer Atem erklärte Peter: „Meine Nichte Nele hat gerade angerufen. Sie sagt, dass es Anne sehr schlecht geht."

Anne! Beziehungsprobleme hin oder her: Peters Schwester, ihre Patientin und Freundin brauchte ihre Hilfe – und zwar sofort! Auf einmal war Louise ganz klar im Kopf. „Wir nehmen den nächsten Flug nach Deutschland."

Die Stunden bis zur Ankunft in Kiel waren Louise unendlich lang vorgekommen. Peter hatte sich sofort ans Telefon gehängt, um den nächsten Flug von Teneriffa nach Hamburg zu buchen. Leider hatten sie erst einen Flug am nächsten Morgen bekommen. Bis dahin und auch während des Fluges hatten Louise und Peter kaum ein Wort miteinander gewechselt. Das lag zum einen an dem Streit vom gestrigen Tag. Zum anderen machten sich beide verständlicherweise Sorgen um Anne, über deren genauen Zustand sie kaum etwas wussten. Nele hatte nur etwas von Intensivstation und Atemnot gesagt.

Endlich waren sie in Hamburg gelandet. Glücklicherweise hatte Peter seinen Wagen auf einem Dauerparkplatz am Flughafen abgestellt. Eigentlich war Louise der Gedanke, noch weitere Stunden in Peters unmittelbarer Nähe zu verbringen, schier unerträglich. Doch sie wusste, dass es am sinnvollsten war, wenn sie beide zusammen direkt in die Kieler Klinik fuhren.

Dort angekommen, dauerte es nicht lange, bis sie nach einem kurzen Telefonat im Eingangsbereich auf Nele trafen, die sich bereits seit dem späten Vormittag in der Klinik aufhielt und ihnen nunmehr mit einem Becher Kaffee entgegenkam. Auch Annes Tochter hatte in Berlin, wo sie mit ihrem Freund und ihrer kleinen Tochter Lilly wohnte, alles stehen und liegen lassen und war sofort mit dem Zug nach Kiel gefahren. „Entschuldigt, ich brauchte gerade mal einen Wachmacher. Ich habe letzte Nacht kaum geschlafen." Mit einer herzlichen Umarmung begrüßte Nele zunächst ihren Onkel und anschließend Louise.

Louise hatte sich Annes Tochter ganz anders vorgestellt. Im Gegensatz zu Anne wirkte Nele alles andere als brav und adrett – im Gegenteil: Sie hatte leuchtend rotgefärbte lange Haare und trug zu einem bunten Oversize-Pulli eine Pluderhose, in der sie noch dünner wirkte, als sie ohnehin schon war. Auf ihrem rechten Nasenflügel blitzte ein silbernes Piercing. Doch der äußere coole Eindruck täuschte, wie Louise schnell feststellen musste, denn Nele besaß das gleiche warmherzige Lächeln wie ihre Mutter. Annes Tochter war Louise auf Anhieb sympathisch.

Peter legte fürsorglich einen Arm um seine Nichte und fragte besorgt: „Wie geht es deiner Mutter?"

„Tja, sie hat eine Lungenentzündung, vermutlich weil sie eine Erkältung verschleppt hat", erklärte Nele und drehte sich zu Louise um. „Die Ärzte sagen, dass dies häufiger vorkommt, da das Immunsystem von Krebspatienten nach einer Behandlung sehr geschwächt ist. Glücklicherweise ist sie inzwischen wieder etwas stabiler."

Plötzlich wand sich Nele aus der Umarmung ihres Onkels und nahm einen wütenden und zugleich traurigen Gesichtsausdruck an. „Warum hat sie mir bloß nicht erzählt, dass sie Brustkrebs hat?"

Peter atmete tief durch. Er hatte befürchtet, dass diese Frage früher oder später kommen würde und überlegte angestrengt, was er seiner Nichte antworten könnte.

Louise erwiderte Peters verzweifelten Blick und spürte instinktiv, dass sie nun an der Reihe war. Sie nahm Nele an der Hand und führte sie zu einer Stuhlreihe in der Nähe der Aufzüge. Dann bedeutete sie Nele, sich mit ihr dort hinzusetzen. Peter blieb in einiger Entfernung stehen, da er wusste, dass niemand seiner Nichte diese Frage besser beantworten konnte als Louise.

„Du weißt doch, dass deine Großmutter bereits in jungen Jahren an Brustkrebs gestorben ist“, begann Louise vorsichtig.

Nele nahm einen Schluck aus ihrem Kaffee und nickte stumm.

„Dann weißt du bestimmt auch“, fuhr sie weiter fort, „dass bei der Entwicklung von Brustkrebs die erbliche Veranlagung eine gewisse Rolle spielt.“

„Heißt das etwa, dass Mama ebenfalls sterben wird und ich auch Brustkrebs bekomme?“, fragte Nele erschrocken.

Louise legte der zitternden jungen Frau zur Beruhigung eine Hand auf die Schulter. „Aber nein. Das heißt es ganz und gar nicht. Was ich dir sagen möchte, ist vielmehr: Deine Mutter wollte dich nicht unnötig beunruhigen.“

„Aber ich bin beunruhigt“, unterbrach Nele Louise, noch immer aufgebracht. „Was glaubt sie denn, wie ich mich jetzt fühle: Erst erfahre ich, dass sie eine schwere Lungenentzündung hat. Und dann höre ich, dass sie diese wahrscheinlich aufgrund ihres geschwächten Immunsystems infolge der Krebstherapie erlitten hat. Ich finde, das ist ein bisschen viel auf einmal.“ Nele stellte den Kaffeebecher neben sich auf den Stuhl und stützte ihren Kopf verzweifelt auf ihre Hände.

„Nele?“, ließ sich Louise nicht aus der Ruhe bringen. „Ich möchte dir gerne eine Frage stellen.“

Erstaunt blickte Nele hoch und sah Louise fragend an.

„Du hast doch eine kleine Tochter – Lilly, nicht wahr?“

Nele nickte, und Louise sah, wie sich Neles Miene bei dem Gedanken an ihre Tochter aufhellte.

„Würdest du wollen, dass sie sich Sorgen um dich machen muss?“

Nele antwortete nicht, sondern blickte Louise nur nachdenklich an.

Eigentlich hätte Louise gar nicht zu Anne auf die Intensivstation gehen dürfen, da sie keine nahe Angehörige war. Da man sie jedoch in der Klinik kannte, hatte man in ihrem Fall eine Ausnahme gemacht. Louise war darüber sehr erleichtert, denn sie wollte Anne unbedingt sehen und sich mit eigenen Augen davon überzeugen, wie es ihrer Freundin ging.

Als Louise schließlich nach Peter und Nele ins Krankenzimmer eintrat und Anne hilflos an einen Beatmungsschlauch und einen Tropf angeschlossen daliegen sah, weckte dies ungute Erinnerungen. Sie musste daran denken, wie sie selbst nach ihrer Krebstherapie ins Koma gefallen war, tagelang um ihr Leben gerungen und schließlich dank der Liebe und Unterstützung durch Karin, Sina, Mark und Eddie (davon war sie heute noch fest überzeugt) wieder gesund geworden war.

Arme Anne! Das Gesicht ihrer Freundin war fahl und wächsern. In dem großen Krankenhausbett wirkte die schlanke Anne noch schmächtiger als sonst.

Als Anne Louise erblickte, versuchte sie, sich zu ihr umzudrehen und etwas zu sagen. „Sch", bedeutete Louise Anne mit dem Zeigefinger vor dem Mund, ruhig zu sein. Sie wusste, dass ihre Freundin noch sehr geschwächt war und ihr das Reden schwerfiel.

„Du bist auch da", flüsterte Anne.

„Ja, das bin ich."

Erfreut sah Louise, dass Anne bei diesen Worten lächelte.

Nach dem Besuch bei Anne bot Peter Louise an, sie nach Heiligenhafen zu fahren. Doch sie lehnte dankend ab. Stattdessen nahm sie sich ein Taxi. Das war zwar nicht gerade billig, doch sie musste jetzt erst einmal alleine sein. In den nächsten

Tagen wollte sie wieder nach Kiel kommen und Anne besuchen. Peter würde Nele vorerst mit zu sich nach Ahrensburg nehmen und mit ihr zusammen ebenfalls regelmäßig seine Schwester besuchen.

Louise war froh, endlich wieder zu Hause zu sein. In den letzten zwei Tagen war ihr immer mehr bewusst geworden, wie sehr sie ihr Haus und den nahen Strand vermisst hatte. Schade, dass sowohl Karin als auch Sina noch nicht da waren. Louise hatte noch am Abend nach ihrer Ankunft Karin und Sina angerufen und ihnen geschildert, was passiert war und sie gefragt, was sie an ihrer Stelle tun würden. Unabhängig voneinander hatten ihr beide Freundinnen denselben Rat gegeben: „Bleib' dir selbst treu." Und genau das beabsichtigte Louise auch zu tun, wenngleich sie auch noch nicht genau wusste, was das bedeutete.

Am nächsten Tag ging sie, nachdem sie sich telefonisch nach Annes Wohlbefinden erkundigt hatte, in Richtung Seebrücke spazieren: Zwar war es hier deutlich kälter als auf Teneriffa, sodass Louise trotz ihrer Steppjacke leicht fröstelte. Doch sie genoss die frische, würzige Ostseeluft, die ihr wie vieles andere hier inzwischen so vertraut geworden war.

Um diese Jahreszeit waren noch nicht viele Touristen in Heiligenhafen. Doch Louise war dies mehr als recht. Schließlich hatte sie über einiges nachzudenken. Und das ging am besten, wenn sie Ruhe hatte. Sie setzte sich auf eine Bank und beobachtete eine Frau, die mit ihrem Hund am Strand spielte und dabei sichtlich Spaß zu haben schien.

Louise lächelte. Sie musste an das Gespräch zwischen ihr und Anne vor ein paar Wochen denken, in dem sie sich über ihre Träume unterhalten hatten. „Das Leben ist viel zu kostbar, um seine Träume nicht zu leben und sich selbst untreu zu werden", sagte Louise leise zu sich. Louise saß ein paar Minuten schweigend da und blickte nachdenklich in Richtung Horizont, der sich hell und klar von der Ostsee abhob. Und auf einmal wusste sie, was sie zu tun hatte.

Einen Tag später fuhr sie mit dem Bus nach Kiel, um Anne zu besuchen und mit ihrer Pflegedienstleiterin Doris über ihre weitere Arbeit zu sprechen. Über sie hatte sie zuvor auch telefonisch erfahren, dass sich Anne weiterhin auf dem Wege der Besserung befand. Weil sie wieder besser atmen konnte, war sie heute Morgen auch auf die Normalstation verlegt worden.

Peter wollte Louise aus gutem Grund nicht anrufen. Daher wusste sie nicht, ob und wann er heute mit Nele in der Klinik war und ob sie dort eventuell aufeinandertreffen würden. Doch das würde sie einfach riskieren.

Tatsächlich hatte sie Glück, als sie anklopfte und vorsichtig Annes Zimmer betrat. Von Peter und Nele, die sie gerne noch näher kennengelernt hätte, war weit und breit nichts zu sehen.

„Hallo, meine Liebe“, freute sich Anne und legte ihre Zeitschrift beiseite. Sie sah tatsächlich deutlich besser aus als noch vor zwei Tagen auf der Intensivstation.

„Hallo Anne. Na, du machst mir vielleicht Sachen.“

Anne lächelte schwach. „Das Gute daran ist, dass ich Nele so wieder etwas näher gekommen bin. Vielleicht musste es erst soweit kommen. Apropos Krisen“, lenkte sie das Gespräch nun auf Louise. „Was ist bei dir und Peter eigentlich los?“

Also hatte Anne schon von ihrer Beziehungskrise gehört, dachte Louise und wusste, dass sie ihrer Freundin nun eine Erklärung schuldig war. Sie zog einen Hocker unter dem Tisch hervor, stellte diesen neben Annes Bett und setzte sich zu ihr. „Was hat dir Peter erzählt?“, wollte sie zunächst wissen, bevor sie antwortete.

„Ach, er brauchte mir nichts zu sagen", winkte sie ab und unterbrach jedoch kurz, weil sie husten musste. „Er ist mein Bruder. Ich konnte ihm schon früher immer ansehen, wenn es ihm nicht gut ging. Also, erzähl' mir, was mit euch los ist."

Eigentlich war Louise ja wegen Anne gekommen. Doch jetzt hatte sie das Gefühl, sie und Peter seien die eigentlichen Sorgenkinder. Da sie Anne nichts vormachen wollte, erzählte sie ihr von der Sache mit dem Haus. Anne nickte nur stumm, bis sie schließlich sagte: „So lieb Peter auch ist: Er will immer, dass alles nach seiner Nase geht. Das hat ihm schon so manche Schwierigkeiten eingebracht. Was wirst du jetzt tun?" Fragend und besorgt blickte sie Louise an.

Louise seufzte. Dann erzählte sie Anne, dass sie lange darüber nachgedacht, jetzt aber einen Entschluss gefasst hatte.

„Das kann ich gut verstehen." Dann griff sie nach Louises Hand und drückte sie schwach. „Ich hoffe, dass auch Peter das verstehen wird."

Sie war bereits kurz vor dem Ausgang, als sie auf Peter und Nele traf. Überrascht schauten sich Louise und Peter an.

„Ach, Nele, geh' doch schon einmal vor. Ich komme gleich nach", sagte Peter zu seiner Nichte. „Können wir kurz reden?", fragte er, nachdem Nele weitergegangen war.

„In Ordnung", sagte Louise und ließ sich von Peter an die Seite führen.

Er schaute Louise intensiv und fast flehend an. „Ich muss bald zurück nach Teneriffa."

„Ich weiß, aber ich komme nicht mit", entgegnete Louise traurig.

Peter nickte. Vermutlich hatte er sich das schon gedacht. Lange blickten sie sich schweigend an, bis Peter leise fragte: „Dann war es das mit uns?"

Louise holte tief Luft. Sie hatte sich ihre Worte bereits in Heiligenhafen sorgfältig zurechtgelegt für den Fall, dass sie Peter in Kiel treffen würde. „Du hast mich sehr verletzt", begann Louise.

„Ich weiß", antwortete Peter reumütig.

Louise hob die Hände. „Lass' mich bitte ausreden. Also: Du hast mich sehr verletzt. Und ich brauche jetzt etwas Zeit, um damit umzugehen. Außerdem habe ich noch einen Traum, den ich gerne verwirklichen würde. Denn eines habe ich in den letzten Tagen erkannt: Damit ich überhaupt mit einem Mann glücklich sein kann, muss ich mir selbst treu bleiben. Das hatte ich fast vergessen."

Ein paar Sekunden herrschte betretenes Schweigen zwischen ihnen. Keiner wusste, was er noch sagen sollte.

Schließlich streckte sich Louise auf die Zehenspitzen und gab Peter einen Kuss auf die Wange. Dann ging sie in Richtung Ausgang. Einen kurzen Moment lang war sie versucht, umzukehren und Peter in die Arme zu fallen. Um ihre widerstreitenden Gefühle in den Griff zu bekommen, ballte sie ihre Fäuste. Und tatsächlich: Sie schaffte es weiterzugehen, ohne sich noch einmal umzudrehen.

Achtzehn

Karin wischte über das rote Telefonhörersymbol auf ihrem Smartphone, um das Gespräch abzuweisen. Eddie hatte inzwischen bereits elfmal versucht, sie anzurufen. Das zeigte ihr der kostenlose SMS-Benachrichtigungsdienst auf ihrem Handy an. Doch sie war auch jetzt noch nicht in der Stimmung, um mit ihm zu sprechen. Vielleicht würde sie das nie wieder tun. So verletzt und gedemütigt fühlte sie sich. Eddie hatte sie mit Maria betrogen! Sie hatte immer geglaubt, dass Eddie ihr ewig treu sein würde. Und jetzt hatte er die erstbeste Gelegenheit genutzt, um mit seiner alten Flamme fremdzugehen. Wie konnte er ihr das bloß antun!

Karin wischte sich verschämt eine Träne aus dem Auge, als Dieter zu ihr ins Auto stieg. Ihr Exmann befand sich nach seiner Entlassung aus dem Krankenhaus bereits in einem körperlich und seelisch erstaunlich guten Zustand. Daher würde er in der nächsten Woche bereits mit der ambulanten Reha beginnen können. Bis dahin hatten ihm die Ärzte geraten, regelmäßig spazieren zu gehen. Und so war Karin mit Dieter ans Rheinufer gefahren, wie sie es zu Zeiten ihrer Ehe oft getan hatten.

„Schon wieder Eddie?“, fragte Dieter scheinbar beiläufig, während sie am Wasser entlangschlenderten. Er hatte sehr wohl mitbekommen, dass Karins Handy zum wiederholten

Male geklingelt hatte, ohne dass sie darangegangen war. Auch wenn sie bisher kein Wort darüber verloren hatte: Er kannte seine Exfrau doch gut genug, um zu spüren, dass sie wütend und unglücklich war und dass dies mit Eddie zusammenhängen musste.

Karin lächelte Dieter gequält an und hakte sich zu seiner Überraschung bei ihm unter.

„Ist nicht so wichtig."

„Aha, also dunkle Wolken am Ehehimmel", stellte Dieter fest und versuchte, ein Lächeln zu unterdrücken. Einerseits tat ihm Karin leid. Andererseits freute er sich auch ein bisschen über ihre Ehekrise. Denn vielleicht würde sie erkennen, dass ihre Scheidung doch ein Fehler gewesen war, und es bestand die Chance, dass sie wieder zusammenkamen. Jetzt nur nichts überstürzen, dachte Dieter.

Er musste Karin Zeit lassen, auch wenn er versucht war, sie augenblicklich an den Schultern zu packen, zu sich herumzudrehen und zu küssen.

Doch auf ein Zeichen der Zuneigung musste er nicht lange warten. Denn Karin suchte mit ihrer Hand seine in der Manteltasche und drückte sie kräftig. „Danke", sagte sie.

„Wofür denn?", fragte Dieter und blickte Karin überrascht von der Seite an.

„Dafür, dass du für mich da bist und mir keine Fragen stellst."

Dieter schmunzelte. Wenn sie wüsste, wie schwer mir dies gerade fällt, dachte er. Doch stattdessen antwortete er: „Warum sollte ich? Außerdem müsste ich dir danken, wo du doch schon die ganze Zeit für mich da bist."

„Das mache ich doch gerne. Schließlich will ich, dass du schnell wieder fit wirst."

Hand in Hand setzten sie ihren Spaziergang fort.

„Da stimmt etwas nicht“, stellte Eddie enttäuscht fest. Nun hatte er zum x-ten Male bei Karin angerufen, und sie hatte jedes Mal das Gespräch weggedrückt. Nachdem er es auch bei Sophie probiert hatte, war diese zwar ans Telefon gegangen, hatte ihm jedoch erklärt, dass Karin ihr aufgetragen hätte, ihm nichts zu sagen.

War Karin etwa noch immer sauer auf ihn, weil er seinen Sohn in München besucht hatte? Seine Frau konnte doch gar nicht wissen, welches miese Spiel Maria mit ihm gespielt hatte. Oder etwa doch?

Irgendwie hatte Eddie ein ganz ungutes Gefühl. Eine solche Funkstille wie jetzt hatte es noch nie zwischen ihnen gegeben. Und das war kein gutes Zeichen. Eddie zögerte nicht lange, sondern fasste einen Entschluss: Er musste nach Köln – und zwar möglichst schnell.

„Ich komme mit“, erwiderte Felix spontan, als er seinen Sohn in seinen Plan einweihte.

„Und was ist mit der Uni?“, wollte Eddie wissen.

„Die kann ich ruhig mal ein paar Tage schwänzen, wenn die Ehe meines Vaters auf dem Spiel steht.“

Und mit einem Augenzwinkern fügte Felix hinzu:

„Außerdem ist das die perfekte Gelegenheit, um Sophie wiederzusehen. Also, worauf warten wir noch?“

Eigentlich hatte Eddie vor, mit dem Zug fahren. Doch Felix konnte seinen Vater davon überzeugen, Marias Auto zu nehmen. Er würde es ihr nach seiner Rückkehr an den Tegernsee zurückbringen. Eddie hatte zwar Bedenken, musste sich aber eingestehen, dass sie mit einem Wagen flexibler und unabhängiger waren.

Es dauerte nicht lange, bis Eddie und Felix ihre Sachen gepackt hatten und unterwegs waren. Eigentlich wollte Eddie fahren. Doch Felix hielt es für besser, seinen aufgeregten Vater nicht ans Steuer zu lassen.

Insgeheim war Eddie dankbar für diese Pause, gab sie ihm doch Gelegenheit, über das Verhalten seiner Frau nachzudenken.

„Ich verstehe immer noch nicht, warum Karin nicht ans Telefon geht", murmelte Eddie halblaut, nachdem er ein weiteres Mal vergeblich versucht hatte, sie zu erreichen.

„Ich glaube, ich weiß es", sagte Felix, während er den Blinker setzte, um nach einem Überholvorgang wieder auf die rechte Spur zu wechseln.

„Du weißt es?", fragte Eddie überrascht. „Warum hast du es mir nicht schon früher gesagt?"

„Ich habe es auch erst vorhin erfahren", erklärte Felix kaugummikauend.

Eddie blickte seinen Sohn erwartungsvoll an und wartete darauf, dass er weiter erzählte.

„Als du gepackt hast, habe ich mit Sophie telefoniert und ihr mitgeteilt, dass wir auf dem Weg nach Köln sind. Sie wollte natürlich wissen, was los ist. Und da habe ich ihr gesagt, dass wir das ja gerade herausfinden wollen. Daraufhin ist sie meinem unwiderstehlichen Charme erlegen", Felix grinste, „und hat's mir verraten."

„Und?", fragte Eddie ungeduldig. „Felix, nun mach' es doch nicht so spannend."

Felix' Miene verfinsterte sich.

„Meine Mutter, die blöde Kuh, hat Karin eine SMS geschrieben. Und darin steht", Felix hielt kurz die Luft an, „dass ihr beide Sex miteinander hattet."

Eddie lief vor Wut rot im Gesicht an. „Sie hat was? Woher hat sie denn überhaupt Karins Handynummer?"

„Keine Ahnung. Von mir jedenfalls nicht."

Eddie schüttelte fassungslos den Kopf und blickte gedankenverloren durch die Frontscheibe. „Arme Karin. Kein Wunder, dass sie sauer auf mich ist."

Nach einer Weile brach Eddie das Schweigen und begann zu lächeln. „Du Felix? Du bist ziemlich klug für einen 20-Jährigen."

Felix lachte auf und konterte: „Überrascht dich das etwa? Ich bin doch dein Sohn."

„Na ja, aber das würde bedeuten, dass du in Sachen Frauen nicht der Klügste bist."

Felix nahm die rechte Hand vom Lenkrad und knuffte seinen Vater mit der Faust spaßhaft in den Oberarm. „Eh, was soll das denn heißen?"

„Dass ich mich im Hinblick auf deine Mutter ganz schön doof angestellt habe."

„Na ja, das stimmt schon. Aber meine Mutter ist ja auch ein Luder." Felix schüttelte sich. „Wenn ich nur daran denke, wie sie in Reizunterwäsche neben dir lag. Das war einfach nur peinlich. Außerdem passen Du und Karin viel besser zusammen."

Eddie blickte Felix zweifelnd an. „Ja, meinst du? Hoffentlich weiß das auch Karin."

Sophie biss sich auf die Unterlippe. Sie hatte Felix versprechen müssen, ihrer Mutter nichts von ihrem geplanten Besuch zu erzählen. Normalerweise hatte sie keine Geheimnisse vor ihr. Doch in diesem Fall war es besser, ihr nichts zu sagen. Denn sonst würde sie bestimmt abblocken.

Unter dem Vorwand, zusammen mit ihren Eltern heute Abend essen gehen zu wollen, hatte Sophie Karin und Dieter in eine Pizzeria locken können. Nachdem ihre Mutter nach einigen Bedenken (sie wollte eigentlich selber kochen) schließlich ihrem Plan zugestimmt hatte, hatte Sophie die Adresse an Felix geschickt, der mit Eddie dann direkt dorthin kommen wollte.

Sophie hoffte inständig, dass alles gut gehen würde. Denn die Tatsache, dass sich ihre Eltern besser denn je zu verstehen schienen, machte die Sache nicht gerade leichter für Eddie. So lächelten Karin und Dieter sich ständig an und berührten sich sogar an den Händen, wenn sie sich unbeobachtet fühlten.

So sehr sich Sophie auch immer ein intaktes Familienleben gewünscht hatte: Dass ihre Eltern wieder zusammenkamen, war einfach nicht richtig. Daran änderte auch der Herzinfarkt ihres Vaters nichts. Ihre Mutter liebte Eddie und umgekehrt. Außerdem hatte ihr Vater ihre Mutter lange Zeit mit einer jungen Frau betrogen – etwas, was Sophie ihm noch immer nicht ganz verziehen hatte.

Karin genoss die Stunden im Kreise ihrer Familie. Sie hatte zwar eigentlich vorgehabt, heute Abend einen Gemüseauflauf zuzubereiten. Doch jetzt fand sie es schön, auch mal bedient zu werden. Wie lange war es wohl her, dass sie mit Dieter und Sophie zusammen essen war? Karin konnte sich nicht daran erinnern.

Sie versuchte, sich auf die Speisekarte zu konzentrieren, die neben einer großen Auswahl von Pizza und Pasta auch mehrere Fisch-, Fleisch- und vegetarische Gerichte enthielt. Doch so sehr sie sich auch bemühte: Ihre Gedanken wanderten immer wieder zu Eddie. Daran änderte auch die Tatsache nichts, dass Dieter schon den ganzen Tag mit ihr flirtete und sie von ihren Problemen abzulenken versuchte.

Sie wusste nicht, was sie von Marias SMS halten sollte. Hatte sie übertrieben oder waren Eddie und Maria tatsächlich intim miteinander geworden? Schon allein die Vorstellung versetzte ihr einen Stich ins Herz. Es konnte und durfte einfach nicht sein, dass sie wieder einmal die betrogene Ehefrau war.

Dieter, da war sie sich sicher, hatte sich inzwischen geändert. Doch was war mit Eddie? War es ein einmaliger Ausrutscher oder würde sie ihren Mann endgültig an Maria verlieren? Und selbst, falls nicht: Würde sie ihrem Mann je wieder vertrauen können?

Natürlich war ihr bewusst, dass sie irgendwann mit Eddie darüber würde reden müssen. Doch nicht heute Abend! Sie war immer noch zutiefst verletzt und enttäuscht. Außerdem hatte sie in den letzten Wochen und Tagen so viel wegen Dieter durchgemacht. Da hatte sie es mehr als verdient, mal einen sorgenfreien Abend zu verbringen.

In wenigen Minuten würden sie da sein. Eddie war so nervös wie ein Schuljunge. Wie würde Karin reagieren? Er konnte sich gut vorstellen, dass sie ihn nicht sehen wollte. Was musste sie in den letzten Stunden gelitten haben – und das nur, weil Maria ihr eine infame Lüge aufgetischt hatte!

Von unterwegs hatte Eddie versucht, Maria telefonisch zu erreichen und sie zur Rede zu stellen. Doch sie ging nicht an ihr Handy, und zu Hause lief nur der Anrufbeantworter. Typisch Maria, dachte Eddie. Erst richtete sie Chaos an, und dann war sie zu feige, dazu zu stehen. Eddie wurde wütend, wenn er nur daran dachte. Doch das nützte jetzt nichts. Er musste sich beherrschen und auf das konzentrieren, was vor ihm lag.

Die Tatsache, dass Dieter mit dabei war, machte alles zwar komplizierter. Doch Felix hatte ihm versprochen, dafür zu sorgen, dass Karins Exmann sich aus allem heraushielt. Auch von Sophie, so hatte Felix ihm erklärt, würde er Unterstützung erwarten können.

Hoffentlich würde alles gut gehen. Eddie liebte Karin über alles und könnte sich nie verzeihen, wenn ihm seine Naivität seine Ehe kosten würde.

Er atmete noch einmal tief ein, als Felix auf den Parkplatz der Pizzeria „Don Alfredo" fuhr. Nach den vielen Autos zu urteilen, die dort parkten, war es im Restaurant rappelvoll. Auch das noch! Aber es nützte nichts. Er musste da durch. Entschlossen griff Eddie zum Rosenstrauß auf der Rückbank, den er unterwegs besorgt hatte, und stieg aus.

„Eddie? Felix?", fragte Karin überrascht. Eddie stand vor ihrem Tisch und hielt ihr mit fragendem Blick einen Blumenstrauß entgegen. Ein paar Schritte hinter ihm im Halbdunkel des Raumes war Felix zu erkennen. Sophie sprang auf und eilte ihrem Freund entgegen, um ihn zu umarmen und zu küssen. „Da seid ihr ja!", freute sie sich.

„Sophie, du wusstest ...? Was hat das zu bedeuten?", fragte Karin irritiert. Auch Dieter war mehr als überrascht und starrte mit offenem Mund von einem zum anderen.

Eddie ging vor Karin in die Knie und antwortete an Sophies Stelle. „Karin, ich liebe dich. Und da du nicht ans Telefon gehst, bin ich hergekommen, um es dir zu sagen. Außerdem", Eddie räusperte sich, „wollte ich noch ein Missverständnis ausräumen."

„Ein Missverständnis?" Karins Augen weiteten sich entsetzt. Sie konnte nicht glauben, dass Eddie sich herausreden wollte. „Die Nachricht von Maria war ja wohl mehr als eindeutig." Karin warf ihre Serviette auf den Tisch. „Wir haben nichts zu bereden. Am besten, du verschwindest sofort wieder."

„Du hast es doch gehört", schaltete sich jetzt auch Dieter ein und legte beschützend eine Hand auf Karins Unterarm.

„Sie will nichts mehr von dir wissen. Und übrigens", ergänzte Dieter grinsend, „sind Karin und ich inzwischen wieder zusammen."

„Wir sind was?", fragte Karin entsetzt nun in Dieters Richtung.

Doch sie hatte keine Gelegenheit, auf eine Antwort zu warten, da Eddie sich erhob und im Begriff war, sich auf Dieter zu stürzen. An den Nachbartischen beobachteten die Gäste interessiert das Geschehen.

„Lass' ja die Finger von meiner Frau."

Felix und Sophie kamen angerannt und hielten Eddie fest. „Papa, lass' das", sagte Felix.

„Eddie, bitte", bat auch Karin. „Dieter darf sich nicht aufregen."

„Hach." Dieter stand auf und fuchtelte mit seinen Fäusten wild in der Luft herum. Dabei stieß er ein Glas um, das splitternd zu Boden fiel, sodass inzwischen auch die Bedienungen auf den Tumult an Tisch 3 aufmerksam wurden. „Ich bin fit genug, um es mit diesem langen Hungerhaken aufzunehmen", sagte Dieter mit entschlossenem Blick in Richtung Eddie, der seinerseits die Fäuste zur Verteidigung hob.

Karin sprang erschrocken auf. „Ja, seid ihr beide denn von allen guten Geistern verlassen?"

„Keine Sorge, Liebling, ich werde um dich kämpfen", versicherte ihr Eddie ritterlich, obwohl ein Faustkampf nicht zu seinem ursprünglichen Plan gehört hatte.

„Und ich ebenfalls", konterte Dieter, noch immer in Boxerpose.

„Um mich kämpfen?" Karin konnte kaum glauben, was die beiden Männer da von sich gaben. Wütend stemmte sie ihre Hände in die Hüften. „Ihr seid verrückt. Und außerdem habe ich da ja wohl auch noch ein Wörtchen mitzureden." Dann machte sie eine wegwerfende Handbewegung in Richtung Eddie und Dieter. „Ach, lasst mich doch beide in Ruhe, ihr, ihr – Männer!“ Karin nahm ihre Jacke von der Stuhllehne und rannte in Richtung Ausgang.

„Karin!“, rief Eddie ihr hinterher.

„Ja, aber ich wollte doch nur ...“, stammelte Dieter.

„... und ich auch“, ergänzte Eddie enttäuscht.

Sophie trat von hinten an Eddie heran. „Geh' ihr nach“, flüsterte sie ihm ins Ohr. Und zu ihrem Vater gewandt sagte sie streng: „Und du, Paps, bleibst hier, verstanden?“

Karin hatte das Gefühl, jeden Moment zu hyperventilieren. Sie war aus der Pizzeria gestürmt und in der Dunkelheit einfach nur immer weiter geradeaus gerannt. Doch jetzt bekam sie kaum noch Luft. Glücklicherweise war der Himmel klar, und der Mond schien leuchtend hell. Karin konnte erkennen, dass nicht weit vor ihr ein kleiner Park lag. Schniefend und mit tränennassen Augen lief sie weiter, bis sie die ersten Bäume erreichte. Erschöpft und verzweifelt ließ sie sich auf eine Bank sinken. Was sollte sie bloß tun? Wenn doch jetzt Louise und Sina bei ihr wären. Sie hätten bestimmt einen passenden Rat für sie. Hektisch nestelte sie an ihrer Jackentasche herum. Auch das noch! Sie hatte ihr Handy im Lokal vergessen.

Eddie wollte gerade die Tür öffnen, als der Wirt auf ihn zukam und ihm eine Hand auf die Schulter legte. „Scusi, Signore!“

Eddie drehte sich um. „Entschuldigen Sie den Tumult. Falls Ihnen ein Schaden entstanden ist, werde ich den natürlich ersetzen.“

„No, no, machte nix“, winkte Alfredo ab. „Wollte nur Rat geben.“

„Bitte?“ Eddie verstand nicht.

„Wir Italiener sowas gut kennen. Am besten, du zeigen Liebe durch Taten."

Endlich dämmerte es Eddie. Eigentlich wollte er nicht länger warten, sondern schnellstmöglich Karin hinterhereilen. Dennoch fragte er: „Und wie?"

„Wenn Worte nicht funktionieren, dann singen."

„Singen?", fragte Felix belustigt aus dem Hintergrund und trat näher an die beiden Männer heran. „Papa, hattest du das nicht schon mal?"

Allerdings! Eddie musste an seinen peinlichen Auftritt auf dem Kreuzfahrtschiff denken. Eigentlich hatte er nicht vor, so etwas noch einmal zu wiederholen.

Jetzt kam auch Sophie näher. „Ja, du könntest Mama etwas aus Romeo und Julia singen. Das ist sehr romantisch", schlug sie vor.

Eddie zog skeptisch seine Augenbrauen hoch. „Diese Liebesgeschichte ist tragisch ausgegangen."

„Na ja", sagte Alfredo mit einer ausladenden Geste. Signora mögen romantise Määänner. Daher wir mussen viel einfallen lassen, um zurückgewinnen l'amore."

„Okay", gab sich Eddie geschlagen. „Was habe ich schon zu verlieren. Schließlich hat es schon einmal funktioniert. Warum nicht auch diesmal."

„Bene." Alfredo gab Eddie mit seiner breiten Hand einen aufmunternden Klaps auf den Rücken. Beim Hinausgehen reichte er ihm seinen Rosenstrauß, den er auf einem Stuhl abgelegt hatte. „Hier, machen sich besser so."

Wo sollte er bloß nach ihr suchen? Eddie war bereits einige Schritte gelaufen, als er anhielt und sich umsah. Er kniff die Augen zusammen und überlegte angestrengt, in welche Richtung er gehen sollte. Links führte der Weg zu einer Straße.

Eddie glaubte nicht, dass Karin dorthin gerannt war. Rechts kam man zu einer Sackgasse. Das schied also ebenfalls aus. Kurz entschlossen ging Eddie weiter geradeaus und rief dabei immer wieder Karins Namen.

Ungeduldig zog Sophie Felix hinter sich her. In der anderen Hand hielt sie das Handy ihrer Mutter fest, welches sie in der Pizzeria liegengelassen hatte. Hoffentlich würde Eddie sie in der Dunkelheit bald finden. Dieter folgte ihnen in einigem Abstand, ebenfalls besorgt.

Eddie wusste nicht mehr, wo er noch suchen sollte. „Karin", rief er ein letztes Mal verzweifelt. Er wollte sich schon umdrehen, als er ein leises Schluchzen hörte. Er hielt sich die Hand an die Stirn, um im Schein der Straßenlaterne besser sehen zu können. Tatsächlich. Etwa zwanzig Meter vor ihm saß jemand auf einer Parkbank. Das musste Karin sein! Er rannte zu der Person. Und tatsächlich: Es war Karin!

„Geh' bloß weg", schniefte sie.

Doch Eddie ließ sich nicht beirren und kam näher.

„Lass' mich", fauchte sie ihn erneut an.

„Nein, ich lass' dich nicht."

„Hier". Eddie hielt Karin den Blumenstrauß hin.

„Die kannst du dir sparen", antwortete sie und drehte ihm den Rücken zu.

„Nein, warte."

Überrascht sah Karin, wie Eddie sich vor ihr hinkniete, nach ihrer Hand griff und sie wieder zu sich herumdrehte. Karin wollte ihre Hand schon zurückziehen, doch Eddie hielt sie fest. „Was willst du?", fragte sie ihn überrascht.

„O sole mio", begann Eddie zaghaft zu singen.

„Lass' das. Du weckst noch alle Leute hier in der Gegend auf." Karin war peinlich berührt.

Doch Eddie ließ sich nicht beirren. „O sole mio, du meine Sonne“, wiederholte er, diesmal laut und mit einer ausladenden Bewegung der Arme.

„Oh, mein Gott“, stöhnte Karin und schüttelte den Kopf. Doch irgendwann konnte sie nicht anders: Sie hielt sich die Hand vors Gesicht und fing an zu lachen.

Eddie hörte abrupt auf. „Singe ich so schlecht?“, fragte er.

„Ja, allerdings“, kicherte Karin.

„Aber wenigstens habe ich dich zum Lachen gebracht“, freute sich Eddie.

Karins Miene verfinsterte sich wieder. „Das ändert nichts an dem, was du getan hast.“

Eddie rückte noch etwas näher an Karin heran, nahm erneut ihre Hand und sah ihr tief in die Augen. „Karin, ich habe nichts getan.“

„So?“

„Wirklich. Wie könnte ich auch? Ich liebe dich doch.“

„Pah.“

„Mama, Eddie liebt dich wirklich“, sagte Sophie kurzatmig, froh darüber, dass sie und Felix ihre Mutter und Eddie endlich gefunden hatten.

„Ach ja?“, fragte Karin noch immer zweifelnd.

„Zwischen den beiden ist überhaupt nichts passiert“, mischte sich jetzt auch Felix ein. „Ich schwöre.“ Zum Beweis hielt Felix zwei Finger in die Höhe, was Karin in der Dunkelheit allerdings kaum sehen konnte.

„Woher willst du das wissen?“, fragte Karin immer noch zweifelnd.

„Weil sie es dir gleich persönlich sagt.“

Felix nahm sein Handy aus der Gesäßtasche, entfernte sich ein paar Schritte von der Gruppe und drückte auf eine Kurzwahltaste. Karin, Eddie und Sophie verstanden nur, wie Felix am Ende des Gesprächs laut und deutlich sagte: „... sonst bin ich nicht mehr dein Sohn." Felix ging auf Karin zu und hielt ihr das Mobiltelefon hin. Sie hatte keine Ahnung, was dies zu bedeuten hatte. Skeptisch nahm sie das Handy entgegen und hielt es an ihr Ohr. „Ja?"

Maria stockte. Was hatte sie bloß angerichtet? Sie hätte fast Eddies glückliche Ehe zerstört. Und auch ihre Ehe war kurz vor dem Scheitern, weil ihr Mann Franz ihre Eskapaden nicht mehr ertragen konnte und – zumindest vorübergehend – ausgezogen war. Konnte sie all das je wieder gutmachen ? Sie wusste es nicht: Alles, was sie wollte, war, dass ihr Sohn wieder stolz auf sie war. Und dazu musste sie jetzt Farbe bekennen. Also nahm sie all ihren Mut zusammen und stotterte ins Telefon: „Karin, es, es, also es tut mir leid."

Maria fiel ein Stein vom Herzen: Es war geschafft. Mehr brauchte sie nicht zu sagen.

Erleichtert gab Karin Felix sein Handy zurück und fiel in Eddies Arme.

In diesem Moment tauchte Dieter wie ein Gespenst aus der Dunkelheit auf. „Eddie, ich hab's mir überlegt", stammelte er aufgeregt und ziemlich außer Atem. „Ich gebe Karin wieder frei. Ich glaube, sie liebt dich mehr als mich."

Doch Eddie und Karin hörten das schon nicht mehr.

Sophie hatte Mitleid mit ihrem Vater, der noch immer vergeblich auf eine Antwort wartete. „Komm, Paps, lass' gut sein. Wir fahren jetzt besser nach Hause."

Mit einem zufriedenen Grinsen im Gesicht sah Felix in Richtung Eddie und Karin, die noch immer eng umschlungen dastanden und sich nicht vom Fleck rührten. Er reckte seine Faust zur Siegerpose. Dann folgte er seiner Freundin und ihrem Vater.

Neunzehn

Ich ziehe nie wieder um, dachte Sina. Sie stellte eine Lampe ab und ließ sich erschöpft auf die unterste Treppenstufe sinken, die zum Obergeschoss ihres neuen Hauses führte. Mark und Eddie hatten gerade die letzten Umzugskartons hereingebracht und unter lautem Ächzen und Stöhnen im Flur abgestellt.

„Danke, Mann“, klopfte Mark seinem Freund anerkennend auf die Schulter.

„Wofür denn?“, fragte Eddie und rieb sich mit dem Handrücken den Schweiß von der Stirn.

„Dafür, dass du so ein guter Freund bist“, antwortete Sina an Marks Stelle.

„Und wir?“, tönte es aus der Küche.

Wenige Sekunden später standen Louise und Karin vor ihnen.

„Ja, und wir?“, fragte jetzt auch Karin mit einem Brotmesser in der Hand.

Sina lachte. „Willst du mir etwa drohen?“, fragte sie mit Blick auf ihre „bewaffnete“ Freundin.

„Oh“, sagte Karin, als sie merkte, wie sie vor Sina stand und ließ das Messer schnell wieder sinken.

„Ich war nur gerade dabei, Brot zu schneiden. Schließlich sollten wir alle mal etwas essen.“

„Gute Idee, mein Schatz. Wie gut, dass du immer an unser leibliches Wohl denkst", sagte Eddie und gab Karin vor versammelter Mannschaft einen dicken Kuss auf den Mund.

Kurze Zeit später saß Sina mit ihren Freunden auf ein paar Klappstühlen an einem improvisierten Esstisch im Wohnzimmer. Ben verbrachte drei Tage bei seinem Vater in Hamburg, sodass sich Sina und Mark ganz ihrem Umzug widmen konnten. Ihre Möbel hatten sie bereits am Vorabend aus Kiel geholt, wo diese bereits seit ihrem Umzug nach Argentinien in einer Garage lagerten. In Südamerika hatten sie in einer möblierten Wohnung gelebt, sodass sie von dort im Wesentlichen nur Kleidung und andere persönliche Gegenstände mitgebracht haben. Dennoch hatten sie am Flughafen einiges an Übergepäck zahlen müssen. Aber das war ihnen egal. Hauptsache, sie waren jetzt hier.

Sina war erschöpft, aber zufrieden. Schließlich waren die letzten Wochen ganz schön aufregend gewesen. Nachdem sich die Wohnungs- und Jobfrage lange Zeit hingezogen hatte, überschlugen sich die Ereignisse auf einmal: Erst erhielt Mark die Zusage des Hamburger Architektenbüros, das unter anderem für die Entwicklung und Umsetzung von Alternativen für die marode Fehmarnsundbrücke zuständig sein würde. Wegen Marks Erfahrung im Brückenbau, seiner Auslandserfahrung und einer ausgezeichneten Empfehlung von Jürgen Brommer hatte man ihn „mit Kusshand" eingestellt.

Zwei Tage später kam eine Nachricht von Frank Weiss, der ihnen mitteilte, dass sie das Haus in Burg haben könnten. Die Familie, die es ursprünglich mieten wollte, hatte es sich tatsächlich anders überlegt. Diese beiden Probleme waren also gelöst. Umso glücklicher war Sina, endlich in ihrem Traumhaus auf Fehmarn zu sein. Wie sehr hatte sie sich das gewünscht!

Ihr Glück wäre jetzt eigentlich perfekt gewesen, hätte Mark Sina nicht erzählt, dass er aufgrund fehlerhafter Spermienkörper „mit 99-prozentiger Wahrscheinlichkeit" unfruchtbar sei.

Sina wusste nicht, dass ihr Freund sich noch in Argentinien in einer urologischen Klinik hatte untersuchen lassen. Doch Mark hegte, wie er ihr sagte, schon lange den Verdacht, dass der Grund für ihren unerfüllten Kinderwunsch bei ihm und nicht bei Sina liegen könnte.

„Und diese Ungewissheit konnte ich nicht länger ertragen", hatte er ihr eines Abends gestanden, als Ben bereits in seinem neuen Kinderzimmer schlief.

Zuerst war Sina angesichts dieser Nachricht völlig verzweifelt. „Warum müssen wir so für unser Glück kämpfen?", fragte sie Mark mit Tränen in den Augen, worauf ihr Freund ebenfalls keine Antwort wusste.

Natürlich hatten sie mit Ben bereits ein Kind, dass Mark wie sein eigenes liebte. Doch ein weiteres gemeinsames Kind wäre die Krönung ihrer Liebe gewesen. Nun hatte sie endlich den Mann fürs Leben gefunden, und dann konnten sie zusammen keine Kinder bekommen – wie ungerecht die Welt doch sein konnte!

Nachdem beide nächtelang geredet und geweint hatten, überlegten sie, wie es nun weitergehen konnte. Vielleicht sollten sie einfach abwarten und auf ein Wunder hoffen; schließlich war Sina mit 35 jung genug, um noch in ein paar Jahren schwanger zu werden.

Doch ein Kieler Kinderwunschspezialist, zu dem sie nach Marks Geständnis gefahren waren, hatte den beiden wenig Hoffnung gemacht. Er sah lediglich eine geringe Chance in der ICSI-Methode, bei der die Spermien im Labor direkt in die Eizelle gebracht werden.

Den Gedanken an körperlich und seelisch belastende reproduktionsmedizinische Eingriffe hatten die beiden jedoch schnell wieder verworfen. Das war definitiv nicht ihr Weg.

Als Sina und Mark abermals mit ihrem Schicksal haderten und der Gedanke an den ungewollten Kinderwunsch ihre Freude über das neue Haus auf Fehmarn trüben wollte, wandten sie sich in ihrer Verzweiflung an Louise.

Louise nickte zunächst nur traurig, nachdem ihr das Paar sein Leid geklagt hatte. Doch dann tröstete sie die beiden und sagte, dass ihr Wunsch bestimmt noch in Erfüllung ginge, wenn er aus tiefem Herzen käme. Sina konnte sich dies beim besten Willen nicht vorstellen, bis Karin, der sie sich ebenfalls anvertraut hatten, sie mit den Worten „vielleicht habt ihr beiden eine andere Aufgabe" auf eine Idee brachten. Als Sina und Mark sich anblickten, mussten beide nichts sagen. Sie wussten instinktiv, was der andere dachte.

Sie baten Louise, ein paar Stunden auf Ben aufzupassen, um alles in Ruhe miteinander besprechen zu können.

Nachdem die beiden etwa eine Stunde am Südstrand entlanggelaufen waren, war es, also ob sich der Druck in ihrem Herzen endlich gelöst hätte.

Ja, sie hatten eine Aufgabe. Nein, es war kein Zufall gewesen, dass sie eine Zeitlang in Argentinien gelebt hatten. Ja, sie hatten die Not vieler Waisen und abgegebener Kinder in dem südamerikanischen Land hautnah miterlebt.

Es war alles so klar, dass Sina und Mark sich wunderten, dass sie nicht schon früher darauf gekommen waren: Sie würden ein Kind aus Argentinien adoptieren!

Schließlich hatte ihnen Argentinien viel gegeben, auch wenn das Land nicht zu ihrer Heimat geworden war. Wenn sie ein Kind adoptieren würden, dann kam nur eines aus diesem Land infrage.

Bereits am nächsten Tag fuhren sie zum Jugendamt des Kreises Ostholstein und erkundigten sich, was sie für eine Auslandsadoption aus Argentinien benötigen würden.

Sina wusste, dass es während der Militärdiktatur in Argentinien einen großen Skandal wegen illegal zur Adoption freigegebener Kinder gegeben hatte. Doch ihre anfänglichen Bedenken, womöglich in etwas Ähnliches verwickelt zu werden, hatten sich schnell in Luft aufgelöst, nachdem man ihnen die Adresse einer seriösen Adoptionsvermittlungsstelle gegeben hatte, die seit vielen Jahren Kinder aus Südamerika nach Deutschland vermittelte. Das Ausmaß an Bürokratie, das ihnen bevorstand, empfanden Sina und Mark zwar als fürchterlich. Auch die Aussage, dass laut dem Haager Abkommen zuerst Kinder im eigenen Land vermittelt werden sollten und es auch nach Abschluss des Eignungsverfahrens noch Monate bis Jahre dauern könnte, bis ein Kind für eine Auslandsadoption zur Verfügung stände, dämpfte ihre Hoffnungen. Dennoch ließen sie sich nicht entmutigen.

Gut, dass es die Adoptionsvermittlungsstelle als positiv ansah, dass Mark lange in Argentinien gelebt hatte und das Land und die Kultur somit gut kannte.

Nicht zuletzt schien Frau Hilken von der Organisation Mark sehr zu mögen, sie begrüßte ihn bei ihren Gesprächen stets mit einem strahlenden Lächeln. Aber Sina war das recht, solange es der Sache diente. Ob sich dadurch der Ablauf beschleunigen ließe, wusste sie zwar nicht, da das Okay für die Entscheidung letztlich die Behörden in Argentinien trafen. Doch es konnte in jedem Fall nicht schaden, wenn Frau Hilken ihnen wohlgesonnen war und ein gutes Wort für sie einlegen konnte.

Das Einzige, das ihnen noch im Wege stand, war die Tatsache, dass Sina und Mark nicht verheiratet waren. Daher entschieden sie sich zu einer Möglichkeit, die viele unverheiratete Paare in ihrer Situation nutzten: Nur einer der beiden sollte der offizielle Adoptionsbewerber sein. Die Entscheidung fiel dabei auf Mark. Sina fand das nur gerecht. Sie würde sich gleich nach der Rückkehr mit dem Kind in Deutschland als zweiter Elternteil und Sorgeberechtigte für das Kind eintragen lassen.

Sina wusste, dass sie auch Alex früher oder später von der geplanten Adoption erzählen musste. Schließlich würde Ben bald ein Geschwisterchen bekommen. Also beschloss sie, die nächste Gelegenheit für ein Gespräch zu nutzen und es so schnell wie möglich hinter sich zu bringen. Mit gemischten Gefühlen wartete sie auf Alex, der ihren Sohn nach einem Besuchswochenende bei seinem Vater zurück nach Fehmarn bringen wollte.

Hoffentlich würde Alex ihr nach ihrem Argentinienaufenthalt nicht erneut Vorwürfe machen, weil er befürchtete, dass sie Ben mit einem Adoptivkind nicht mehr genügend Aufmerksamkeit widmen könnte. Auch wusste sie nicht, wie ihr Exfreund darauf reagieren würde, wenn er erführe, dass Ben zusammen mit einem Latino-Geschwisterchen aufwachsen wird, wobei dies für sie und Mark überhaupt keine Rolle spielte.

„Du, Alex …", begann Sina, nachdem Alex am späten Sonntagnachmittag endlich eingetroffen war und Ben gleich zu Mark in den Garten lief, um die neue Nestschaukel auszuprobieren. „Kann ich dich mal unter vier Augen sprechen?"

„Das trifft sich gut", antwortete ihr Exfreund, während er Sina Bens Tasche mit Kleidung und Spielzeug übergab.

„Ich wollte ohnehin mit dir reden. Wegen der Sorgerechtsklage …"

Sinas Augen weiteten sich vor Schreck. Um Gottes Willen, dachte sie. Nicht das auch noch.

„Also die Sorgerechtsklage habe ich wieder fallengelassen“, riss Alex sie aus ihren Gedanken.

„Du hast was?“ Sina konnte kaum glauben, was sie da gerade gehört hatte.

„Ich habe sie fallengelassen “, wiederholte Alex betont langsam und deutlich.

„Ben ist ja jetzt wieder in Deutschland. Und du hältst die Besuchskontakte zuverlässig ein. Insofern sehe ich keinen Grund, dir Schwierigkeiten zu machen.“

Noch immer fassungslos ließ sich Sina auf einen Gartenstuhl sinken.

„Du, Alex, ich kann dir gar nicht sagen, wie froh ich darüber bin.“

Alex fuhr sich mit der Handfläche den Nacken entlang. „Na ja, das war eine ziemlich doofe Idee von mir. Eine Bitte hätte ich allerdings noch.“

Sina wusste nicht, was jetzt kommen würde. „Ja?“, fragte sie unsicher.

„Meinst du, ich kann mit Ben mal zusammen in den Urlaub fahren?“

„Das sollte kein Problem sein“, antwortete Sina erleichtert.

Als Alex noch einen Kaffee getrunken und wieder gefahren war, war sie noch immer so perplex, dass sie ganz vergessen hatte, Alex von ihren Adoptionsplänen zu erzählen. Doch das spielte jetzt keine Rolle mehr. Er würde es schon noch früh genug erfahren. Sina konnte sich zwar keinen Reim darauf machen, was Alex' Sinneswandel bewirkt hatte. Doch was es auch gewesen war: Alex war anscheinend vernünftig geworden. Und mit seiner Entscheidung würde es kein Gezerre um Ben geben. Und das konnte für sie alle nur gut sein.

Als Sina über ihr neues Leben auf Fehmarn nachdachte, musste sie zugeben, dass es gut begonnen hatte. Ihr Sohn hatte sich bereits in der Krippe eingelebt und „fremdelte" nicht mehr. Auch sie begann, als Texterin auf der Insel Fuß zu fassen und erste Kundenaufträge an Land zu ziehen. Und in der restlichen Zeit widmete sie sich ihrem Kinderbuch.

Obwohl in der Nähe der Ostsee ihre Ideen wieder zu sprudeln begannen, fiel es ihr derzeit schwer, diese auf Papier zu bringen und sich zu konzentrieren. Immer wieder musste sie daran denken, dass Tausende Kilometer entfernt möglicherweise schon ein Kind auf sie wartete. Wäre es ein Junge oder ein Mädchen? Wie alt wäre es? Und wie würde es aussehen? All die Fragen gingen ihr ständig durch den Kopf, während sie am Schreibtisch saß.

Sina und Mark hatten sich auf Anraten ihrer Adoptionsberaterin nicht zu sehr auf Geschlecht und Alter festgelegt, weil dies sonst ihre Chancen verringern könnte. Dennoch konnte Sina die Ungewissheit kaum ertragen und rief bestimmt ein Dutzendmal bei der Adoptionsstelle an, wo man ihr immer die gleiche Auskunft gab: Sie müsse Geduld haben und werde sofort erfahren, sobald es Neuigkeiten gäbe.

Der entscheidende Anruf kam an einem stürmischen Tag im Oktober. Sina konnte sich deshalb so genau daran erinnern, weil an diesem Tag die Fehmarnsundbrücke wegen eines Orkans für einige Stunden gesperrt war und Mark erst spät am Abend von einer Besprechung in Hamburg zurückkehren konnte. Sie war einige Male versucht, Mark anzurufen und ihm die Neuigkeit am Telefon zu erzählen, wollte es ihm aber dann doch lieber persönlich sagen.

Mark war sichtlich müde und abgespannt, als er nach zehn Uhr abends endlich zur Tür eintrat. Doch als Sina ihm sagte, dass es ein kleines Mädchen für sie gäbe, hellte sich seine Miene augenblicklich auf.

„So fühlt es sich also an, wenn man schwanger ist“, rief Mark immer wieder und drehte Sina glücklich im Kreis herum.

„Wie heißt sie?“, wollte er wissen.

„Julia“, strahlte Sina Mark ebenso glücklich an. „Sie ist acht Monate alt und wurde von ihrer armen und wohnungslosen Mutter in ein Kinderheim in der Nähe von Buenos Aires abgegeben, weil sie sich anscheinend nicht richtig um sie kümmern konnte.“ Bei dem Gedanken daran, ein Kind zu vernachlässigen, spürte Sina Wut in sich hochsteigen. Sie unterdrückte jedoch das Gefühl und sprach weiter: „Nächste Woche kommt Frau Hilken zu uns, um uns Fotos zu zeigen und alles Weitere zu besprechen.“

Sina und Mark liefen im Haus herum wie aufgescheuchte Hühner, während sie auf Frau Hilken warteten.

Sie hatten zwar Ben kleinkindgerecht zu erklären versucht, dass er demnächst eine kleine Schwester haben würde, deren Fotos sie sich heute anschauen würden. Doch so ganz konnte er die ganze Aufregung noch nicht verstehen, denn er schaute nur staunend von einem zum anderen.

Als sie schließlich am Tisch saßen und Frau Hilken die Mappe mit Julias Bildern auf den Tisch legte, war die Spannung für das Paar kaum noch zu ertragen. Vorsichtig und beinahe ehrfürchtig nahm Sina das erste Foto entgegen, so als ob es zerbrechen könnte. Frau Hilken hatte ihnen nicht zu viel versprochen: Julia war so süß mit ihren dunklen Haaren und den großen braunen Kulleraugen! Das war also ihre Tochter. Sina spürte, wie ihr vor Rührung die Tränen kamen.

„Mami, weint tu?“, fragte Ben besorgt.

„Ja, aber nur, weil ich mich so auf deine Schwester freue", antwortete Sina und strich Ben übers Haar. Auch Mark konnte inzwischen seine Tränen nicht mehr zurückhalten. Frau Hilken, die schon viele solcher berührender Momente erlebt hatte, reichte beiden ein Papiertaschentuch.

Bis Sina und Mark nach Argentinien reisen und ihre Tochter in Empfang nehmen konnten, vergingen noch einmal mehrere Wochen. Sina und Mark nutzten die Zeit, um für Julia Möbel zu kaufen und ein Kinderzimmer einzurichten und ihre Spanischkenntnisse noch etwas aufzupolieren.

An einem sonnigen klaren Dezembertag war es endlich soweit: Sie würden Julia endlich sehen und in die Arme schließen können. Mit einem Haufen Spielzeug und Babykleidung im Gepäck flogen sie von Hamburg zuerst nach Frankfurt und von dort aus nach Buenos Aires.

Ben wohnte in dieser Zeit bei Louise. Zwar hatte auch sie derzeit selbst einiges um die Ohren und wollte ihren Lieben demnächst eine Neuigkeit berichten. Doch das konnte noch warten. Die Adoption der kleinen Julia ging jetzt vor.

Als Sina und Mark schließlich nach einem 13-Stunden-Flug argentinischen Boden betraten, war es ganz anders als bei den Anreisen zuvor: Im Kampf gegen das Gefühlschaos hatten die beiden im Flieger kaum schlafen können und waren dementsprechend müde. Das war auch am nächsten Morgen so, als Sina und Mark – mit einem gehörigen Jetlag in den Knochen – mit dem Taxi zum Kinderheim fuhren. Wie ihre Adoptionsberaterin ihnen erzählt hatte, war ein guter Auftritt wichtig. Daher hatten sie sich extra für den großen Tag herausgeputzt: Sina trug ein hellblaues Kostüm, Mark Jackett und Krawatte. Nach einer fast zweistündigen Befragung war endlich der Moment gekommen: Eine Betreuerin brachte Julia auf dem Arm herein.

Als Sina die Kleine entgegennahm, spürte sie eine Mischung aus Stolz und Unsicherheit. So ähnlich hatte es sich angefühlt, als sie Ben zum ersten Mal in den Armen gehalten hatte.

„Dieses Mädchen hat eine besondere Kraft in sich, obwohl es verlassen wurde“, hatte ihr die Betreuerin zum Abschied noch auf Spanisch erklärt. Und Sina konnte dies glauben. Man musste Julia nur in ihre großen dunklen Augen sehen. Trotz ihres schlechten Starts musterte sie Sina und Mark mit einem neugierigen Blick, so als ob sie nur auf sie gewartet hätte.

In diesem Moment nahmen sich Sina und Mark eines ganz fest vor: Sie würden Julia gute Eltern sein. Sie wussten, dass sie keine leichte Aufgabe vor sich hatten. Doch sie würden sie gemeinsam meistern – alle vier.

Zwanzig

Louise hatte schon lange nicht mehr einen so schönen Frühling erlebt. Grasnelke, scharfer Mauerpfeffer und Natternkopf bildeten rosafarbene, gelbe und blaue Blütenteppiche auf den Salzwiesen. Auch die Sturmmöwenkolonien waren inzwischen zurückgekehrt und hatten mit der Brut begonnen. Sie sorgten mit ihrem nasalen und quiekenden „Kia"-Rufen für ein fröhliches Geschrei.

Louise war nicht die Einzige, die dieses Naturschauspiel fasziniert beobachtete. Seit ein paar Wochen wurden am Naturzentrum Graswarder wieder geführte Rundgänge durch das Schutzgebiet angeboten und von vielen Besuchern gerne wahrgenommen.

Auch Louise konnte sich an der wieder erwachten Natur kaum sattsehen. Sie stand vor ihrem Haus an der Gartenpforte und blickte immer wieder neben sich. Sie war schon ganz gespannt darauf, wie Sina und Karin auf die Neuigkeit reagieren würden, die ihre Freundinnen gleich erwartete. Die beiden kannten sie ja vor allem „solo". Doch das war jetzt vorbei. Louise war nicht mehr allein. Und das fühlte sich rundum gut an.

Karin traf als Erste ein. Sie kam die schmale Straße mit dem Fahrrad entlanggefahren und schob die letzten Meter bis zu

Louises Haus, um nicht auszurutschen, da ein Teil des Weges mit Sand bedeckt war.

„Ach wie süß. Wer ist das denn?", fragte sie überrascht und strich sich ein paar verirrte braune Haarsträhnen aus dem Gesicht.

„Darf ich vorstellen? Das ist Sammy, mein Hund", antwortete Louise mit stolzem Blick auf den hellen Labrador-Retriever neben ihr.

„Du hast einen Hund?"

„Ja, wonach sieht es denn sonst aus? Nach einem Kamel?", entgegnete Louise scherzhaft und deutete mit der Hand auf Sammy, der sofort aufmerksam zu ihr hochsah.

„Aber Louise … Warum hast du denn nichts davon gesagt?", fragte Karin, während ihr langsam klar wurde, warum sich Louise in den letzten Tagen so rar gemacht hatte. Karin hatte schon vermutet, dass dies mit Peter zusammenhängen könnte. Doch dies war anscheinend nicht der Fall.

Karin lehnte ihr Fahrrad an den Zaun und beugte sich zu Sammy hinunter, um ihn zu streicheln, der seinerseits Karin seine Zuneigung bekundete, indem er ihr einmal quer übers Gesicht schleckte.

„Iiieh", lachte Karin und wischte sich den Hundesabber von der Wange.

Louise lief vor Scham rot an. „Oh, ich hätte dich warnen sollen. Das ist etwas, was Sammy noch lernen muss. Komm' mit rein, dann kannst du dir das Gesicht waschen."

Louise führte Sammy aufs Grundstück und bedeutete Karin, ihr ins Haus zu folgen.

Es dauerte nicht lange, bis es an der Tür klingelte. „Hallo Louise", sagte Sina mit Julia auf dem Arm und Ben an der anderen Hand. „Wusstest du, dass bei dir auf dem Grundstück ein Hund sitzt? Ben wollte ihm schon hinterherlaufen."

„Ich weiß", entgegnete Louise scheinbar unbeeindruckt, musste aber heimlich schmunzeln. Es machte ihr Spaß, ihre jüngere Freundin noch ein wenig im Ungewissen zu lassen.

Sina trat mit den Kindern in den Flur und übergab Julia an Louise, die in die kleine Südamerikanerin ganz vernarrt war. Dann zog sie Ben die Jacke aus. „Wie, du weißt? Wem gehört er denn?"

„Mir", antwortete Louise, die amüsiert beobachtete, wie Sina skeptisch ihre Stirn runzelte.

„Und er sabbert ziemlich", entgegnete Karin, die mit einem Handtuch in der Hand aus dem Gäste-WC trat.

Sina blickte irritiert zwischen Karin und Louise hin und her. Doch statt ihrer antwortete Ben: „Oma hat einen Hund." Begeistert klatschte der Kleine in die Hände und hüpfte freudig auf und ab. „Will spielen!"

Louise reichte Julia an Karin, die die Kleine zur Begrüßung auf die Stirn küsste, und nahm Ben auf den Arm. „Ja, mein Goldhase. Oma hat jetzt einen Hund. Und du kannst nachher gerne mit ihm spielen, wenn wir den Kuchen gegessen haben, den ich extra für euch gebacken habe."

„Also, jetzt nochmal von vorne", bat Sina. Die drei Freundinnen saßen mit Julia im Buggy auf der Terrasse und sahen amüsiert zu, wie Ben unbeholfen versuchte, mit Sammy am Strand Stöckchen zu werfen. Das gelang ihm mehr schlecht als recht, weil Sammy meist schon eher am Stock war, als ihn der Zweieinhalbjährige mit seinen kleinen Händen aufheben und werfen konnte.

„Nach der Trennung von Peter war ich ziemlich niedergeschlagen, wie ihr euch vorstellen könnt", begann Louise. Die beiden Freundinnen nickten verständnisvoll. „Aber dadurch ist mir auch klar geworden, was wirklich wichtig für mich ist und was mir noch fehlte. Und dann habe ich mich daran erinnert, dass ich schon immer einen Hund haben wollte, aber Carl zuliebe immer darauf verzichtet habe."

„Woher hast du ihn?", wollte Karin wissen.

„Aus dem Tierheim Lübbersdorf. Er ist etwa neun Monate alt. Seine Besitzer, ein Ehepaar mittleren Alters, hatten ihn erst vor ein paar Monaten bekommen, sich dann aber überraschend getrennt." Louise schüttelte den Kopf. „Ich kann gar nicht verstehen, warum ihn nicht einer von beiden behalten hat. Er ist wirklich ein toller Kerl und wurde bereits von einem erfahrenen Hundetrainer getestet. Er sagte, Sammy sei als Therapiehund der ideale Kandidat, da er schon gut sozialisiert sei."

„Du willst einen Therapiehund ausbilden?", fragte Sina überrascht.

„Ja, für meine Arbeit in der Klinik. Meine Pflegedienstleiterin ist ganz angetan von der Idee. Sie hat gesagt, sobald Sammy ausgebildet ist, könnten sie sich eine Art Pilotprojekt vorstellen. Verläuft die Testphase erfolgreich, wäre es möglich, dass sie die tiergestützte Arbeit fest in ihren Therapieplan integrieren."

Louise erklärte ihre Freundinnen, was sie sich in der Zwischenzeit an Wissen angelesen hatte: Dass ein Therapiehund den Patienten allein durch seine Anwesenheit helfe. Von dem Kontakt könnten insbesondere auch Krebspatientinnen profitieren, da sie durch die Erkrankung und die Folgen ein mangelndes Selbstvertrauen hätten. Sich um ein Tier zu kümmern und dabei Erfolge zu erleben, könne dazu beitragen, es wieder aufzubauen. Labradore seien aufgrund ihres Wesens besonders geeignet, weil sie durch ihre Aufmerksamkeit und Gelehrigkeit besonders schnell Erfolgserlebnisse bieten könnten. Außerdem fiele es einem Tier gegenüber leichter, Gefühle zu zeigen.

„Louise, ich finde das wirklich toll. Aber was ist mit Peter?", fragte Sina schließlich. Sie hatte die ganze Zeit überlegt, ob sie das „heikle Thema" ansprechen oder lieber meiden sollte. Doch sie war einfach neugierig zu erfahren, was aus den beiden geworden war. Daran änderte auch nichts, dass Karin ihr einen warnenden Blick zuwarf und den Kopf schüttelte.

Louise schien dies nicht zu bemerken, denn sie antwortete unbeeindruckt: „Er hat vor ein paar Tagen angerufen und gefragt, ob er mich besuchen könne. Er wäre demnächst wieder ein paar Tage in Ahrensburg, um dort etwas in seiner Firma zu regeln. Anscheinend arbeitet sein Geschäftsführer nicht so, wie er es sich vorgestellt hat."

„Und? Was hast du gesagt?", fragte Sina ungeduldig.

„Nun", Louise machte eine bedeutungsvolle Pause, „dass ich derzeit mit meinem Hund und der Arbeit sehr beschäftigt bin."

Sina ließ diese Antwort nicht gelten. „Ach, komm' Louise. Das war doch nur eine Ausrede."

„Nun lass' sie doch", verteidigte Karin ihre ältere Freundin.

Louise legte Karin beschwichtigend eine Hand auf den Arm. „Nein, ist schon in Ordnung. Sina hat ja im Prinzip Recht." Louise seufzte. „Natürlich liebe ich Peter noch – trotz allem, was er mir angetan hat." Louise spürte, wie all der Schmerz der letzten Monate wieder in ihr hochkam. Sie schüttelte sich kräftig und hoffte so, die Gedanken daran wieder zu vertreiben. Tatsächlich fühlte sie sich emotional etwas gefestigter, als sie nach einigen Sekunden weitersprach: „Ich möchte einfach nicht noch einmal in die Situation kommen, mein ganzes Leben und meine Herzenswünsche einem Mann zuliebe aufgeben zu müssen. Ich war ja zuletzt gar nicht mehr ich."

„Das stimmt", entfuhr es Sina und Karin fast gleichzeitig.

Ein zaghaftes Lächeln umspielte Louise schmalen Mund. „Aber wisst ihr, was ich erkannt habe?"

Ihre Freundinnen blickten Louise erwartungsvoll an.

„Ich kann auch ohne Mann glücklich alt werden." Sie fasste ihre Freundinnen bei der Hand. „Schließlich habe ich ja auch noch euch. Und Sammy", ergänzte Louise mit einem Blick auf den Vierbeiner, der jetzt brav neben Ben saß und sich streicheln ließ.

„Na ja, aber wir ersetzen dir doch keinen Partner", wandte Karin ein.

„Das nicht. Aber bei euch muss ich mich nicht verstellen oder meine Wünsche hintenan stellen, sondern kann so sein, wie ich bin."

„Ach", winkte Sina ab. „Das ist doch wohl selbstverständlich."

„Und außerdem", ergänzte Karin, „hast du uns bei unseren Problemen ja auch immer zur Seite gestanden."

„Ja genau", sagte Sina.

„Ach, ihr." Louise wischte sich gerührt eine Träne aus dem Auge.

Karin merkte, dass sie nun genug über Peter geredet hatte und lenkte das Gespräch auf ein anderes Thema.

„Was sagt eigentlich deine Mutter zur Adoption?", fragte sie an Sina gewandt.

„Die hält Mark und mich für völlig verrückt, zumal Adoptivkinder erfahrungsgemäß einige Herausforderungen mit sich bringen. Aber ich glaube, sie findet es irgendwie auch gut, mag es aber nicht zugeben."

„Ach, ihr habt das genau richtig gemacht. Ich jedenfalls freue mich riesig über meine kleine Enkelin. Sie ist ja auch ein Schatz", sagte Louise mit Blick auf den Buggy, in dem Julia seit einiger Zeit selig schlief.

In den nächsten Tagen hatte Louise alle Hände voll zu tun. Nach einigen Telefonaten hatte sie schließlich eine Hundeschule gefunden, die auch Therapiehunde ausbildete. Dort würde sie mit Sammy bald den Grunderziehungskurs für angehende Therapiehunde beginnen können, worauf sie sich schon sehr freute.

Da sie Sammy nicht den ganzen Tag alleine lassen wollte, hatte sie ihn auch schon ein paarmal mit nach Kiel in die Klinik genommen. Ihre Pflegedienstleiterin war nach Rücksprache mit dem Klinikchef damit einverstanden, solange Sammy nicht die Arbeit störte und ordnungsgemäß geimpft war. Für Sammy (und auch für Louise) war dies eine Art Testlauf, den der Hund mit Bravour meisterte. Zwar durfte Sammy Louise nicht überallhin begleiten. Doch sobald Louise mit Sammy auf den Gängen der Klinik unterwegs war, spürte sie, wie sich augenblicklich die Stimmung der Patienten und auch des Personals besserte. Viele blieben stehen, um Sammy über sein weiches Fell zu streicheln oder ihm ein Leckerli zuzustecken. Ein paarmal musste Louise einschreiten und die gut gemeinten Zuwendungen unterbinden, da Kantinenkost nicht automatisch auch für Hundemägen verträglich war. Doch insgesamt fiel das vorläufige Fazit zum Projekt „Hund als Genesungsbegleiter" positiv aus.

Nicht nur während der Gesprächssitzungen spürte Anne, wie sich die Patienten durch Sammy entspannten. Auch sie selbst profitierte von seiner Anwesenheit und genoss die Feierabende, wenn sie abends ihren wohlverdienten Spaziergang am Strand genossen.

Über der vielen Beschäftigung hätte Louise fast vergessen, dass Anne sie am Wochenende besuchen wollte. Ihrer neuen Freundin ging es nach der abgeschlossenen Krebstherapie inzwischen schon deutlich besser.

Da frische Seeluft ihren Atemwegen sicher gut tun würde, hatte Louise Anne kurzerhand zu sich eingeladen.

Sie hoffte, ihre Freundschaft trotz Louises derzeit angespannten Verhältnisses zu Peter aufrechterhalten oder sogar noch vertiefen zu können. Louise wusste, dass dies nicht einfach war, weil sie früher oder später auch über Peter würden reden müssen. Sie hielt Anne jedoch für so einfühlsam und rücksichtsvoll, dass sie dabei keinen Druck auf Louise ausüben würde.

Am Freitagnachmittag hatte Louise alles für das Wochenende vorbereitet. Abends wollte Louise für beide etwas Leckeres kochen und danach mit ihrer Freundin einen schönen „Frauenfilm" gucken. Zur Auswahl hatte sie zwei Filme: „Magnolien aus Stahl" und „Was das Herz begehrt". Am Samstagvormittag wollten beide zur Kosmetikbehandlung gehen – Louise wusste aus eigener Erfahrung, dass es als Krebspatientin wichtig ist, etwas für sein Aussehen zu tun und sich schön zu fühlen. Am Nachmittag könnten sie an der Marina entlangbummeln und dort ein Eis oder Kuchen essen. Am Sonntag schließlich wollten Karin und Sina dazukommen, worauf sich beide schon sehr freuten.

Gegen 16 Uhr blickte Louise ungeduldig auf ihre Armbanduhr. Allmählich müsste Anne eintreffen. Sie wollte mit dem Bus fahren und sich am Busbahnhof Heiligenhafen für den Rest des Weges ein Taxi nehmen. Doch statt des erwarteten Taxis hielt ein anderer Wagen vor ihrem Haus, wie Louise durch ihr Küchenfenster sehen konnte. Louise stutzte. Das Auto kam ihr bekannt vor.

Es war Peters Wagen! Louise fuhr sich nervös durch ihre Haare und lief im Flur auf und ab. Was sollte sie jetzt bloß tun? Sie hatte mit allem gerechnet, nur nicht mit Peter. Andererseits war es auch naheliegend, dass er seine Schwester nach Heiligenhafen brachte, wo er doch derzeit ohnehin noch in Ahrensburg war. Wie hatte sie nur so naiv sein und nicht daran denken können? Jetzt war es zu spät. Louise musste sich der Situation stellen, ob sie wollte oder nicht.

Sie warf noch einmal einen Blick in den Spiegel, rückte den Kragen ihrer Bluse zurecht und öffnete mit einem entschlossenen Lächeln die Tür. „Hallo Anne, wie schön, dass du da bist." Louise umarmte ihre Freundin und gab dann Peter die Hand. „Hallo, Peter. Danke, dass du Anne hergebracht hast."

„Ich hätte es dir eigentlich sagen sollen", entschuldigte sich Anne, die längst nicht mehr so abgemagert und blass aussah wie vor einigen Wochen, als Louise sie besucht hatte. „Aber Peter hat gemeint, du hättest bestimmt etwas dagegen gehabt, wenn ich dir erzählt hätte, dass er mich fährt."

„Warum sollte ich?", überspielte Louise ihre widerstreitenden Gefühle und versuchte, Peter nicht anzublicken. „So war es für dich ja am einfachsten."

„Louise", versuchte Peter ihre Aufmerksamkeit auf sich zu lenken, „können wir uns kurz bei einem Kaffee unterhalten? Ich fahre danach auch gleich wieder."

Louise versuchte, Peters Worte zu ignorieren, doch er sah sie eindringlich an.

„Bitte, es ist mir sehr wichtig."

Louise sah, wie auch Anne sie flehend anblickte. „Louise, hör' Peter doch wenigstens an."

„Nun gut", willigte Louise zögerlich ein. Sie hörte, wie Sammy von innen ungeduldig an der Tür kratzte. „Aber ihr solltet wissen, dass ich nicht mehr alleine bin."

Es war eine merkwürdige Situation für Louise. Sie hätte mit Anne gerne so viele Informationen ausgetauscht. Doch jetzt fühlte sie sich irgendwie gehemmt. Was wollte Peter? Louise wünschte sich, dass er so schnell wie möglich mit der Sprache herausrückte und dann wieder verschwand. Daher war sie erleichtert, als Anne plötzlich gähnte und fragte:

„Du Louise, hättest du etwas dagegen, wenn ich mich für einen kurzen Moment hinlege? Ich bin in letzter Zeit doch noch etwas müde."

„Ja, mach' das ruhig. Das Gästezimmer ist hinten rechts. Ich habe dir das Bett schon bezogen."

„Das ist lieb von dir, danke." Anne stand auf und legte ihrem Bruder eine Hand auf die Schulter.

„Falls ich fest einschlafen und du nachher schon weg sein solltest: Danke fürs Fahren, mein lieber Bruder."

Peter legte seine Hand dazu.

„Gern geschehen, mein Schwesterherz. Erhol' dich gut bei Louise."

Anne lächelte Louise an. „Das mache ich bestimmt."

Als Anne aus dem Wohnzimmer gegangen war, herrschte eine beklemmende Stille zwischen den beiden. Nur Sammy leises Jaulen war zu hören. „Wollen wir nicht ein Stück am Strand mit dem Hund gehen?", fragte Louise. „Ich glaube, Sammy muss mal raus."

„Gern."

„Also, was willst du?", fragte Louise in ernstem Ton, als sie schließlich draußen waren. Der Himmel hatte sich grau verdunkelt, und vom Wasser her kam ein kühler Wind auf. Vermutlich würde es bald zu regnen anfangen. Daher beschleunigte Louise ihre Schritte.

„Warte, nicht so schnell", bat Peter und fasste Louise am Ärmel.

Louise blieb abrupt stehen, was Sammy dazu nutzte, um seine feine Nase in einen Haufen mit Tang und Algen zu stecken. Sie drehte sich zu Peter um.

„Peter, bitte, ich möchte keine langen Diskussionen."

„Ich will mit dir ja auch nicht diskutieren", entgegnete Peter leise. Mit sanftem Blick sah er Louise tief in die Augen. „Ich möchte mich aufrichtig bei dir entschuldigen. Ich war, also, ich war ein Vollidiot. Ich habe deine Wünsche und Gefühle nicht berücksichtigt – weder, als es darum ging, dass du zu mir nach Ahrensburg ziehst, noch bei der Sache mit Teneriffa." Peter atmete tief aus. „Und dann habe ich dir auch noch verschwiegen, dass ich schon seit Jahren ein Haus auf der spanischen Insel habe."

„Allerdings", sagte Louise. „Und das ist keine Basis für eine funktionierende Beziehung."

„Das ist mir absolut klar. Aber weißt du …" Peter fuchtelte verzweifelt mit seinen Armen in der Luft herum. „… nachdem ich mich in dich verliebt hatte, wollte ich dich auf keinen Fall wieder verlieren. Ich habe gedacht, wenn wir erst einmal zusammen leben, kann uns so schnell nichts mehr trennen. Und ich dachte, nachdem dir Teneriffa so gut gefallen hat, könnte das auch dein Traum werden."

Louise öffnete den Mund, um etwas zu sagen, doch Peter hob eine Hand. „Bitte, lass' mich das noch sagen, bevor mich der Mut dazu verlässt." Peter legte seine Hände auf Louises Oberarme.

Louise wollte diese vertraute Geste abwehren, ließ ihn dann aber doch gewähren.

„Louise, ich liebe dich, und daran wird sich nie etwas ändern. Ich kann verstehen, wenn du nach allem, was passiert ist, nichts mehr von mir wissen willst. Doch ich wünsche mir, nein, ich bete dafür, dass du mir irgendwann einmal eine neue Chance gibst – und wenn es Jahre dauert. So lange werde ich warten."

Louise schluckte und wollte etwas sagen. Doch sie brachte kein Wort heraus. Stattdessen nickte sie nur.

Peter wartete ein paar Sekunden. Dann ließ er sie los, ging zu Sammy, der immer noch am Wasser im Tang herumschnüffelte, streichelte den Hund hinter den Ohren und ging.

Louise stand einfach nur da und rührte sich nicht. Es fing an zu regnen. Der Wind frischte auf, und die Brandung klatschte stärker an den Strand. Doch das nahm Louise in diesem Moment gar nicht wahr. Erst als Sammy zu ihr kam und mit seiner feuchten Schnauze gegen ihre Hand stupste, registrierte Louise wieder, wo sie war.

„Komm", sagte sie schließlich leise zu ihrem Hund.

„Lass' uns nach Hause gehen."

Einundzwanzig

Drei Monate später:
Heute war endlich der große Tag. Sina konnte sich nicht erinnern, schon jemals so aufgeregt gewesen zu sein. Sie saß im Bademantel an ihrer Frisierkommode vor dem Spiegel und wartete ungeduldig darauf, dass Karin ihr die letzte Haarsträhne hochstecken und den kleinen Schleier am Hinterkopf befestigen würde. Louise saß ein paar Meter entfernt auf dem Bett und flickte mit Nadel und Faden einen winzigen Riss am Rock ihres langen Seidenkleides, das Sina gleich anziehen sollte. Wie Sina es sich gewünscht hatte, war es relativ schlicht geschnitten, aber dennoch raffiniert: Das Kleid war schulterfrei und hatte einen asymmetrischen Ausschnitt. Im Brust- und Bauchbereich blitzten tausende Straßsteinchen und winzige Perlen um die Wette. Dazu hatte sich Sina ein passendes Bolerojäckchen ausgesucht, das an den Säumen ebenfalls mit winzigen Straßsteinchen und Perlen verziert war.

„Seid ihr beiden Nervensägen bald mal fertig?“, drängelte Sina ungeduldig und drehte ihren Kopf zur Seite.

„Ina! Jetzt mup ich die Trähne noch mal hochtecken“, murmelte Karin unverständlich mit mehreren Haarnadeln im Mund.

„Aua, ich habe mich gestochen“, beklagte sich nun auch Louise, die sich erschrocken hatte und etwas Blut aus der

Kuppe ihres linken Zeigefingers saugte. „Keine Sorge. Wir haben noch genügend Zeit, bis uns Eddie abholt", versuchte sie ihre junge Freundin und Fastschwiegertochter zu beruhigen, während sie ihren schmerzenden Finger schüttelte.

„Oh Gott, mir ist ganz schlecht", stöhnte Sina und hielt sich die Hand vor den Bauch.

„Das ist ganz normal", antwortete Karin, die inzwischen die Haarnadeln aus dem Mund genommen hatte. „Du wirst sehen: Wenn du erst einmal ‚Ja' gesagt hast, legt sich die Aufregung von ganz alleine."

Doch dieser Satz hatte bei Sina nicht die erhoffte Wirkung. „Und was ist, wenn ich vor lauter Aufregung erst gar keinen Ton herausbekomme?"

„Du?", lachte Louise, die in ihrem violetten Kleid – ebenso wie Karin in ihrem roséfarbenen Kostüm – sehr elegant aussah. „Ich habe noch nie erlebt, dass du sprachlos bist. Und das wird auch heute nicht der Fall sein. Außerdem", ergänzte Louise und hielt Sina mit einer spielerisch drohenden Geste ihren gepiksten Zeigefinger entgegen, „lass' dir ja nicht einfallen, meinen Sohn vor dem Altar stehen zu lassen."

Tatsächlich machte Fehmarn an diesem Tag als Sonneninsel seinem Namen alle Ehre: War es am Morgen noch bewölkt, lachte die Sonne strahlend vom Himmel, als sie ein paar Stunden später im weißen Oldtimer am kleinen Steg am Südstrand hielten, der zum Abschnitt an der Westmole führte.

Eddie, in einen eleganten Smoking gekleidet, stieg aus und ging um den weißen Oldtimer herum, um Sina galant aus dem Wagen zu helfen. Karin und Louise taten es ihm gleich. Als Sina ausgestiegen war und ihr Kleid mit Hilfe ihrer Freundinnen geordnet hatte, sah sie am Strandaufgang bereits ihren Vater stehen. Ihr Herz machte einen Freudensprung: Gestern war es wegen eines Fluglotsenstreiks noch unsicher gewesen, ob Gunnar rechtzeitig zu ihrer Trauung eintreffen würde. Doch er hatte sein Versprechen gehalten und war ihretwegen extra aus Australien angereist! Sina winkte und eilte ihm entgegen, so gut sie es in ihrem schmalen Kleid konnte.

Ihr Vater schien kein bisschen älter geworden zu sein. Zwar waren seine blonden Haare und sein wuscheliger Vollbart seit ihrem letzten Wiedersehen etwas grauer geworden. Doch seine dunkelblauen Augen blitzten genauso unternehmungslustig wie damals, als Sina noch ein kleines Mädchen war. Das Einzige, was ungewohnt war, war der elegante hellgraue Anzug, den Gunnar Bergheim trug. Sina konnte sich nicht daran erinnern, ihren Vater jemals im Anzug gesehen zu haben. Doch sie musste zugeben, dass er darin – trotz seiner 65 Jahre – eine ausgesprochen gute Figur machte. Kein Wunder, dass er inzwischen eine 20 Jahre jüngere Freundin hatte, die ihn nach Deutschland begleiten wollte.

„Hallo, meine Kleine", sagte Gunnar und gab seiner Tochter zur Begrüßung zuerst einen Kuss auf die Wange, um sie dann herzlich zu umarmen. Anschließend hielt er Sina auf Armeslänge Abstand von sich weg. „Du bist die schönste Baut der Welt", sagte er anerkennend, während sich Sina langsam vor ihm herumdrehte.

„Ach, Papa. Ich freue mich so, dass du da bist." Sina drückte ihren Vater noch einmal fest an sich.

„Wollen wir?", fragte Gunnar und hielt ihr galant seinen Arm hin. Sina hakte sich bei ihrem Vater ein und wollte schon losgehen, als Karin herbeigeeilt kam: „Halt, Sina, du hast deinen Brautstrauß vergessen." Mit einem Lächeln übergab sie Sina den Strauß aus weißen und roten Rosen, an dem lange Seidenbänder herunterhingen.

Inzwischen hatte auch Louise sie erreicht und drückte ihr noch einmal aufmunternd den Arm. Schließlich kam Eddie mit dem Autoschlüssel in der Hand herbeigeeilt und nahm Karin an die Hand. Dann huschten die drei an ihnen vorbei in Richtung Strand.

„Wollen wir?", fragte Gunnar seine Tochter.

Sina nickte, atmete tief ein und straffte ihre Schultern. Schon deutlich ruhiger als gerade eben noch schritt sie mit Gunnar den Aufgang zum Strand entlang, wo für diesen besonderen Anlass extra ein roter Teppich ausgelegt worden war.

Sina war so froh, ihren Vater an ihrer Seite zu haben, der sie fest am Arm hielt. Zufrieden lächelte Sina ihn an. So hatte sie es sich als Mädchen immer vorgestellt!

Strahlend blickte sie nach vorne. Am Ende des roten Teppichs wartete der Mann, dem Sina jetzt um alles in der Welt das ‚Jawort' geben wollte: Mark. Er wirkte in seinem anthrazitfarbenen Anzug und mit seinen kinnlangen dunkelblonden Haaren wie ein Märchenprinz. Als sie sich in die Augen sahen, konnten beide ihre Tränen kaum zurückhalten.

Gunnar löste seinen Arm von Sinas und übergab seine Tochter mit sichtbarem Vaterstolz an Mark. „Hallo, meine Traumfrau", hauchte Mark Sina ins Ohr. „Du bist so schön."

Sina schluckte. „Danke, du auch."

„Bist du bereit?", fragte Mark.

„Ja, das bin ich", antwortete Sina.

Sina und Mark näherten sich dem mit Rosengirlanden geschmückten Pagodenzelt, von dem aus sich wie durch ein magisches Fenster hindurch ein atemberaubender Blick auf die dunkelblaue Ostsee bot, die an diesem Tag besonders zu funkeln schien.

Jetzt nahm sie auch die Musik wahr. Der CD-Player spielte „Kanon in D" von Johann Pachelbel, für Sina eines der schönsten klassischen Musikstücke und ideal für eine romantische Hochzeit am Strand. Mit langsamen Schritten, passend zum Takt der Musik, absolvierten Sina und Mark die letzten Meter bis zum Zelt.

Alle Gäste hatten sich inzwischen erhoben. Vorsichtig ließ Sinas ihren Blick zur Seite schweifen. Zuerst entdeckte sie Bea, die mit Frank Weiss, ihrem Immobilienmakler, Händchen hielt! Bea kicherte verlegen. Daneben standen ihr alter Chef Bernd sowie zwei von Marks engsten Freunden. Eine Reihe davon saßen Sophie und Felix. Während ihr Felix aufmunternd einen nach oben gerichteten Daumen zeigte und Sammy an der Leine hatte, hielt Sophie Ben an der Hand, der beim Anblick seiner Mutter begeistert in die Hände klatschte. Ihre Babysitterin Ina hielt Julia im Arm und wiegte sie vorsichtig hin und her – anscheinend bemüht, dass die Kleine nicht zu schreien anfing. In der ersten Reihe warteten ihr Vater mit seiner australischen Freundin Vivian sowie ihre Mutter Sonnhild mit ihrem Mann Richard.

Sina hatte befürchtet, dass das Aufeinandertreffen ihrer Eltern, die kaum noch Kontakt miteinander hatten, problematisch sein würde – vor allem, weil Gunnar erst seit kurzem mit Vivian zusammen war. Doch von einer eisigen Stimmung zwischen Sonnhild und Gunnar war nichts zu spüren – im Gegenteil: Ihre Mutter, die vor Rührung ein paar Tränen in den Augen hatte, nahm gerade von Gunnar ein Taschentuch entgegen.

Hinter dem Tisch sah sie der Standesbeamte mit seinem Zwirbelbart freundlich an. Und seitlich davon strahlten ihre besten Freundinnen und Trauzeuginnen Karin und Louise um die Wette.

Als der Standesbeamte dem Brautpaar die alles entscheidende Frage stellte, Sina und Mark mit einem entschiedenen „Ja" antworteten und sich schließlich einen innigen Kuss gaben, war es jedoch um die Fassung ihrer Freundinnen geschehen: So wie sich das Wasser der Ostsee seinen Weg suchte, gab es auch für ihre Tränen kein Halten mehr. Nach und nach zogen auch die anderen Gäste vor Rührung die Nase hoch und rieben sich die Augen. Felix war es, der schließlich mit einem lauten „Zugabe"-Ruf die Stimmung lockerte und für ausgelassenes Gelächter sorgte.

Fröhlich feierte die kleine Gesellschaft anschließend am Strand Sinas und Marks großen Tag.

Während Mark geheimnisvoll mit Eddie tuschelte, stand Sina am Wassersaum und blickte zufrieden auf das Meer. Sie biss ein Stück vom Kröpel ab, einer kleinen, süßen Hefekugel, die für Fehmarn so typisch war, und nahm einen Schluck Sekt, der ihr und den Gästen zum Anstoßen gereicht worden war.

Louise und Karin, die noch immer etwas verheult aussahen, kamen ihr entgegen. „Na, glücklich?", fragten sie beinahe gleichzeitig und nahmen ihre jüngere Freundin in die Mitte. Sina nickte. Ja, glücklich war sie ohne Zweifel.

War sie noch vor drei Jahren unglücklich und verzweifelt gewesen, hatte sie inzwischen ihren Traummann gefunden und geheiratet. Hätte Louise sie damals nicht in Tränen aufgelöst am Strand von Heiligenhafen gefunden, hätte sie weder sie noch Karin und geschweige denn später Mark kennengelernt. Mit der Hilfe und Unterstützung ihrer Freundinnen hatte sie auch gelernt, auf ihr Herz zu hören und Verantwortung für ihr Leben zu übernehmen. So hatte sie nicht nur ihren stressigen Job als PR-Beraterin gekündigt und einen Neuanfang als Kinderbuchautorin gewagt. Sie war inzwischen auch glückliche Mutter von zwei Kindern.

Doch Veränderungen gab es nicht nur für sie. Auch Karin und Louise hatten in den letzten Wochen und Monaten so manche Krisen überstehen müssen: Eddie war von seiner

Vergangenheit eingeholt worden. Felix war überraschend in ihr Leben getreten, und Maria hätte beinahe Karins und Eddies Ehe zerstört. Auch wenn sich Dieter inzwischen verändert hatte: Zum Glück hatte sich Karin am Ende für Eddie entschieden.

Und Louise? Sie hatte nach dem Tod ihres Mannes Carl mit Peter erstmals einen Mann in ihr Leben gelassen, aber festgestellt, dass Heiligenhafen ihre wahre Heimat ist und sie sich durch einen Umzug nicht selbst treu geblieben wäre. Außerdem hatte sie mit ihrer Aufgabe als Genesungsbegleiterin mit Therapiehund ihre späte Berufung gefunden. Die Krise mit Peter hatte sie nicht zuletzt auch erkennen lassen, dass sie nicht unbedingt einen Mann an ihrer Seite brauchte.

Wobei, dachte Sina, diese Geschichte noch nicht ganz zu Ende war. Auch Louise sollte die Chance auf ihr Glück nicht ungenutzt lassen. Daher hatten sie und Karin sich noch eine Überraschung für ihre Freundin einfallen lassen und hofften, dass diese auch gelingen würde.

Sina blickte suchend zum Strandaufgang. Wie auf Bestellung tauchten die beiden Personen auf, auf die sie und Karin die ganze Zeit gewartet hatten. Vorsichtig zupfte sie Karin am Arm. „Er ist da. Komm', wir gehen", flüsterte sie ihrer Freundin leise ins Ohr.

Sina wies mit dem Kopf in Richtung Strandaufgang. Karin verstand sofort und folgte ihrer jüngeren Freundin mit einem Lächeln.

„Was ist?", wollte Louise wissen und drehte sich zu ihren Freundinnen um. Doch Sina und Karin waren bereits verschwunden. Eine Erklärung war überflüssig, da jetzt auch Louise sah, wer da gerade angekommen war: Peter und Anne standen bei Sina und Mark am Zelt, um ihnen zu gratulieren. Während Anne ihr von dort aus fröhlich zuwinkte, näherte sich Peter langsam über den Strand. Er hatte einen dunkelblauen Anzug an und wirkte schlanker, als Louise es von dem kräftigen Mann in Erinnerung hatte.

„Entschuldige, dass wir etwas zu spät sind. Wir haben im Stau gesteckt", sagte Peter, während er seine Sonnenbrille abnahm und Louise mit seinen braunen Teddyaugen erwartungsvoll anlächelte.

„Was wollt ihr hier?", fragte Louise irritiert.

„Sina und Mark haben uns eingeladen."

„Und warum wusste ich nichts davon?"

„Nun", sagte Peter verlegen und steckte die Sonnenbrille in die Tasche seines Anzugs.

„Das hatte ich mir schon gedacht. Ich denke, dann sollte es wohl eine Überraschung für dich sein."

Louise blickte hinüber zu Sina und Karin, die lachten und mit Daumen und Zeigefinger jeder Hand ein Herz in ihre Richtung formten, woraufhin Louise spielerisch drohend den Zeigefinger in ihre Richtung hielt.

Peter trat vorsichtig näher zu Louise heran, sodass sie seinen warmen Atem spüren konnte.

„Und, was hältst du nun davon? Soll ich lieber wieder fahren?"

Was soll ich darauf bloß antworten, fragte sich Louise. Wie viele Male war sie in den letzten Wochen kurz davor gewesen, Peter einfach anzurufen, hatte es aber dann doch gelassen, weil sie nicht wusste, wie sie das Gespräch beginnen sollte. Auch einen Brief hatte sie ihm bereits geschrieben, diesen jedoch zerrissen, kurz bevor sie ihn in den Briefkasten stecken wollte. Und jetzt stand Peter einfach vor ihr. Louise blickte noch einmal zu Sina und Karin, die inzwischen in ein Gespräch mit den anderen Gästen vertieft waren. Konnten die beiden etwa ihre Gedanken lesen?

Wie sollte es jetzt weitergehen? Louise war sich bewusst, dass es für so eine Situation keine Patentlösung gab. Daher folgte sie einfach ihrer spontanen Eingebung. Sie streckte Peter ihre Hand entgegen und sagte: „Ich schlage vor, wir fangen einfach noch mal von vorne an. Also, ich heiße Louise Mertens."

Peter atmete erleichtert aus, so als ob ihm ein ganzer Fels vom Herzen gefallen war, und nahm die ihm gereichte Hand. „Es freut mich, Sie kennenzulernen. Mein Name ist Peter Maywald."

Gemeinsam gingen sie schließlich zu Anne, die Louise zur Begrüßung herzlich umarmte.

„Schön, dich zu sehen", freute sich Louise. „Wie geht es dir?"

„Immer besser", antwortete Anne mit einem Augenzwinkern. „Weißt du, ich habe jetzt eine Genesungsbegleiterin, die mit einem Therapiehund arbeitet", spielte Anne auf Louise und Sammy an. „Und wie geht es dir?"

„Ebenfalls gut. Weißt du", fuhr Louise mit einem Seitenblick auf Peter fort, „ich habe gerade deinen Bruder kennengelernt. Er scheint ein interessanter Mann zu sein."

„Oh ja, das ist er", entgegnete Anne, die nur ahnen konnte, was sich da gerade am Strand zwischen Louise und Peter ereignet hatte.

Karin blickte zufrieden zuerst zu Sina, die gerade mit Mark am Strand für den Fotografen posierte, und dann zu Louise, die sich fröhlich mit Anne und Peter unterhielt. Anscheinend war ihre Überraschung ein voller Erfolg.

„Na, was denkst du?", fragte Eddie und legte von hinten seine Hand um Karins Taille.

„Ich habe gerade gedacht, was für ein wertvolles Geschenk Familie und Freunde doch sind."

„Hm, das stimmt“, stimmte Eddie seiner Frau zu und nahm ein Schluck aus seinem Sektglas. „Aber?“

„Was aber?“

„Na, ich sehe an deiner krausen Stirn, dass du über noch etwas anderes nachdenkst.“

„Och“, sagte Karin verlegen und schaute angestrengt in ihr Glas Orangensaft, so als ob sich darin etwas Interessantes befinden würde.

„Nun, sag‘ schon“, drängte Eddie.

„Ich musste gerade daran denken, dass ich mit dir ebenfalls zu gerne eine Familie gegründet hätte.“

„Na, aber das haben wir doch, oder?“, protestierte Eddie. „Sophie, Felix, kommt mal her.“

„Was ist denn?“, fragte Sophie, die Ben inzwischen an Sina und Mark übergeben hatte, der – ebenso wie die kleine Julia – mit aufs Foto sollte.

„Ja, was ist?“, wollte nun auch Felix wissen.

„Sagt bitte meiner Frau mal, dass wir vier eine Familie sind.“

Die beiden jungen Leute verstanden nicht, worum es ging, folgten aber Eddies Aufforderung.

„Wobei“, stutzte Felix plötzlich und sah Sophie fragend an. „Darf ich unter diesen Umständen überhaupt mit dir zusammen sein? Schließlich wären wir dann ja so etwas wie Halbgeschwister.“

„Nein, keine Sorge“, lachte Sophie. „Wir haben doch nicht denselben Vater oder dieselbe Mutter. Dein Vater ist nur zufällig mit meiner Mutter verheiratet.“

„Na, so zufällig ist das wohl nicht“, wandte Eddie ein.

„Du meinst, das ist alles Schicksal?“ Karin sah fragend zu Eddie hoch.

„Und ob“, antwortete Eddie.

„Na siehst du.“ Felix nahm Sophies Kinn und drehte ihr Gesicht zu ihm, damit er sie küssen konnte.

Eddie tat es seinem Sohn gleich und gab Karin einen zärtlichen Kuss. „Im Übrigen haben wir ja auch noch ein Patenkind, um das wir uns kümmern müssen“, flüsterte er.

Karin löste sich von Eddie und blickte stolz zu Julia, die in ihrem Rüschenkleidchen zu niedlich aussah.

„Stimmt“, antwortete Karin. „Und damit kann ich ja gleich anfangen.“

Es dauerte nicht lange, da hatte sich Eddie umgezogen und sein Segelboot klargemacht. Unter begeistertem Applaus und mit besten Wünschen bestiegen Sina und Mark die „Hope“ am Yachthafen von Burgtiefe.

„Segelt gut in den Hafen der Ehe“, rief Gunnar den Brautleuten zu.

„Alles Gute“, rief nun auch Sinas Mutter Sonnhild.

„Ist das eure Hochzeitreise?“, wollte Peter wissen.

„Wir machen nur einen kurzen Törn bis nach Heiligenhafen und zurück“, erklärte Eddie, während er begann, die Leinen zu lösen.

„Die Hochzeitsreise holen wir später nach“, rief Mark.

„Außerdem“, ergänzte Sina, „leben wir doch auf dem schönsten Fleckchen der Erde. Wozu sollen wir dann verreisen?“

„Aber was ist mit Heiligenhafen?“, fragte Anne.

„Ich habe mal gehört, dass zwischen Fehmarn und Heiligenhafen so eine Art Konkurrenz herrscht.“

„Bei uns ist das jedenfalls nicht so“, stellte Karin klar.

„Und außerdem“, ergänzte Louise und legte je einen Arm um Karin und Anne.

„Freundschaft überwindet jede Hürde. Und wozu gibt es denn Brücken?“

Als die „Hope" schließlich ablegte, hatten sich alle Gäste am Steg aufgereiht und winkten dem Brautpaar zu. Louise hielt Ben fest. Neben ihr hatte Peter seine Schwester Anne eingehakt, die ihrerseits Sammy an der Leine hielt. Karin hatte ihre Patentochter Julia im Arm und gab ihr einen Kuss auf den dunklen Lockenschopf. Sophie und Felix machten Handyfotos. Gunnar und Vivian hielten Händchen, während diesmal Richard seiner Frau Sonnhild ein Taschentuch reichte. Auch die übrigen Gäste winkten und sahen zu, wie das Segelboot in der Abendsonne in Richtung Fehmarnsundbrücke fuhr.

Eddie warf einen prüfenden Blick auf die Segel und sorgte am Ruder dafür, dass sie den richtigen Kurs hielten.

An der Reling standen Sina und Mark eng aneinandergeschmiegt und winkten zu ihren Gästen zurück. Der Wind spielte sanft in ihren Haaren, während sie sich glücklich anlächelten und erneut einen zärtlichen Kuss gaben. Und unter ihnen flüsterten die Wellen der Ostsee leise ihr Lied.

Danke

Es ist mir ein Bedürfnis, diesmal zuerst allen Leserinnen und Lesern von „Wellengesang“ zu danken. Eine Fortsetzung hatte ich zwar von vornherein nicht ausgeschlossen. Doch erst Ihr / Euer zahlreiches positives Feedback hat mich ermuntert und motiviert, dies auch in die Tat umzusetzen und die Geschichte von Louise, Karin und Sina weiterzuerzählen.

Ein großer Dank geht an meine Familie – allen voran an Andreas, Noah sowie die „beste Mama von allen“, die auch für diese Geschichte wieder eine tolle Ideengeberin war. Ohne eure Liebe und Unterstützung wäre ich heute nicht dort, wo ich stehe.

Danke auch an meine Freundinnen und Freunde. Ihr macht mein Leben so viel reicher.

Danke, Andrea, dass Du auch diesmal bereit warst, das Manuskript als Erste zu lesen. Danke auch an alle anderen Testleserinnen. Ihr / Euer Feedback ist sehr wertvoll.

Danke auch an Sylvia Ehrich für das erneute liebevolle und sorgfältige Lektorat.

Und nicht zuletzt möchte ich meiner Verlegerin Dr. Beate Forsbach danken. Danke, dass Du an mich und meine Ideen glaubst. Es ist schön, diesen Weg mit Deiner freundschaftlichen Unterstützung zu gehen.

Bremen, im Februar 2016 Stella Cornelius-Koch

Zur Autorin

Stella Cornelius-Koch, Jahrgang 1967, lebt mit ihrem Mann, ihrem Sohn und ihren zwei Katzen in Bremen.

Sie ist Medizin-Journalistin, Herausgeberin eines Pressedienstes, Sachbuchautorin und Referentin. Als „Leseratte“ liebt sie Romane, die humorvoll, romantisch und ernsthaft zugleich sind.

Schon als Kind fuhr sie regelmäßig mit ihren Eltern nach Heiligenhafen in den Urlaub. Seither zieht es sie immer wieder in das Ostseebad zurück, wo sie sich entspannt und neue Energie tankt.

Durch ihre eigenen Erfahrungen hat sie vielfach erleben dürfen, wie wertvoll und hilfreich Freundschaften mit Frauen unterschiedlichen Alters sein können – ohne Neid und Zickereien.

Stella Cornelius-Koch:

Wellengesang

Drei Freundinnen in Heiligenhafen

12,4 x 18,9 cm, 304 Seiten

ISBN 978-3-943134-48-3

Edition Forsbach 2014

2. Auflage:

ISBN 978-3-946556-00-8

Lebenstraum Verlag 2016

Sina, Karin und Louise sind drei Frauen, wie sie auf den ersten Blick unterschiedlicher nicht sein können. Sie haben aber eines gemeinsam: Sie brauchen dringend einen Ortswechsel, um sich über ihr weiteres Leben klar zu werden.

Durch einen Zufall treffen sie sich in Heiligenhafen an der Ostsee und verbringen gemeinsam einige Wochen in einem Ferienhaus.

Der Roman erzählt von der generationsübergreifenden Freundschaft zwischen Frauen und zeigt, dass es sich lohnt, seinen Weg zu gehen und an das Glück zu glauben - auch dann, wenn man es am wenigsten erwartet.

Eine Geschichte mit Humor, Romantik und Spannung: alles, was man zum Lesevergnügen braucht.

Website zum Buch:
www.wellengesang.de

Bücher, Kalender & Postkarten

Seminare & Workshops für Autoren

Individuelles Buch-Coaching

Verlags-Coaching & Verlags-Consulting

Unsere Bücher erhalten Sie im Buchhandel und direkt bei uns – auch im Internet!

Bestellung, Anmeldung und Information:

Edition Forsbach

Dr. Beate Forsbach - Autorin, Coach, Verlegerin

Neujellingsdorf 4c, 23769 Fehmarn

Telefon: 04371-1783 – E-Mail: info@edition-forsbach.de

http://www.edition-forsbach.de